遮蔽的天空

The Sheltering Sky

六十五週年經典新譯版

保羅・鮑爾斯 Paul Bowles ———著　　周雅淳———譯

目次

導讀　無望年代的空心人　宋國誠　5
導讀　關於死亡之路與自我放逐的暗黑書寫　保羅・索魯　9

遮蔽的天空

第一部　撒哈拉飲茶　19
第二部　天涯海角　161
第三部　天空　283
保羅・鮑爾斯年表　333

【導讀】

無望年代的空心人

政治大學國際關係研究中心教授、《經典50》作者、後殖民文學研究者／宋國誠

保羅．鮑爾斯被視為當代存在主義和虛無主義的經典作家，《遮蔽的天空》是鮑爾斯第一部長篇小說，透過一對美籍夫婦的沙漠之旅及其最後的不幸遭遇，描寫了現代人內心的空虛與精神的無依無靠。

鮑爾斯作品中的人物，多屬迷惘、飄忽、孤獨、落寞的失意者，過著一種沒有悲歡的無味人生，無神無主的信仰，沒有方位與重量的生活。鮑爾斯深信，現代文明是一個龐大的病原體（pathogen），它是導致現代人精神分裂和人性異化的罪魁禍首。但更令人悲傷的是，一切價值系統已經失去承托和撫慰現代人類處境的力量。在鮑爾斯看來，現代人是一群處於無望年代（hopeless age）中無人指引的迷羊，一群在被遮蔽的天空下失去方位的旅行者，像黑夜迷航的

孤鳥，像指日待死的蟲獸。

一對結婚十年但感情已經疏遠的美國夫婦波特和凱特，為了挽救瀕臨危機的婚姻，在戰後從紐約前往撒哈拉沙漠旅行。出自於一種失去愛情的焦慮和恐懼，也出自於對信任與寬容這一人性之本的最後希望，男主人公波特試圖借助異地風情、長途冒險和新鮮驚奇，來醫治他奄奄一息的愛情與婚姻。然而，一切終歸枉然，波特最後因傷寒死於沙漠之中，凱特則流落街頭，貧病無依。

酷熱、溼黏、昏睡、閒逛……在沒有時間刻度的沙漠世界中，在虛實難分的夢幻空間裡，承諾與信任就像風中無地著落的碎砂，飄忽不定；愛情和友誼就像藏匿在石洞的毒蠍，一觸斷魂。波特是一個悲觀厭世的人，他排斥文明，否定生活，在這個意義空乏、麻木不仁的世界中，他感到徹底的灰心和絕望。他以為放逐和獨處，在這人煙渺茫的化外世界，可以重拾褪色的愛情，撫慰垂危的人性。事實不然，歷經兩次戰亂，人類的精神世界已經崩落。對波特來說，他每天總是帶著落日的憂傷等待絕望的黎明。

凱特對波特的愛，是一種試圖理解卻又無法把握的愛，總是努力攫住卻又輕易溜走的情感。而波特對凱特的愛，就像一條漫漫長路，即使認真趕路，也無法抵擋長途奔走的疲憊和無法到達終點的絕望。愛情是一種生命的辯證法，擁有只是對失去的暫時性安慰，而失去則只能證明愛情曾經存在。實際上，凱特和波特兩人都深愛著一個無法理解和溝通的對方，但兩人又共同懷著隨時可能失去對方的恐懼。人們總是用愛情來遮蔽自己，一如用恐懼來把握愛情。沒有人可以真正把握愛情的核心，因為愛情是終極的自我異化，是對一個理念的殉身和死祭。愛情像一顆星星，我們不會在白日中感覺它的存在，因為刺眼的太陽遮蔽了對它的觀視，我們都會驚歎它夜幕下的光輝與潔美，但白日一來，它就被遮蔽在無邊無際的天空裡。

唐納是現代投機者和食利者的典型代表，他就像盤旋在沙漠上的禿鷹，緊盯著腳下匍匐潛行的遊人，在你垂危之際，向你撲來，向你索命。在小說中，唐納既無來歷，也無去向，但他總是形影不離，總是在不該出現的時候出現。令人困惑的是，波特和凱特何以對這個無賴既痛恨又信任，既把他視為愚蠢的英國人，又把他當成好友。實際上，唐納是一個象徵人物，是波特和凱特共同的恐懼根源，因為唐納代表現代文明的虛偽、狡詐，一個滿臉微笑的敵人，一個虛無恐怖的幽靈。唐納還代表一種文明的糾纏和重壓，波特一生都在逃離這種糾纏，凱特則把它視為命中的噩運，但兩人既無法將之驅離，也無法逃脫。

沒有對死亡之無限的體驗，就不會對生命之有限的珍惜！透過一場既未融入也無法脫離的沙漠之旅，鮑爾斯塑造了一個失重、迷航的世界，以及在這一世界中流離空轉的旅客，一群苦無精神出路的「現代空心人」。就像波特這一現代知識份子，他無法從自身的存在證明與這個世界的情感聯繫，因為現代世界已經失去為之投入與獻身的意義。最終，他向危險的沙漠內陸走去，走向神祕與荒誕的深處，尋求一種原始而質樸的殉身，一種微弱而無聲的解脫。

【導讀】

關於死亡之路與自我放逐的暗黑書寫

旅行文學大師、《赫丘力士之柱》作者／保羅・索魯

《遮蔽的天空》是保羅・鮑爾斯的第一部長篇小說，雖然他至死都孜孜矻矻於小說、詩作、短篇故事、翻譯、音樂等創作，但這部奇妙、多變、帶有幾分魔幻色彩的小說，以及同時期其他令人不安的短篇故事，似乎已於讀者心中奠定了他一生的小說視野。因此，他在三十八歲就被定型了，終其一生受限於此。甚至到了八十多歲仍被這部小說中的細節糾纏。我怎麼知道？因為我就是在他到了這把年紀仍持續騷擾他的其中一人。

我看到他坐在一個寒冷大公寓裡的地板上，那是一幢灰色建築，位於丹吉爾的僻巷中。那時是十月，又濕又冷，為了驅走濕氣，鮑爾斯使用高級噴燈，嘶嘶作響的藍色火焰溫暖了窗簾緊閉的臥房。他像個市場小販般直挺挺地坐在一張蓆子上，因為腿部受感染而將雙腿伸直。

圍繞他身邊的是一堆小雜物、筆記簿、筆、藥瓶；所有東西都在伸手可及之處，一個茶壺、一只杯子、湯匙、火柴、裝滿書和紙張的書架，其中有一些是樂譜。一座節拍器放在旁邊的矮桌上，周圍散落著藥瓶、藥膏、卡帶、一瓶雀巢巧克力奶、止咳藥片、吃了一半的糖果；還有一張摺起來塞進信封裡的紙條，信封上面潦草地寫著「保羅．鮑爾斯，丹吉爾，摩洛哥」，地址不明，但顯然還是到他手上了，就像我一樣。我擁有的資訊還稍微多一些。

他手上拿了本便條簿，正在翻譯一本西班牙小說。疾病和年紀帶給他某種像雕刻般骨感的奇異莊嚴，彷彿充滿了自信，而我（身為一個老愛猶豫不決的人）深深仰慕他的堅毅。

因為不想為了記筆記而干擾談話，所以我在回旅館的路上踅進納格勒斯高咖啡館，將這次的會面細節寫在筆記簿裡。我想把它寫成地中海之旅的一段插曲，這本書我將命名為《赫丘力士之柱》。我寫道：「對我來說，他似乎是個隱藏所有情感的人，他有閃爍的眼睛，但目光冷酷，似乎可以迅速地專注起來。博學、世故、孤傲、疏離、自負、猜疑、古怪、傲慢、堅毅不摧、脆弱、自我、直率，樂於接受讚揚。幾乎就像我這輩子認識的所有作家一樣。」一個坐在附近的摩洛哥人看到我振筆疾書，問我是不是作家。他的名字叫做穆罕默德．喬庫利（Mohammed Choukri），他也認識鮑爾斯，便以一種和氣的口吻貶損他：「他是個虛無主義者。」

「每個人都是明天就走。」當我告訴鮑爾斯第二天即將搭船回西班牙時，他這樣對我說。

但鮑爾斯從未離開。他是那種放逐自己，遠離主流，追求隱姓埋名的典型人物——房子裡沒有電話、沒有名條。然後發現世界劈出一條直達他家門口的路，反而更使他引人注目（墨西哥的崔文〔B. Traven〕和新漢普夏的沙林傑是另外兩個此種矛盾狀況的例子）。我們可以說，鮑爾斯無意間讓丹吉爾成為一個頹廢且充滿文藝氣息的聞名所在——當然，凱魯亞克、威廉·巴洛斯、艾倫·金斯堡以及許許多多人，必然是因為鮑爾斯住在那裡才到丹吉爾去的。鮑爾斯看著他們來來去去；他繼續住在那裡，偶爾到錫蘭和西班牙去。鮑爾斯第一次到丹吉爾，是和艾倫·柯普蘭同赴葛楚·史坦的邀約（他是這樣告訴我的），柯普蘭回家了，鮑爾斯發現這地方很對他的味，他在那裡半苦行、半高傲地成長茁壯——在我眼裡看來是如此。他以自己的方式反叛、義無反顧勇往直前，因為潮溼、嚴峻的居住環境以及丹吉爾的衰落，似乎都是縮短壽命的原因。但跟其他人不同的是，他是個居民、旅人，而非遊客。

「在我撰寫《遮蔽的天空》時，我強烈地感受到自己不是遊客，如同我的主角波特一樣。」他這樣告訴一個為他作傳的記者。他這部小說在前面篇幅藉由波特之口如此明白陳述：「他不認為自己是個遊客，他是個旅人。其中的差異有一個部分是時間，他會這樣解釋：遊客通常在數週或數個月後匆匆趕回家；旅人不屬於任何地方，總是用幾年的時間緩慢地從地球的一端移動到另一端。」

一九四八年底，鮑爾斯在摩洛哥費茲（Fez）開始撰寫這部作品，寫了一百五十頁後到阿爾及利亞的奧蘭（Oran）去，之後帶著手稿繼續往南走，到烏季達、法國駐防地高倫貝夏，然後搭一天卡車前往塔吉特，之後往貝尼阿巴斯、提米蒙走，最後回到費茲。小說家可以全然蒙混其方法與動機（鮑爾斯宣稱這本書的靈感是在搭公車到第五大道時出現），但有一點似乎是肯定的，他說，他在穿越阿爾及利亞的旅途中撰寫這本書並收集細節資料，如同他後來所言，「綜合了對記憶的書寫及當下所在之處的細緻描述。」

在阿爾及利亞的漫遊旅程中，他每天早上都會寫作，詳述自己所見的地方。他也嘗試迷幻藥，尤其是大麻和大麻醬，他宣稱小說一部分是在藥物影響下寫出來的。不管從任何角度看，這都不是在平靜中追憶情感的浪漫想像，反而更是將赤裸裸的經驗寫入扉頁中。旅行中的作家創造一種流浪敘事，將旅途經歷的細節寫入故事情節中：炎熱的夜晚、漫長的旅途、走錯的路線、不可信賴的當地人、令人厭惡的遊客——在這書中說的是萊爾母子。

還有破爛的旅館和難吃的食物。這部小說中，愛恩克拉法的格蘭大飯店成為小說中最糟的旅館：入口處的噴泉有「臭氣薰天的垃圾小山」，還有幾個赤裸的嬰兒，他們「虛弱難看的身體深受大片潰爛所苦……像是粉紅色的無毛狗」。裡面「充滿公廁的臭味」，在這裡「旅人訂了三個臭氣沖天的房間」，其中一個房間「地上鋪了胡狼皮……是唯一的家具。」

這家飯店和旅途中其他地方的餐點糟到幾乎是滑稽的了。格蘭大飯店裡的湯有象鼻蟲，接著凱特「在她的燉兔肉中發現幾塊毛皮」，在廚房裡，一把刀插在桌上，「在刀尖下方是隻蟑螂，腿還在無力踢動」。在艾爾加，「肉類由許多種無法辨識的器官組成，用熱油炸過」。在斯巴，小店商人道伍德．佐瑟夫的老婆給了她「一球油炸過，並且已經冷掉的麵團……帶軟骨的肉塊……受潮的麵包」。在凱特被囚禁的貝爾喀辛家，「有幾道菜似乎以半熟的羊脂肪為主」。我想我們可以確定，鮑爾斯將這些餐點從餐桌上轉化到他正進行的寫作中，在吃的時候仔細分析，或者只因為這些恐怖而洋洋得意。

這種在整部小說中不斷重複，對「不可思議之噁心」的紀錄，在這本書一開始，描述三位旅人在奧蘭的破舊咖啡店裡研究地圖時就已經出現。阿拉伯人坐在外面，美國人坐在裡面，「咖啡店裡較為涼爽，但空氣不流通，聞起來有不新鮮的酒味和尿騷味。」

這種怪誕畫面如此頻繁出現，成為一種暗黑版的滑稽恐怖——讓讀者去想像：接下來會怎樣？這提醒了我們，小說中最大的恐怖往往以黑色喜劇的方式達成。鮑爾斯著迷於極端的念頭，他在〈遠方的篇章〉（*A Distant Episode*）中，戲劇化地加諸教授遭遇無止境的迫害，絕對使之成為各類文字書寫中最可怕的小說之一。鮑爾斯宣稱：「確實，《遮蔽的天空》是〈遠方的篇章〉中教授故事的發展……再說一次相同的故事。」

這部小說的結構看似隨機且情節不連貫，三個美國人從奧蘭動身前往南方。他們的人格特質截然不同。波特．莫斯比（Porter Moresby）的名字是鮑爾斯刻意的玩笑：莫斯比港（Port Moresby）當然是巴布亞新幾內亞的首都，一八七三年，約翰．莫斯比以其父海軍上將菲爾費斯・莫斯比爵士之名命名。小說中的波特很瘦，「臉上帶著微微扭曲和煩惱的表情」，以及某種疏離感。他的妻子凱特則是個神經緊張的社交名媛，帶著裝滿晚禮服和化妝品的旅行箱——我們甚至看到她在沒有什麼特殊理由的狀況下，在沙漠基地裡穿著一套淡藍色露背絲緞衣服。這個三人行的第三名成員是唐納，他是個機會主義者，背著波特與其妻通姦，一度表示他很驚訝撒哈拉沒什麼雨。

他們是流浪者。第二次世界大戰已經結束，可以自由旅行了。他們幾乎對北非一無所知，並且一開始就對此地抱著矛盾情緒，為何仍選擇這個目的地？「這是少數他們能（從紐約）搭船抵達的地方。」

萊爾母子是澳洲人，提供了一個種族歧視的母親和怪誕兒子的荒謬喜劇，在鋪陳了兩百多頁後直接從故事中消失。他們對情節沒什麼影響，但卻被如此熱切地呈現，彷彿有什麼重要性一般。田納西・威廉斯是這部小說很早的仰慕者（以及評論者），這對母子很像他戲劇角色中經常出現的形象。

美國人往南方走。許多地方都可以在當代的地圖上找到：邁薩德、塔季穆特、艾爾加、斯巴、阿德拉爾，甚至越過阿爾及利亞邊界，到達位於馬利共和國，遙遠的泰薩利特。

波特性喜四處探索，即使一無所知仍然勇往直前。他是個追尋者——但尋找什麼？我猜是追求極端的願望，所以他從不停止。當他找到一個自願的當地女人瑪妮雅，整件韻事持續

「不到十五分鐘」，接著就是爭吵、誤解；食物變得更糟，天氣愈來愈熱。「房間是邪惡的。」是一個描述，甚至黎明也被玷污：「破曉受到污染的黯淡光線」。

波特的靈性和自我毀滅感被加深了；他的疾病似乎是一種啟發，但然後——遠比小說結束早了許多——他死了。鮑爾斯的傳記作者說：「（鮑爾斯）告訴珍，他故意在故事進行一半時就把男主角殺了。『他陷於漫長的痛苦中而非僅是步向死亡，但我終究要擺脫他。一旦他走了，會只剩下女主角讓故事繼續，而那也是不容易的。』」

這部小說的無序隨意，尤其充斥場景間的異國情調，毫無疑問是充滿現代性的；由一位年輕人寫給仍處於震驚中的戰後讀者群，他雖然鄙棄中心主旨，但有時仍流露警世意味：「酒吧充滿……孤絕事物與生俱來的哀傷」、「靈魂是身體最疲倦的部分」，或者「在鄉間漫步就像某種生命自身推移的縮影」。

這些對我是沒用的，甚至聽起來毫不真實，但會在心裡留下理解，就像在波特無預警死亡後，凱特想起，某天在家時，她看到一場暴風雨逼近，心想，「死亡成為主題。」「死亡總在逼近中，」波特曾經這樣說，「但你不知道它何時到達，這似乎讓它與生命的有限無關，我們所痛恨的就是如此可怕的準確性。但因為我們不知道，所以會把生命當成一座永不乾涸的井。然而所有事物都只出現一定的次數，並且很少，真的。你會想起多少次童年中某個特定的下午，某個深深成為你生命一部分的下午，如果沒有它，你甚至無法想像自己的人生？也許四或五次吧，甚至可能沒這麼多。你會看到滿月升起幾次呢？也許二十次。然而這些都看似無窮。」

這部小說從一個觀察寫到下一個觀察，而非從事件到事件，隨著敘事的展開，遮蔽天空的影像逐漸擴展，理所當然地為其自身召喚注目。「這裡的天空非常奇怪（波特對凱特說），我看著它的時候常常有這種感覺：上面那裡有個固體，保護我們不受後面的東西侵害。」然後他解釋：「什麼都沒有，我猜，只有黑暗，全然的黑夜。」

曖昧對他而言是一種威脅，導致他的死亡，波特去世後，遮蔽天空背後的黑暗顯露了出來：「一顆黑色的星星出現，一個在清澈夜空中的黑點，黑點，以及通往長眠之路。伸出手，穿透遮蔽天空的纖細紋理，長眠。」

波特之死，「彷彿來自內在」，如鮑爾斯所願，是一種激情的形式。所有在書中的性或性事的書寫——波特和瑪妮雅、唐納和凱特、凱特和她眾多的愛人——鮑爾斯都不曾給予如同描述波特漫長之死的力道。

我們該怎樣看待這一切？這些人都是入侵者——不只走得太過頭，並且去了不該去的地方。沙漠被形容為毫無生氣，鮑爾斯在一段冷酷的描繪中如此寫著：「現在到處都是整片灰色、昆蟲般的植物，有著堅硬外殼和濃密的刺，像仇恨的瘤覆蓋地面。」但這是冷酷，還是一種源自洛夫克拉夫特（H. P. Lovecraft）的過度恐怖書寫？我認為兩者皆具。

凱特的苦難經驗，從任何傳統的觀點來看都不激情，而是性虐待——透過冷酷而非興奮的情感書寫（並且大量地描繪情色），作者進入了那樣的心靈。對許多讀者來說，這個無情而痛苦的女人所經歷的旅程是本書核心，美麗的紐約社交名媛身處沙漠，相當愚蠢而最終精神失常，換過一個又一個的部落男人，遭到獸性對待，最終到達馬利共和國，遙遠的泰薩利特。是她，而非波特，成為〈遠方的篇章〉中那位受虐教授的一個版本。

鮑爾斯是詩人、小說家，也是短篇故事作家，這部小說尤其凸顯他詩意的天賦。當然，這是一個關於三個天真美國人在一個典型的陌生與禁忌之地迷失的故事，並且字裡行間充滿一種對悲慘細節的垂涎熱愛——恐怖的餐點、骯髒的旅館、異國的習慣和不毛的大地。至於其俗世的本質，這本書完成於「存在主義」一詞可以用來解釋一大堆小說的年代，它可能是一本重要的存在主義文本，對比嚴苛具體的實際描寫方式，許多效果透過曖昧與模糊達成。從這個意義上而言，本書呈現一種對生命的苦澀觀點，但它並不比卡繆的《異鄉人》更不幸就是個悲劇。

《遮蔽的天空》對我而言有特殊意義——這本和其他一些書籍指引了我寫作和旅遊生活的方向。我讀到這本書，以及鮑爾斯的其他小說，《世界之上》（*Up Above the World*）、《蜘蛛之屋》（*The Spider's House*）、《來吧》（*Let It Come Down*）和許多其他故事時，還是個學生。做為一個旅人、作家，鮑爾斯觀察的習性、對極端狀況的熱愛、對文化的好奇心、對孤獨的眷戀，以及最重要的，他的耐性，讓我從中學習到許多，我不確定這部小說意味著什麼——對死亡的冥想？對好奇的警告？這是一個任性的冒險故事，具有一場苦難的所有要素。對陌生人而言，沙漠是致命的。鮑爾斯說他不帶寓意，甚或，「我的寓意是：一切都愈來愈糟。」但顯然他希望能給沙漠一張臉和一種個性——或者多種個性。他經常以解剖式的語詞描寫景色，並且只能透過描述像我們這樣的人在沙漠中緩慢爬行並且成為其受害者而達成。

第一部

撒哈拉飲茶

每個人的命運都是獨特的，只是可能會以記憶中的面貌出現。

——阿根廷作家艾德華多・馬列亞（Eduardo Mallea）

1

他醒來，睜開雙眼，這個房間對他而言沒有太大意義。他過度深陷於乍醒的虛無狀態，既沒有精力也缺乏欲望去確認自己所處的時空。他在某處，才剛從廣袤的無有之境歸來，意識中心有一種確切的無限傷悲，但這悲傷令人安心，因為光是這個就讓他感到熟悉，不需其他安慰。有那麼一會兒，他躺著不動，徹底舒展與放鬆，然後又陷入從深沉睡眠中醒來後的短暫淺眠。突然，他再度睜開眼睛看看手腕上的表，這純粹是反射動作，他看了時間，只感到困惑。他坐起來，環顧俗麗的房間，把手放在額頭上，深深地嘆了口氣，又跌回床上。但現在他清醒了，短短幾秒鐘內他明白自己身處何方，知道時間已是傍晚，他從午餐後睡到現在。他可以聽到隔壁房間裡妻子穿著拖鞋踩在光滑磁磚地板上的腳步聲，現在這聲音撫慰著他，因為他已經來到另一個意識層次，僅僅確認自己還活著是不夠的。但要接受這個又高又窄的房間實在非常困難，天花板滿布橫樑，巨大而冷冰冰的圖樣以平庸的色彩拓印在牆上，那扇有著紅色與橘色玻璃的窗戶是關著的。他伸了個懶腰，房間裡空氣稀薄，等一下他會從高高的床上爬下來，推開窗戶，那時他就會想起夢中的情節了，雖然他無法想起任何細節，但他知道自己做了個夢。窗戶的另一邊會是空氣、屋頂、城鎮和海，當他站著凝望時，傍晚的風會清涼他的臉，那時候夢境就會出現，現在他只能繼續躺著，慢慢地呼吸，幾乎準備好再度沉入睡眠。癱在不通風的房裡，不是為了等待黎明曙光，而是在它來臨之前，都保持不動。

2

在愛克慕諾舒咖啡館的陽台上，幾個阿拉伯人坐在那邊喝礦泉水，只有他們所戴深淺不一的紅色土耳其無邊氈帽讓他們跟港口其他人有所區隔，他們的歐式服裝殘破灰敗，已經很難看出原本的樣式。衣不蔽體的擦鞋僮蹲在他們的箱子上俯視人行道，連驅趕臉上蒼蠅的力氣都沒有。咖啡店裡較為涼爽，但空氣不流通，聞起來有不新鮮的酒味和尿騷味。

最陰暗角落的那桌，坐著三個美國人：兩個年輕男子和一個女孩。他們以一種悠閒人士的姿態安靜地聊天，其中一個瘦瘦的男人，臉上帶著微微扭曲和煩惱的表情，正在把攤開在桌上的大張彩色地圖折起來，他的妻子半是消遣、半是惱怒地看著他小心翼翼的動作。地圖讓她感到無趣，但他無時不在查看地圖，即使是十二年前他們婚後少得不能再少的短暫穩定生活期間，他只要一看到地圖就會開始熱情研究，常常計畫某種不可為的新旅行，有時竟還成真了。

他不認為自己是個遊客，他是個旅人。其中的差異有一個部分是時間，他會這樣解釋：遊客通常在數週或數個月後匆匆趕回家；旅人不屬於任何地方，總是用幾年的時間緩慢地從地球的一端移動到另一端。確實，他發現自己很難明確指出，在住過的許多地方中，哪一個讓他感到最舒適自在。戰前是歐洲和近東，戰爭期間是西印度群島和南美洲，她總是伴著他，少有尖酸刻薄的怨言。

此時，他們在一九三九年後首度跨越大西洋，帶著大批行李，企圖離開遭受戰爭蹂躪之地愈遠愈好，也為了另一個他所宣稱的遊客和旅人間的重要差異。前者毫不懷疑地接受自己的文化；旅人就不是了，他們進行比較，然後拒絕自身不愛的元素。戰爭，是機械時代中他想遺忘的一個面向。

在紐約，他們已經知道北非是少數能搭船抵達的地方，先前他在巴黎和馬德里當學生時，已經造訪過幾次，看起來似乎是個可以待上一年左右的地方。無論如何它跟西班牙和義大利距離都近，如果行不通，也可以輕易跨海回返。小貨輪在前一天把他們從舒適的船艙中丟了出來，在燠熱的港口，他們渾身大汗，滿臉焦慮，久久沒有任何人注意到他們。站在烈日下的當時，他受著誘惑想要回到船上，考慮繼續乘船前往伊斯坦堡，但若這樣很難不賠上面子，因為是他哄騙他們到北非來的。於是他帶著務實的眼光來回掃視港口，對這個地方發表一些適度的準確評語，然後住嘴，暗自決定盡快展開內陸的旅程。

同桌的另一個男人，在他不說話的時候，總是小聲吹著不成調的口哨，他比另一個男人年輕幾歲，身材更為結實，出奇英俊，如同那女孩經常告訴他的，如果他年輕些就可以去派拉蒙電影公司應徵了。他光滑的臉龐通常沒什麼表情，但五官卻呈現一種安睡時才有的溫和滿足。

他們看著午後耀眼陽光下塵土飛揚的街道。

「戰爭確實在這裡留下了痕跡。」她的個頭嬌小，有著一頭金髮和橄欖色肌膚。強烈的目光讓她稱不上漂亮；一旦某人看著她的眼睛，臉龐的其他部分就變得模糊了，當他之後企圖回想她的容貌時，只記得大眼睛中銳利、懷疑的狂熱。

「這個嘛，當然。有一年多的時間一直有部隊通過。」

「世界上一定有什麼地方沒被他們染指過。」女孩說，這是為了討好她的丈夫，她很後悔剛才為了地圖對他生氣。他意識到這樣的姿態，卻不明白她為何要這麼做，所以採取忽視的態度。

另一個男人帶著屈尊俯就的笑容加入。

「我猜，是為了你的特殊利益？」她的丈夫說。

「為了我們，你知道你跟我一樣討厭這整件事。」

「什麼整件事？」他防備地問。「如果你是說這個自稱為城鎮的黯淡髒亂之地，是的，但我還是他媽的寧願在這裡而不想回美國。」

她趕緊同意。「噢，當然。但我不是說這裡，或任何其他特定的地方，我是指每次戰爭後到處都會出現的恐怖狀況。」

「少來，凱特，」另一個男人說：「你根本就不記得任何其他戰爭。」

她忽略他。「每個國家的人都跟其他國家的人愈來愈像了，沒有特色、沒有美感、沒有理想、沒有文化——什麼都沒有，啥都沒有。」

她的丈夫傾身過來拍拍她的手。「你是對的，你是對的。」他微笑著說：「一切都變灰暗了，而且會更灰暗，但有些地方比你想像的更能抗拒這樣的弊病，你會發現的，像這裡的撒哈拉……」

對街的收音機傳來花腔女高音歇斯底里的嘶吼聲。凱特顫抖著，「我們趕快動身到那裡去，」她說：「也許我們可以逃脫。」

他們如痴如醉地聆聽那首詠嘆調進入尾聲，用正統的方式唱出慣常的最後一個高音。

過了一會兒，凱特說：「既然已經結束了，我要再喝一瓶奧美氣泡礦泉水。」

「我的天，還要那種氣泡嗎？你會飛起來的。」

「我知道，唐納。」她說：「但是我渴死了，不管看到什麼都讓我覺得口渴，有一度我甚至覺得我會爬到飲料推車上賴著不走。我沒辦法在這麼熱的天氣喝酒。」

「再來瓶保樂利口酒？」唐納對波特說。

凱特皺眉，「如果是真的保樂——」

「看來還不錯。」當服務生把礦泉水放到桌上時，唐納如此說。

「這不是真的保樂吧？」

「是，是，是保樂。」服務生說。

「再喝一杯吧。」波特說，他無精打采地盯著自己的杯子，服務生離開的時候沒有人說半句話，女高音又開始了另一首詠嘆調。

「聽不見她的聲音了！」唐納大叫。陽台外面有輛有軌電車穿過，發出嘈雜聲和鈴聲，將音樂淹沒了一會兒。他們坐在遮篷底下，看見一輛無篷車在陽光下搖晃著經過，上面擠滿了衣衫襤褸的人。

波特說：「我昨天做了個奇怪的夢，我一直試圖回想夢境，剛剛終於想起來了。」

「不！」凱特用力大喊，「夢太無聊了！拜託！」

「你不想聽！」他笑了。「但我橫豎要跟你說。」他是用一種假意凶惡的口氣說「橫豎」兩個字的，但當凱特看著他，她覺得，事實上他是在掩飾他自己感受到的暴力。她把舌尖那些毀滅性的字眼吞了下去。

「我會快快說完。」他微笑，「我知道你聽是給我人情，但光想並不足以讓我記住它。那是個白天，我在一輛持續加速的火車上，我暗自忖度：『我們會帶著滿山滿谷的被單撞進一座大床裡。』」

唐納調皮地說：「參考拉喜福夫人的《吉普賽夢境辭典》。」

「閉嘴。我想著，如果願意，我可以從頭活一遍，從開始直到現在，過一模一樣的生活，即使最小的細節也都相同。」

凱特很不高興地閉上眼睛。

「怎麼了？」他問。

「你知道這對我們來說多麼無聊，卻堅持要講，我認為這是極度不為他人著想又任性的。」

「但我很開心。」他微笑著說：「無論如何，我敢打賭唐納也想聽，不是嗎？」

唐納笑了。「我喜歡夢，我可以背出我的拉喜福。」

凱特張開一隻眼睛看著他，飲料送上來了。

「所以我對自己說：『不！不！』想到所有可怕的驚恐痛苦連細節都要重來一次，我就覺得無法面對，然後毫無原因，我看著窗外的樹，聽到自己說『好耶』，因為我知道，光是為了聞到小時候記憶中春天的氣味，我就很樂意重新經歷一切。但接著我意識到已經太遲了，因為當我想著：『不！』我伸出手來折斷門牙，彷彿它們是石膏做的一樣。火車停了，我把牙齒拿在手上開始哭泣，你知道那些在夢魘中的可怕哭泣，會像地震一樣讓你震撼？」

凱特笨拙地起身，走到標示著「女廁」的一扇門邊，她在哭。

「讓她去吧。」波特對面露關心的唐納說：「她累壞了，熱氣讓她沮喪。」

3

他坐在床上讀書，只穿著一件短褲，兩個房間中間的門開著，窗戶也是。一座燈塔以緩慢的環大圈在城鎮和港口上方掃射，交通一片混亂，急切的電鈴不間斷地尖聲作響。

「那是隔壁的電影嗎？」凱特喊著。

「一定是。」他漫不經心地回答，繼續閱讀。

「我很好奇在演什麼。」

「什麼？」他把書放下。「不要跟我說你想去！」

「沒有。」她的聲音似乎拿不定主意，「我只是好奇。」

「我跟你說那是什麼。那是一部阿拉伯電影，片名叫做《出租未婚妻》。」

「真是令人難以置信。」

「我知道。」

她信步進到房間，若有所思地抽著一根菸，繞著圈走了一分鐘左右。他抬頭看。

「怎樣了？」他問。

「沒事。」她頓了一下。「我只是有點沮喪。我認為你不應該在唐納面前講那個夢。」

他不敢說：「這是你大喊的原因嗎？」而是說：「在他面前！我跟他說這個故事，和對你說的一樣。夢是怎樣？老天，不要把每件事都看得這麼嚴重！而且為什麼他不應該聽？唐納有什麼問題？我們已經認識他五年了。」

「他這麼八卦，你知道的，我不信任他，他總是在編故事。」

「但他在這裡可以跟誰八卦？」波特惱怒地說。

凱特也生氣了。

「噢，不是這裡！」她怒氣沖沖地說：「你似乎忘記總有一天我們會回紐約去。」

「我知道，我知道，很難以置信，但我猜我們會的。好吧，如果他記得每個細節，並且告訴我們認識的每個人，這樣有什麼可怕的？」

「那是多麼丟臉的夢，你不明白嗎？」

「噢，胡說！」

兩人安靜了一會兒。

「對誰來說很丟臉？你或我？」

她沒有回答，他緊咬不放：「你是什麼意思，你不相信唐納嗎？哪方面？」

「噢，我相信他，我猜。但跟他相處時，我從未完全感到自在，我從不認為他是個密友。」

「真是好，現在我們跟他一起在這裡！」

「噢，那沒關係，我非常喜歡他，別誤會了。」

「但你一定意有所指。」

「我當然意有所指，但那不重要。」

她走回自己的房間。他待在原地一會兒，看著天花板，臉上帶著一抹困惑的表情。

他重新開始閱讀，然後停下來。

「你確定不想看《出租未婚妻》嗎？」

「我確定。」

他把書闔上。「我想去散步半小時。」

他起身，穿上一件運動衫和泡泡紗褲，把頭髮梳好。在她的房裡，她坐在打開的窗邊銼指甲，他彎身親吻她的頸背，如絲的金髮向上盤成一個波浪般的髻。

「你噴的東西真不錯，是在這裡買的嗎？」他讚賞地大聲嗅聞，然後他說：「但你對唐納是什麼意思？」這時聲音改變了。

「噢，波特！看在老天的分上，別說了！」

「好吧，寶貝，」他順從地說，親吻她的肩膀，然後，帶著無辜嘲弄的語調：「我連想都不能嗎？」

她一句話都沒說，直到他走到門口，然後她抬起頭，聲音帶著惱怒：「說到底，那比較像是你的事，不是我的。」

「等一下見。」他說。

4

他穿過街道，不加思索地選擇比較陰暗的路，能夠獨處並感受晚風吹拂臉龐，讓他覺得愉快。街道是擁擠的，人們在與他擦肩而過時推擠他，在門口、窗邊盯著他看，彼此互相公開地評論他——從他們的臉上看不出來是不是帶著同情——有時候停下腳步，只是為了看他。

「他們有多友善？他們的臉像是面具，看起來有一千歲了，他們擁有的微小能量只是活下去的盲目集體欲望，因為沒有人吃得夠飽，夠有力氣。但他們是怎樣看待我的？也許什麼都沒有。如果我出了意外，他們當中會有人幫我嗎？或者我會橫躺街頭，直到警察找到我？他們可能出於怎樣的動機幫助我？他們已經沒有任何宗教信仰了，是穆斯林或基督教徒，他們也不知道，他們只認識錢，當他們有了錢，只想去吃吃喝喝。但這有什麼錯呢？我為什麼對他們有這種想法？因為與他們相比我顯得飽食且健康而感到罪惡嗎？但痛苦是平均分配給每個人的，每個人都有同樣的量要承擔……」在情感上，他知道最後一點不是真的，但在此時這是必要的信念，畢竟任由承受飢餓的人盯著你看並不是件容易的事。這樣想讓他可以繼續在街上行走，彷彿不是他不存在，就是人群消失了，兩種看法都是可能的。那天下午旅館的西班牙女侍跟他說：「生命很珍貴。」「當然。」他回答，甚至在說話的同時就已經感到虛偽。他自問，有哪一個美國人會真的接受生命的定義等同於受苦？但當時他贊同她的觀點，因為她已經年邁、枯萎，那些人顯然也是。多年來這一直是他的一個迷信，認為現實和真實感受存在於勞工階層的對話中，即使現在他清楚地看到他們思考與言說的習慣都十分限縮且有固定模式，因此已經與其他階級一樣，從深刻表現真理的名單中排除，但他發現自己還是處於等待中，帶著「智慧的寶玉或許會從他們口中流出」的不理性期待。當他繼續往前走，意識到自己非常緊張，因為他忽然發現自己持續用右手食指快速畫八。他嘆了口氣，讓自己停止。

當他走到一個燈光相對明亮的廣場時，心情好了點，小廣場四邊都有咖啡店，桌椅不但擺放在人行道上，甚至連街道都擺了，汽車若要通過，難免令店家感到苦惱。廣場中央是個小公園，種了四棵修剪成傘狀的梧桐樹，樹下至少有十來隻大小不一的狗，緊緊地聚在一起打轉，並且全在狂吠。他慢慢地穿過廣場，試圖避開狗。當他小心地走在樹下時，意識到自己每一步都踩碎腳下的某樣東西，地面布滿巨大的昆蟲，牠們的硬殼破裂時爆出小小的聲響，即使在一片狗叫聲中他也聽得相當清楚。他知道一般來說，碰到這樣的事會讓他感到一陣噁心，但毫無理由地，今天晚上他反而感到一股幼稚的興奮。「我好慘，但那又怎樣？」零星坐在桌旁的人大部分時候是沉默的，但當他們開口時，他聽到這個城鎮的所有三種語言：阿拉伯語、西班牙語和法語。

街道逐漸下坡，這讓他嚇了一跳，因為他以為整個城鎮是建在面向港口的坡地上，而他是有意選擇走向內陸而不朝碼頭走。空氣中的臭味更重了。它們各不相同，但都來自某種汙物，這種帶有禁忌成分的親近感讓他感到興奮。他放縱自己追逐某種變態的愉悅，即使意識到自己的疲憊，還是繼續機械式地將雙腳交錯往前踏。「我會突然發現自己轉身回頭。」他想，但還不到時候，他還不想這麼決定。折返的衝動一再延遲，最後終於不再感到驚訝，一個幽微的影像盤踞他的腦海：凱特坐在敞開的窗邊，修剪指甲，環視整個城鎮。他意識到自己的幻想隨著分秒流逝更頻繁地回到那個場景，不知不覺中他以為自己是主角，凱特是觀眾，在那當下他存在的合法性仰賴凱特靜止不動、端坐彼處的假設上，彷彿她仍能從窗邊看著又遠又小的他，有韻律地上下坡，穿過光線與陰影，彷彿只有她知道何時他會轉身走上另一條路。

現在街燈離得很遠，街道也沒有鋪設，兩側排水溝裡還有小孩，尖叫戲耍地玩著垃圾，突然一塊小石頭擊中他的背，他轉頭，但太暗了，看不清楚是從哪裡飛來的。過了幾秒另一塊石頭直直從前方擊中他的膝蓋，在昏暗的光線下，他看到一群小孩在他面前作鳥獸散，更多石頭從另一個方向丟了過來，但這次沒打中他。當他到達有光的地方，停下腳步，試著去看清戰鬥中的兩組人馬，但他們都逃入黑暗中了，於是他再度出發，重新邁開先前有韻律的機械步伐。

一陣乾燥溫暖的風從前方街道的黑暗中吹拂過來，他舉頭迎風，嗅聞其中神祕的氣味，再度感到一股陌生的欣喜。

雖然街道愈來愈不熱鬧，但似乎沒有盡頭，道路兩旁仍有成排的小屋，在某一點之後，就沒有燈光了，房子在黑暗中孤單矗立，南風直直吹過隱身在他前方的不毛之山，穿過廣大的平坦鹽沼到達城鎮邊緣，捲起如簾塵土，攀上山頂，消失在港口上空，他直挺挺地站著，這可能是仍與街道相連的最後一片郊區。過了最後一間小屋，滿布垃圾和碎石的路面往三個方向陡降，下方微暗處是既淺又彎曲的峽谷狀地形。波特抬頭仰望天空，銀河的粉塵帶像跨越天際的大裂縫，白色微光穿透其中。他聽到遠方有部摩托車，當它的聲音終於消失，除了偶爾的雞啼外就沒有其他聲音，像是一首重複旋律中最高音的部分，其他音符則均不可聞。

他開始往下走，在魚骨和塵土間往右方的堤防滑行。到了下方，他伸手碰觸一顆似乎乾淨的石頭，坐了上去。惡臭令人難以忍受，他點燃一根火柴，看到地上滿是雞羽毛和腐敗的瓜皮。他把腳抬起來，聽到上方街道的盡頭有腳步聲，一個人形站在堤岸上方，那人沒有說話，但波特確定他看到他、跟蹤他、知道他坐在下面。那人點燃一根香菸，在那一瞬間波特看到一個頭戴圓筒形絨帽的阿拉伯人。被丟到空中的火柴形成一道消失的拋物線，那張臉消失了，只剩下香菸的紅點。雞啼了數次，最後那男人喊了起來。

「你在找什麼？」

「麻煩就是這樣開始的。」波特想著，不動。

阿拉伯人等了一會兒，走到山坡的最邊緣，一個錫罐大聲地朝波特坐著的石頭滾過來。

「嘿！先生！你在找啥？」

他決定回答，他的法語流利。

「誰？我嗎？沒有。」

阿拉伯人跳下堤防，站在他前面，帶著某種特殊的不耐，幾乎是憤怒的態度，開始質問他。你自己一個人在這裡幹嘛？你哪來的？你要幹嘛？你在找東西嗎？對這些問題波特都不耐地回答：沒事，那邊，沒有，不是。

阿拉伯人沉默了一會兒，試圖決定這對話該朝哪個方向走。他狠狠地吸了幾口菸，讓它燒得十分明亮，然後彈了一下菸，吐出煙霧。

「想散個步嗎？」他說。

「什麼？散步？去哪裡？」

「那邊。」他的手臂朝山的方向揮動。

「那邊有什麼？」

「什麼都沒有。」

兩人再度陷入一片沉默。

「我請你喝杯酒。」阿拉伯人說，然後緊接著問：「你叫什麼名字？」
「尚。」波特說。
阿拉伯人重複念了兩次名字，像在評估它的價值。「我，」拍拍自己的胸部，「史梅爾。所以，一起去喝一杯吧？」
「不了。」
「為何？」
「我不想。」
「你不想，那你想幹嘛？」
「沒幹嘛。」
突然間對話又回到原點，唯一不同的，只有現在阿拉伯人的聲音變得十分憤慨：「你在找啥？你想幹嘛？」波特起身開始爬上山坡，但很困難，雙腳不停地滑下來。阿拉伯人迅速來到他的身邊，拉住他的手臂：「你要到哪裡去，尚？」波特沒有回答，奮力一爬登上坡頂。「再見！」他大喊，迅速走回街上。他聽到背後有一陣情急拚命的攀爬聲，過了一會兒，那男人又來到他身邊。
「你沒有等我。」他帶著忿忿不平的語氣說。
「不，我說再見了。」

「我跟你一起走。」

波特沒有回答，他們安靜地走了一段很長的距離，當他們遇到第一座街燈，阿拉伯人把手伸進口袋拿出一個破舊的皮包，波特看了一眼，繼續走。

「看！」阿拉伯人大喊，拿著皮包在他面前揮舞。波特不看。

「那是什麼？」他直截了當地問。

「我隸屬第五狙擊大隊，看看這文件！看！你就會明白了！」

波特走得更快了，沒過多久街上開始出現人群，沒人盯著他們看，應該是身邊有一個阿拉伯人讓他隱形了。但現在他不確定路對不對了，不過絕對不能被看出來，他繼續直直往前走，彷彿心中毫無疑慮。「越過山頂再下山。」他對自己說，「我不會搞錯的。」

一切看來都是陌生的：房屋、街道、咖啡店，甚至城鎮相對於山丘的樣子。他找不到可以開始往下走的山頂，反而發現不管轉到哪條路去，這裡的街道很明顯地都是上坡，如果要走下坡路，他就得回頭了。阿拉伯人嚴肅地跟著他走，有時在他身旁，當路寬容不下兩人並肩而行時，就悄悄溜到他的後方。他不再試著聊天了，波特充滿興味地發現他有些喘不過氣來。

「若有必要，我可以這樣走上一晚。」他想，「但天殺的我要怎樣回旅館？」

他們突然來到一條不比走廊大的街道，兩邊的牆在他們頭頂上方向中間出挑，相距只有幾吋之遙，有那麼一會兒波特猶豫了：這不是他會想要踏入的那種街道，並且很顯然地，也不是通往旅館的方向。就在那短暫的片刻，阿拉伯人取得控制權，他說：「你不認識這條街嗎？這是紅海街，你知道嗎？來吧，從這條路往前走有阿拉伯咖啡館，很近，來吧。」

波特考慮了一下。他願意不計代價地維持對這個城鎮瞭若指掌的偽裝。

「我不知道今天晚上我想不想去。」他大聲以法文回答。

阿拉伯人開始興奮地拉著波特的袖子。「要啦，要啦！」他大叫，「來啦！我請你喝杯酒。」

「我不喝酒，很晚了。」

附近的兩隻貓對著彼此嘶吼，阿拉伯人哼了一聲然後跺腳，牠們各自朝相反的方向逃走。

「那我們喝茶。」他接著說。

波特嘆了口氣，「好吧。」他說。

咖啡館的入口很複雜。他們走進一個低矮的拱門，穿過昏暗的走廊來到一個小花園。空氣中散發著百合的氣味，但也同時微微帶著排水管的酸臭味。他們在黑暗中通過花園，爬上一道長長的石階。手鼓演奏的斷音從上方傳來，在一片聲浪中拍擊緩慢的節奏。

「要坐裡面還是外面？」阿拉伯人問。

「外面。」波特說，他聞著印度大麻讓人振奮的味道，在爬到階梯頂端時無意識地撫平頭髮，阿拉伯人連這個小動作都注意到了。

「女士禁入，你知道的。」

「噢，我知道。」

經過門口時，他瞥見長長一排明亮的小房間，男人四處坐在地面的蘆葦蓆墊上，他們不是纏著白色頭巾，就是戴著紅色圓筒形絨帽，這個小細節讓整個場景充滿了強烈的同質性，讓波特在經過門口時大喊：「啊！」當他們到達星光下的陽台時，附近黑暗中有慵懶撥弄烏德琴的琴聲，他對他的同伴說：「我不知道這個城市還有像這樣的地方。」阿拉伯人沒聽懂。「像這樣？」他重複，「怎樣？」

「只有阿拉伯人，像內場那樣。我以為所有咖啡店都像街上那些一樣，全都混在一起了：猶太人、法國人、西班牙人、阿拉伯人，全都在一起。我以為戰爭改變了一切。」

阿拉伯人笑了。「戰爭很糟，很多人死了，也搞得沒東西可吃，但就只是這樣，怎麼會改變咖啡店呢？噢，不，我的朋友，這裡永遠都是一樣的。」過了一會兒，他說：「所以你從戰爭開始就沒到過這裡了！但你在戰前有來過嗎？」

「有。」波特說，這是真的；他的船曾在這裡短暫停靠，當時他在鎮上待了一個下午。

茶端上來了，他們聊著天啜飲它，凱特坐在窗邊的影像又慢慢地在波特的腦海中浮現。起初他意識到這件事時，感到一陣罪惡的痛苦，然後他的想像發揮作用，他看到她的臉，帶著怒氣雙唇緊閉，褪去的輕薄衣裳扔得到處都是，現在她一定已經放棄等待上床去了。他聳聳肩憂鬱了起來，一次又一次地攪拌杯底的殘留物，眼睛隨著自己製造出來的漩渦轉動。

「你很難過。」史梅爾說。

「沒有，沒有。」他抬起頭來憂愁地笑了笑，然後又把眼光轉回杯子上。

「生命短暫，應該及時行樂。」

波特很不耐煩，他沒心情進行咖啡店裡的哲學分析。

「是的，我知道。」他簡短地說，然後嘆了口氣。史梅爾捏了捏他的手臂，眼睛閃動著光芒。

「我們離開這裡的時候，我帶你去見個朋友。」

「我不想見他，」波特說，補了一句：「不過還是謝謝你。」

「啊，你真的很難過。」史梅爾笑了：「那是個女孩，像月亮般美麗。」

波特的心臟猛然跳了一下。「女孩。」他無意識地覆述，眼睛還是沒有離開玻璃杯。他為自己內心深處的興奮感到不安，他看著史梅爾。

「女孩？」他說：「你是說妓女。」

史梅爾有點憤慨。「妓女？啊，我的朋友，你不了解我，我不會介紹你那種的。真是胡說！這是我的朋友，非常優雅，非常美，見了她你就知道了。」

樂手停止演奏烏德琴，咖啡店裡人們喊著樂透遊戲的號碼：「Ouahad aou tletine!」

波特說：「她多大了？」

史梅爾遲疑了。「大約十六歲，十六或十七歲。」

「還是二十或二十五歲。」波特斜著眼說。

史梅爾又生氣了。「你是什麼意思，二十五歲？我跟你說她是十六、七歲，你不相信我嗎？聽著，你見見她，若你不喜歡，就只要付茶的錢，然後我們就離開，這樣可以嗎？」

「那如果我真的喜歡她呢？」

「這樣，你要做什麼都行。」

「但我要付她錢？」

「當然你要付她錢。」

波特笑了。「然而你說她不是妓女。」

史梅爾傾身越過桌子靠近他，表現無比的耐性說：「聽著，尚，她是個舞者，幾個禮拜前才離開鄉下沙漠，如果她沒有註冊，也不住在這一區，那怎麼可能是妓女？嗄？告訴我！付她錢是因為你占用她的時間，她在這一區跳舞，但她沒有房間，也沒有床，她不是妓女。所以現在，我們可以走了嗎？」

波特思考了很久，仰望天空，低頭看著花園，環視整個陽台，然後說：「好，我們走吧，現在。」

5

他們離開咖啡店時，他感到他們或多或少是往剛剛來的方向走。街上的人變少了，空氣涼快了些，他們穿越綿長的舊城區，然後突然走出一道高門到達牆外寬闊的空地，這裡非常安靜，星星耀眼，因為出乎意料的新鮮空氣以及再度回到空地脫離出挑房屋的喜悅，讓波特沒有提出縈繞腦海中的問題：「我們要去哪裡？」但當他們繼續沿著似乎是一道乾壕溝邊緣的矮牆走時，他終於出聲了。史梅爾模糊地回答女孩跟一些朋友住在城鎮的邊緣。

「但我們已經在鄉下了。」波特抗議。

「是的，這裡是鄉下。」史梅爾說。

非常明顯地，他是在推託，他的性格似乎又轉變了，才開始的親密已經消失，對波特而言，他又變回那個站在街道盡頭的垃圾堆裡，在斜坡上頭抽著一根明亮香菸的無名黑色形影。你還是可以喊停的，別走了，現在。但兩人踩在石頭上融合的均衡腳步聲太強大了，矮牆轉了個大彎，下方的地面陡降陷入更深的黑暗中。壕溝消失在後方幾百呎之外，他們現在站在一座開闊山谷邊緣的高處。

「土耳其堡壘。」史梅爾用腳後跟敲著石頭說。

「聽我說，」波特開始生氣，「我們要到哪裡去？」他看著前方地平線上黑色高山崎嶇的稜線。

「就在下面。」史梅爾指著山谷。過了一會兒他停下腳步。「階梯在這裡。」他們朝山邊彎身往下看，一座狹窄的鐵梯拴在山壁，沒有扶手，以險峻的角度筆直向下。

「很遠。」波特說。

「啊，是的，那是土耳其堡壘，看到下面的光沒有？」他指著下方微弱閃爍的黯淡紅光，幾乎就在他們的正下方。「那是她住的帳篷。」

「帳篷！」

「下面沒有房子，只有帳篷，很多。下去吧？」

史梅爾先走，緊貼著山壁。「抓著石頭。」他說。

當兩人向下爬，他看到那個微弱燃燒的光是逐漸熄滅的營火，搭蓋在兩個大游牧帳篷中間的空地上。史梅爾突然停下來聆聽，有一陣模糊的男性低語聲，「我們走吧。」他低聲說，聲音聽起來很滿意。

他們到達階梯的尾端，腳踩在堅硬的地面上，波特看到左邊有一棵開了花的巨大龍舌蘭的黑色輪廓。

「在這裡等。」史梅爾低聲說。波特準備點根菸，史梅爾生氣地拍打他的手臂。「不要！」

他低聲說。「但這是怎樣？」波特開始因為神祕的劇碼感到非常生氣。史梅爾消失了。

波特倚著冰冷的石牆等待，等著在聲音平板、低調的對話被一陣問候打斷後會再聽見什麼，但什麼都沒有，聲音恢復到跟之前一樣，一種沒有起伏、連續的聲音。「他一定到另一個帳篷去了。」他想。離得稍遠的那個帳篷，有一邊在營火的亮光下閃爍著粉紅色，更遠的那邊是一片黑暗。他沿著牆移動幾步，設法找出帳篷的入口，但它面對另一個方向，然後他聆聽那邊的聲音，但什麼動靜都沒有。毫無理由地，他忽然聽到凱特在他離開她房間時的臨別評論：「說到底，那比較是你的事，不是我的。」即使是現在，這些話對他也沒有特殊意義，但他記得她說話時的語氣，聽起來既受傷又倔強，這都跟唐納有關。他直直地站了起來，「他在追她！」他大聲低語。他突然轉身走回階梯，開始往上爬，爬了六階後他停下來環顧四周。「我今晚可以做什麼？」他想。「我在用這個當藉口離開這裡，因為我害怕了，管他的，他永遠得不到她。」

一個人影從兩個帳篷的中間飛奔而出，輕快地跑到階梯底部。

「尚！」

聲音輕喚著。波特站住了。

「啊！在這裡！你在那邊幹嘛？來吧！」

波特慢慢地走下來，史梅爾讓出一條路，拉著他的手臂。

「我們為何不能講話？」波特低聲說，史梅爾捏了一下他的手臂。「噓！」他在他的耳邊說，他們繞過較近的帳篷，掠過一叢高高的薊，穿過一堆石頭到達另一個帳篷的入口。

「把鞋子脫掉。」史梅爾下令，一邊把自己的涼鞋脫了。

「這不是個好主意，」波特想。「不要。」他大聲地說。

「噓！」史梅爾把他往裡面推，他的鞋子仍穿著。

帳篷的中央夠高，可以容人站立，入口附近五斗櫃上一截短短的蠟燭提供唯一的光線，因此帳篷裡照不到的地方幾乎是一片黑暗，幾塊草蓆亂七八糟地鋪在地上，物品四散各處凌亂不堪，沒有人在帳篷裡等他們。

「坐下。」史梅爾表現出主人的樣子說。他清理出一片最大的蓆子，上面有一個鬧鐘、一個沙丁魚罐頭和一條骯髒到極點的舊工作褲。波特坐下來，把手肘放在膝蓋上，他旁邊的蓆子上是一個破損的琺瑯便盆，裝著半滿的暗色液體，到處都是不新鮮的麵包碎屑，他自顧自地點燃一根菸，沒有跟史梅爾分享。史梅爾回到入口附近，向外張望。

忽然她走了進來——一個清瘦、有著黑色大眼、外表狂野的女孩。她一身潔白，戴著像纏頭巾的白色髮飾，將頭髮緊緊地向後梳，讓她額頭上靛藍色的刺青花紋更顯突出。一進到帳篷裡，她就筆直站好，帶著某種表情端詳波特，他想，年輕公牛在眾目睽睽之下進入競技場，常常發動最初的幾波攻擊後就力竭了。她靜靜凝視著他，臉上帶著迷惑、恐懼，以及被動的期待。

「啊！她來了！」史梅爾說，仍然壓低了聲音。「她叫瑪妮雅。」他停了一會兒，波特站起來向前走去執起她的手。「她不會說法語。」史梅爾解釋。她沒有笑，用手碰了碰波特的手，然後把她的手指放在唇上，鞠躬，以一種近乎呢喃的方法說：「先生，你好嗎？請坐。」她以一種優雅的莊嚴和特別鄭重的姿態，把燃燒著的蠟燭從五斗櫃上拿下來，走回帳篷的後方，那裡有一塊毯子從天花板向下展開，形成一間局部的隔間室，在消失在毯子後方之前，她轉頭對他們打著手勢說：「快點！快點！」兩個男人跟著她進入隔間，那邊有一張放在一些矮箱子上的舊床墊，企圖做成一個沙龍。簡易沙發床旁邊有一張小茶几，還有一堆高低不平的小墊子，放在茶几旁的毯子上。女孩把蠟燭放在光禿禿的地板，開始將墊子放到床墊上。

「Essmah!」她對波特說，接著轉向史梅爾：「Tsekellem bellatsi.」，然後就出去了。他笑了，低聲呼喚她：「Fhemtek!」波特對女孩很好奇，但語言障礙讓他很困擾，對於史梅爾與她能當著他的面講話這件事感到更為生氣。「她去拿火。」史梅爾說。「好，好。」波特說：「但我們為什麼得低聲說話？」史梅爾的眼睛朝帳篷的入口轉了轉。「男人在另一個帳篷裡。」他說。

不一會兒她回來了，帶了一個燒著木炭的陶壺。當她煮水準備泡茶時，史梅爾和她聊天，她的回答總是嚴肅的，她壓低了聲音，但帶著愉快的聲調，對波特來說，她更像個年輕修女而非咖啡店的舞者。但同時他一點都不信任她，只是很滿足地坐在那裡，看著她染成棕紅色的靈巧手指，將薄荷的莖摘下來，塞進小小茶壺裡的優雅動作。

她試喝幾次，終於感到滿意，分別交給兩人一個杯子，以一種莊重的態度坐下，開始喝她自己的茶。「坐這裡。」波特拍拍他身邊的沙發說。她表示自己很滿意現在的位置，然後有禮貌地謝謝他。她把注意力轉向史梅爾，跟他聊了很久，波特則啜飲自己的茶試圖放鬆。他感到某種壓迫感，知道就快要破曉了——絕對在一小時之內左右的時間，這一切都在浪費時間。他焦慮地看著表，停在兩點五分，但表還在走，時間絕對比這還晚。瑪妮雅向史梅爾問了個問題，似乎提到波特。「她想知道你有否聽過烏特卡、米慕娜與艾佳的故事，」史梅爾說。「沒有，」波特回答。「Goul, lou, goul lou.」瑪妮雅急切地對史梅爾說。

「有三個來自山區的女孩，就在靠近瑪妮雅家鄉的地方，她們名叫烏特卡、米慕娜和艾佳。」瑪妮雅慢慢點著頭表示肯定，她溫和的大眼定定地盯著波特。「他們到馬札卜（M’Zab）追求財富。大部分的山區女孩會到阿爾及爾、突尼斯、這裡賺錢，但這些女孩都有一件最想做的事，她們想在撒哈拉喝茶。」瑪妮雅繼續點著頭，完全仰賴史梅爾念出這些地名跟上這個故事。

「我了解。」波特說，對這個故事會是個喜劇或悲劇毫無頭緒；他決定要小心，以便假裝自己如同她期盼的那樣興味盎然。他只希望是個簡短的故事。

「馬札卜的男人都很醜惡。女孩們在蓋爾達耶（Ghardaia）的咖啡店跳舞，但他們總是很悲傷；他們還是想到撒哈拉喝茶。」波特又瞥了瑪妮雅一眼，她的表情十分嚴肅，他再度點點頭。「所以，好幾個月過去了，她們還在馬札卜，並且非常、非常悲傷，因為男人全都如此醜陋。他們非常醜陋，像豬一樣，而且也不付足夠的錢給那些可憐的女孩，好讓她們能到撒哈拉去喝茶。」每次他用阿拉伯語的發音方式，在第一音節用很強的重音念「撒哈拉」的時候，他都會停頓一下。「有一天來了個塔吉（Targui）人，他既高大又英俊，開著一台漂亮的梅哈利[1]；他和烏特卡、米慕娜和艾佳聊天，告訴他們關於沙漠的故事，他住的地方，他的家鄉。她們聽著，睜大了眼睛。然後他說：『為我跳舞吧。』她們跳了。然後他和她們三個做愛，他給了烏特卡一枚銀幣，給了米慕娜一枚銀幣，給了艾佳一枚銀幣，天剛亮，他就坐上他的梅哈利往南方開去。在那之後她們非常傷心，對他們來說馬札卜人比從前更顯醜惡了，只思念著住在撒哈拉的高大塔吉人。」波特點燃一根菸，他注意到瑪妮雅期盼地看著他，他把整包菸給她。她拿了一根，用簡陋的火鉗拿起一塊燃燒中的木炭接近香菸尾端，它立刻燃燒起來，接著她把它拿給波特，拿走他手上的那根作為交換。他對她微笑，她幾乎不可察覺地微微欠身。

「許多個月過去了，他們還是無法賺到足夠的錢到撒哈拉去。她們留著銀幣，因為三個人

---

1 梅哈利（mehari），雪鐵龍生產的軍規越野車，非常適合行駛於撒哈拉沙漠區。

都愛上了塔吉人，一直都很悲傷。有一天她們說：『我們會這樣耗盡的，永遠悲傷，永遠不曾在撒哈拉喝茶。所以無論如何，我們現在必須離開，就算沒有錢。』她們把所有的錢集中在一起，甚至包括三枚銀幣，然後她們買了一只茶壺、一個托盤和三個杯子，買了車票到古萊阿（El Goléa）去。到了那裡，她們只剩下一點錢，就全部給了一個開拖車往南到撒哈拉去的旅行商人，於是他讓她們搭便車。有一天晚上，當太陽下山時，她們來到了大沙丘，於是她們想，『啊，現在我們在撒哈拉，我們要來泡茶了。』月亮出來了，所有男人都睡了，除了守衛，他跟駱駝坐在一起，吹著笛子。」史梅爾的手指在他的嘴唇前面擺動。「烏特卡、米慕娜和艾佳安靜地帶著托盤、茶壺和杯子離開拖車，她們要去尋找最高的沙丘，好看到整個撒哈拉，然後她們要泡茶。她們走了很久，烏特卡說：『我看到一座很高的沙丘。』她們走過去爬到山頂。然後米慕娜說：『我看到那邊有一座沙丘，比這裡高多了，我們可以從那邊眺望因撒拉赫（In Salah）。』所以她們往那邊去，那座沙丘高多了，但當他們到達山頂時，艾佳說：『看！最高的沙丘在那邊，我們可以看到塔曼拉塞特（Tamanrasset）了，塔吉人就住那邊。』太陽出來了，她們繼續走著，中午時感到非常炎熱，但當她們抵達沙丘，還是一直往上爬。到達山頂時，她們都非常疲倦，說：『我們休息一下再來泡茶。』但還是先把托盤、茶壺和杯子擺好，然後躺下來睡覺。然後——」史梅爾頓了一下看著波特，「許多天之後，另一輛拖車經過，一個男人看到在最高的沙丘上有些什麼，當他們上去察看時，他們看到烏特卡、米慕娜和艾佳；

三人仍舊用睡著的姿勢躺著，三個杯子，」他舉起了自己的小茶杯，「都裝滿了沙。這就是她們在撒哈拉泡的茶。」

然後是很長一段沉默，顯然這就是故事的結局了。波特看著瑪妮雅，她還是點著頭，眼睛定定地看著他。他決定放膽評論：「非常令人難過。」他說。她立刻詢問史梅爾他說了什麼。「他說他很難過。」史梅爾翻譯。她慢慢閉上眼睛，仍然點著頭。「是啊！」她說，再度張開眼睛。波特迅速轉向史梅爾。「聽著，現在很晚了，我想跟她談個價錢，該給她多少？」

史梅爾看起來很震驚。「你不能那樣做，就跟和妓女交易沒兩樣！她不是妓女，我說過了！」

「但如果我留下來，還是要付她錢？」

「當然。」

「那我想要現在談好。」

「我不能替你那樣做，我的朋友。」

波特聳聳肩站起來。「我得走了，很晚了。」

瑪妮雅的眼光迅速在兩個男人間打轉。然後她輕聲對史梅爾說了一、兩個字，他皺起眉頭，但打著呵欠走出帳篷。

他們一起躺在沙發上，她非常美麗、非常柔順、非常善體人意，但他仍不信任她。她不願把衣服完全脫光，但在她拒絕的嬌柔姿態中，他看到一種根本的順服，需要的只是時間而已。隨著時間他將贏得她的信任；今晚他將擁有那從一開始就被視為理所當然的東西。他躺著忖度這件事，看著她無憂的臉龐，想起自己一、兩天內就要往南走了，他在內心詛咒自己的運氣，對自己說：「總比沒有好啊。」瑪妮雅靠過來，用手指捻熄蠟燭，有那麼一瞬間安靜無聲、一片漆黑。然後他感到她柔軟的手臂慢慢地環繞自己的脖子，唇吻在額頭上。

幾乎是同時，遠方有一隻狗開始嚎叫。有那麼一會兒他沒聽到，但當他意識到時，就憂慮了起來。這種不當的樂聲來得不是時候，他立刻發現自己在想像凱特是安靜的觀眾，這樣的幻想讓他興奮——那哀傷的嚎叫對他再也不成困擾了。

還不到十五分鐘後，他起身凝視毯子，然後望向帳篷入口：天還是黑的。他突然被想離開這個地方的欲望所緊攫，坐在沙發上開始穿衣。那雙手臂再度悄悄環了上來，圍在他的脖子上，他移開它們，開玩笑地拍了幾下。這次只有一隻手臂回來，另一隻則滑進他的外套中，他感到自己的胸部被輕輕撫摸。一些曖昧的動作讓他把手伸進去，放在她的手上——他的皮包已經在她的指間了，他用力從她手中搶走，猛然將她推回床墊上。「啊！」她很大聲地叫，他站起來，在跑向出口時被四散的雜物絆倒發出巨響。這一次她短暫地尖叫，另一個帳篷的聲音變得清晰可聞，他手上拿著皮包衝了出去，猛然左轉開始奔向牆邊。他跌倒兩次，一次是因為一塊岩石，一次則是因為地面無預警地向下陡降。當他第二次站起來時，看到一個男人從另一邊過來要在階梯前攔截他，他一瘸一拐地走著就快到了。他終究到達了，在爬上階梯的整段路上，他都覺得似乎下一秒就立刻有一個在身後追趕的人抓住他的腳。他的肺感到巨大的痛苦，彷彿會立刻爆炸。他的嘴巴張開，嘴角乾燥，牙關緊咬，喘氣時空氣在牙縫間發出咻咻的聲音。爬到上面時，他回頭，抓住一個他不可能拿得動的大石頭，他真的拿了起來，朝階梯下方猛力丟去。然後他深深地吸了一口氣，開始沿著矮牆奔跑。天空明顯地亮了些，東方低矮山丘的後方，有一道潔淨的灰色光芒從上方灑落。他沒有辦法跑得非常遠，心臟跟頭頸的血管一起狂跳，知道自己永遠無法回到鎮上。與山谷不同側的路邊是一道牆，太高了，爬不過去，但再過去幾百呎，有一處敞開的捷徑，泥土和碎石堆成了完美的踏腳階。他切進牆裡往來時的方向去，迅速跑上一個綴滿平坦石床的緩坡上，這些是伊斯蘭墓碑。最後他終於坐下來一分鐘，把頭埋進手中，立刻意識到幾件事：在頭部和胸口的疼痛、他已經沒有抓著自己的皮包了、心臟巨大的跳動聲，但這些都沒有讓他停止想像下一秒鐘就會聽見下面追趕他的人在路上興奮的聲音。他站起來，穿過墓地搖搖晃晃地往上蹣跚而行，最後山丘終於朝另一個方向變成下坡。他感到安全一些，但隨著每分每秒愈加逼近的日出光芒，又能輕易地從遠方看到他孤獨的身影在山上徘徊。他朝下坡奔跑起來，始終維持相同的方向，偶爾有些猶豫，因為害怕跌倒所以絕不抬頭看；他跑了很久，墓地被拋在後面。最後他終於到達一小塊長滿灌木和仙人掌的高地，從那裡他可以俯視整個鄰近的鄉村，他在灌木間坐下，四周一片寧靜，天空是白色的。他三不五時地小心站起來凝望，就是那時候，當太陽升起時，從兩叢夾竹桃間望去，他看到橫亙在他跟山脈間綿延數哩的閃亮鹽沼，反射出紅色光芒。

6

凱特滿身大汗地醒來，早晨炎熱的陽光灑滿全身。她踉蹌爬起來把窗簾拉好，然後跌回床上，剛剛躺的地方床單都濕了。一想到早餐，她的胃也絞緊了。在從前某些日子裡，當她從睡眠中醒來，可以感受到死亡像低雨雲般在頭上盤旋，那是段艱困的時光，絕大部分的原因並非來自當時她強烈意識到停滯不去的災難，而是她慣常擁有的安撫警示系統功能已經全然崩毀。若是平常的日子，當她出門逛街途中扭傷腳踝或被家具刮傷皮膚，就可以輕易得到這趟購物之旅無論如何都會失敗的結論；如果堅持要去，就會對她產生真正的危險。至少在那些日子裡，她知道哪些是好兆頭，哪些是壞的。但這些日子以來，是變化莫測的，她的末日感是如此強烈，變成一種如影隨形的敵對意識，能夠預知她避免與惡兆正面衝突的企圖，因此非常能夠設下陷阱對付她。因為這樣，第一眼看來似乎是吉祥的徵兆會很輕易地變成只是某種誘惑她陷入危險的圈套。同樣地，在這樣的例子中，扭傷的腳踝也可以被忽略，因為它可能讓她放棄出門的念頭，當暖氣爐的汽鍋爆炸、房子失火、或某個她特別想避開的人來訪時，她可能就會決定待在家了。在她個人生活以及與朋友的關係中，這些考量占了極大比例。她可以整個早上都坐著，試圖回憶一個短暫場景或對話的細節，好在腦海中試著解析每一種姿態或句子、臉部表情或聲調的各種可能詮釋，並且加以排列組合。她生命很大的一部分都花在為預兆進行分類，所以她發現由於自己的懷疑，使得維持日常生活運作的能力都降到最低，無法施展這項功能就不令人感到意外了。就像被某種奇怪的癱瘓侵襲一樣，她一點反應都沒有，整個性格都不見了，顯得憂愁不堪。在那些厄運的日子裡，熟悉她的朋友會說：「噢，這是凱特之日。」如果在那些時候她顯得柔順並且看似通情達理，那只是因為她機械式地模仿自己視之為理性的行動而已。她這麼討厭聽人講述夢境的一個原因是，敘述這些故事立刻將她的注意力引到自己內心的激烈掙扎——理性與返祖現象的戰爭。在知性的討論中，她永遠都是科學方法的擁護者，但同時無可避免地，她會將夢境視為一種惡兆。

更複雜的狀況來自那些幾乎不可能有厄運從天而降的好日子。一切都是好徵兆；一種善良的神祕氛圍在每個人、物、環境背後發光，在那些日子裡，如果她允許自己依照感覺行動，可以過得非常快樂。但近來她開始相信這樣的日子不但已經相當稀少，而且它們之所以出現只是為了讓她卸下防備，這樣她就無法處理惡兆了，自然的愉悅會因此變成緊張而微帶歇斯底里的怒氣。在對話中，她會一再自我表述，試著假裝自己的評論出於一種任性的玩笑，但事實上，全都是以一種惡意幽默能隱含的所有怨毒來表達。

她本身並不受其他人干擾，就跟大理石雕像並不會被爬在上面的蒼蠅打擾一樣；然而，因為她生命中這些可能的徵兆，指涉了令人不悅的事件或者對她生活帶來負面影響的先行者，她會賦予其他人最高的重要性。她會說：「其他人支配了我的人生。」這是真的。但她容許他們這樣做，只因為迷信的想像賦予他們與她自身命運相關的奇幻重要性，絕非他們的人格喚醒她內心深處的任何同情與理解。

大半個夜裡她都清醒地躺著思索。她的直覺通常讓她察覺波特正在意圖不軌，她總是告訴自己他做什麼都沒關係，但長久以來如此頻繁地在腦海中重複這樣的陳述，已經讓她開始懷疑起其真實性。要接受自己的確很在意的事實並不容易，她違背意願，強迫自己承認自己仍屬於波特，即使他並沒有主張自己的所有權——這樣她就仍然活在一個被遙遠微光般的可能奇蹟點亮的世界裡：他也許會回到她身邊。這讓她感到難堪，因此，當然，也對她自己感到憤怒，了解一切都由他決定，她只能等待他那邊某些可能性很低的任性之舉，某些可能存在於預期外的態度會把他帶回來。她太聰明了，因此絕不可能讓自己朝那個方向盡任何最小的努力；即使最隱微的方法都會失敗，而失敗遠比從未嘗試更糟。整件事只關乎坐好、待在那裡，也許有一天他會看到她。但同時這麼多珍貴的時日就這樣過去，浪費了！

唐納讓她不悅，雖然他的存在和對她的興趣提供了一種傳統狀況，如果善加利用，也許可以帶來任何其他事物都無法企及的結果。但基於某些原因，她無法跟他打情罵俏。他讓她感到無趣；她無法克制地拿他和波特比較，並且最後總是由波特勝出。夜裡當她躺在床上思索時，一再嘗試讓唐納變成幻想激情的對象，自然這嘗試失敗了。然而她仍然決定試著跟他建立更親密的關係，即使事實上她非常清楚就算自己如此決定，這不僅對她而言是個徹頭徹尾討厭的工作，並且如同過去她有意努力去做的那般，都是為了波特。

通往大廳的門上傳來敲門聲。

「噢，我的天，是誰？」凱特大聲說。

「我。」那是唐納的聲音，如同往常一般，他聽起來爽朗得令人討厭。「你醒著嗎？」

她在床上翻滾，發出聲響遮掩嘆息，拍打床單，讓床的彈簧發出咯吱響聲。「沒有很清醒。」最後她終於呻吟著說。

「現在是一天當中最好的時間，你不該錯過！」他喊著。

出現了一陣刻意的沉默，在這當中她想起自己的決心。她以受苦般的聲音喊：「等我一分鐘，唐納。」

「好！」一分鐘，一小時——他會等待，然後在終於請他進來時表現出一樣溫柔（以及虛偽，她想）的笑容。她把冷水潑在臉上，用一條薄土耳其巾擦乾，塗上口紅，用梳子梳頭髮。她突然感到一陣狂亂，開始環顧房間尋找合適的浴衣。透過波特房間半掩著的門，她看到他的白色厚絨大睡袍掛在牆上。她急速地敲著門走進去，不見人影，於是抓走了睡袍。她在鏡子前圍上腰帶，滿意地看著鏡子裡的身影，沒有人能夠指控她特別挑選這件衣服來賣弄風騷。這件衣服在她身上直拖到地，必須捲兩次袖子才能露出雙手來。

她把門打開。

「嗨！」

就是那個笑容。

「哈囉，唐納，」她冷淡地說：「進來吧。」

他走到窗戶旁把窗簾往兩旁拉，經過她身邊時用左手揉了揉她的頭髮。「你在這裡舉辦降神會嗎？啊，這樣我才看得到你。」整個房間充滿強烈的晨光，擦亮的地磚像水一般地將太陽反射在天花板上。

「你好嗎？」她茫然地說，重新站到鏡子前面，梳著被他弄亂的頭髮。

「好極了。」他對著她鏡子裡的影像微笑，眼睛閃閃發光，甚至，她很不高興地注意到，他還移動特定的臉部肌肉來強調臉頰上的酒窩。

「他真是非常假惺惺。」她想。「他到底跟我們在這裡幹嘛？當然，這是波特的錯，他就是那個鼓勵他一起來的人。」

「昨晚波特怎麼了？」唐納說：「我算是在等他，但他沒有出現。」

凱特看著他。「等他？」她狐疑地重複。

「喔，我們沒有很明確地約在我們的咖啡館，你知道哪一家，去喝杯睡前酒，但他連個影子都沒有。我上床去，看書看得很晚，到三點他都還沒回來。」這全是假的，事實上唐納說的是：「如果你有出門，往愛克慕裡面看看，我可能會在那裡。」他在波特出去沒多久也跟著出門了，他釣上一個法國女孩，在她的旅館裡待到五點。當他在清晨回來時，設法透過玻璃低氣窗窺視他們的房間，已經看到一個房間裡的床是空的，而凱特睡在另一個房間的床上。

「真的嗎？」她轉身面對鏡子說。「這樣他一定睡得不多，因為他已經出去了。」

「你是說他還沒有回來。」唐納熱切地盯著她說。

她沒有回答。「可以麻煩你幫我按一下那裡的鈕嗎？」過了一會兒她說。「我想要來杯他們的菊苣茶和一塊像石膏一樣的可頌麵包。」

當她認為已經過了夠久的時間，她晃進波特的房間檢視他的床。床已經鋪好準備讓人睡覺，但到現在都沒被動過。並不確切明白為什麼，她把床單整個拉下來，在床上坐了一會兒，手在枕頭上壓出凹痕。她把光鮮的睡衣展開，在腳邊扔了一地。僕役敲著門，她回到自己的房間點餐。當僕役離開時，她把門關上，坐在窗邊的扶手椅上，沒有看向窗外。

「你知道，」唐納若有所思地說：「我最近想了很多，你是個難以理解的人，很難了解你。」

凱特憤怒地嘖了一聲。「噢，唐納！不要再假裝有趣的樣子。」她立刻責怪自己表現出不耐煩，微笑著補充說：「這種樣子在你身上看起來很糟。」

他受傷的表情瞬間轉為微笑。「不是，我說真的，你是個迷人的個案。」

她生氣地緊抿雙唇；感到非常憤怒，雖然她覺得他說的話全都很愚蠢，但大部分的原因不光只是這樣，而是光想到現在必須跟他對話這件事幾乎就超過她所能忍耐。「也許。」她說。

早餐送到了，她喝咖啡吃可頌的時候，他跟她坐在一起，她的眼神夢幻，他有一種感覺，覺得她徹底忘了他的存在。當她快吃完早餐時，轉頭禮貌地對他說：「我吃東西的時候你可以離開一下嗎？」

他開始笑，她看起來很吃驚。

「快點！」他說：「我想在天氣變得太熱之前帶你出去散個步，雖然你的清單上已經排很多事了。」

「噢！」她呻吟，「我不想——」但他迅速地打斷她。「快點，快點，你把衣服穿好，我到波特的房間等，甚至會把門關上。」

她想不到任何可以說的話。波特從不命令她；他會退縮，希望如此可以發現她真正想要的，但對她來說他讓整件事更困難了，因為她幾乎不依照自己的欲望做事，相反地，只是依據那一套複雜系統，從那些根本可忽略的細節所觀察出的惡兆間取得平衡來行動。

唐納已經走進相連的房間裡把門關上，凱特想到他會看到那些凌亂的被單就很高興。當她更衣時，聽到他在吹口哨。「討厭鬼，討厭鬼，討厭鬼！」她壓低聲音說。就在那時候，另一扇門開了；波特站在走廊上，左手撫著頭髮。

「我可以進來嗎？」他問。

她盯著他。

「嗯，當然可以，你怎麼了？」

他還站在那裡。

「你到底怎麼了？」她不耐煩地說。

「沒事。」他粗著嗓門說，大步走到房間中央，指著關上的連接門說：「誰在裡面？」

「唐納，」她帶著一種真誠的無辜說，彷彿是一件最自然的事。「我換衣服，他在等我。」

「你們在搞什麼鬼？」

凱特臉紅了，很激烈地轉身。「沒事，沒事。」她迅速地說：「不要生氣，不然你以為怎麼了？」

他沒有把聲音壓低。「我不知道，我在問你。」

她雙手手指張開，推著他的胸膛朝著門走去要把它打開，但他抓住她的手臂反過來扭著她。

「拜託，不要！」她憤怒地低聲說。

「好，好，我自己開門。」他說，好像允許她去開門會冒太大的風險一樣。

他走進自己的房間，唐納正把身子探出窗外往下看，他轉過身來燦爛地微笑。「唷，唷！」他開口說。

波特瞪著自己的床。「這是什麼？你的房間怎麼了，你得待在這裡？」他質問。

但唐納顯得一點都不進入狀況，或者他拒絕承認有任何狀況。「所以！從戰爭中回來了！」他大喊。「你看看！凱特和我要去散步，你也許想睡個覺。」他把波特拖到鏡子前面。「看看你自己！」他命令道。看到自己骯髒的臉和發紅的眼眶，波特退縮了。

「我想來杯黑咖啡，」他咕噥著說：「還想下去刮個鬍子。」現在他把聲音提高了。「然後我希望你們兩個都滾出去散你們的步。」他粗魯地按牆上的鈕。

唐納友愛地拍了一下他的背。「等會兒見，老頭子，睡一下覺吧。」

他走出去時，波特怒目瞪視他，等他離開後就坐到床上去了。一艘大船剛剛入港，深沉的氣笛聲在街道的喧鬧聲之下響著。他躺回床上，稍微喘了口氣，門上響起敲門聲時，他完全沒有聽到。僕役把頭伸進來，說：「先生？」等了幾秒，然後安靜地關上門離去。

7

他睡了一整天，凱特在午餐時間回來，躡手躡腳地進門，咳了一聲看他是否醒著，沒有喊他就出去吃飯了。在黃昏前他醒來了，感覺非常清淨，他起身慢慢脫掉衣服，在浴室裡，他放了一缸熱水，泡了一個長長的澡，刮了鬍子，然後尋找他的白色浴袍。他在凱特的房裡找到了，但她不在那裡，桌上放了很多種買來供旅途上使用的雜貨，大部分來自英國的黑市，從標籤上來看，它們是英王喬治六世的指定品牌。他打開一包餅乾，狼吞虎嚥，吃了一片又一片。窗外的城鎮開始變暗了。就是在黃昏的這個時刻，發光的物體會明亮到不自然的程度，其他東西則是寧靜的黑暗。城市的電力還沒有啟動，所以僅有的亮光來自幾艘停泊在港口的船，城市本身既非明亮亦非昏暗——僅僅是位於建築物和天空間的一個空盪區域。右邊是山，第一座山從海裡延伸出來，對他而言像是一張大床單上的兩只膝蓋。雖然只是一秒的瞬間，但他感受到這些變化的強大影響，成為一種生理上的感覺，彷彿置身久遠之前的他方，然後再度看到山陵。他晃下樓去。

他們有一種看法，就是不要光顧旅館的酒吧，因為那裡總是空蕩蕩的。現在，走進這個陰暗的小房間，波特有點吃驚地看到吧檯旁邊坐著一個神情嚴肅的年輕人，他的臉幾乎毫無特徵，只有凌亂的棕色鬍子讓他不至於徹底沒有存在感。當他在另一端坐下時，那個年輕人帶著濃重的英國腔說：「再來一杯堤歐雪莉酒。」然後把杯子推給酒保。

波特想起在西班牙赫雷斯（Jerez）一個涼爽的地下酒窖喝到的一八四二年堤歐雪莉酒讓他感到多麼飄飄欲仙，於是點了一樣的。那個年輕人帶著某種好奇的眼光看他，但什麼都沒說。過了沒多久，一個膚色灰黃、染著像火一般棕紅色頭髮的胖女人尖叫著在門口出現，她有雙如同人偶般的無神黑眼，因為閃亮的眼妝而更顯得缺乏生氣，年輕人轉身朝向她。

「哈囉，媽，進來坐下吧。」

女人移動到年輕人的身邊，但沒有坐下。從她的激動和憤怒看來，似乎沒有注意到波特。她的聲音高亢：「艾瑞克，你這個可惡的傢伙！」她大叫，「你知道我到處找你嗎？從沒見過這種態度！你在喝什麼？李維醫師已經跟你說過那些，你還喝酒是怎樣？你這可惡的小鬼！」

年輕人沒有看她。「不要這樣大叫，媽。」

她朝波特的方向瞥了一眼，看到了他。「艾瑞克，你在喝什麼？」她再度盤問，她的聲音稍微和緩了些，但還是一樣急切。

「只是雪莉酒，而且相當不錯，希望你不要這麼生氣。」

「你覺得誰要替你的任性買單？」她在他旁邊的凳子坐下，開始在袋子裡亂摸。「噢，可惡！我忘記帶鑰匙下樓了。」她說：「真是感謝你的輕率，你得讓我從你的房間進門了。我已經找到了最美的清真寺，但裡面滿是如惡魔般尖叫的小孩，他們真是骯髒的小動物！我明天帶你去。如果雪莉酒是不甜的，幫我點一杯，我想那會對我有幫助，我整天都感覺好悲慘。我很確定瘧疾又回來了，差不多是流行的時候了，你知道的。」

「再一杯堤歐雪莉酒。」年輕人冷靜地說。

波特觀賞著，如同以往一般，總是對一個人的重要性被降格到像機器人或諷刺漫畫的景象感到著迷。不管是在怎樣的情況下少了怎樣的禮節，不管是滑稽或可怕，這樣的人總會令他開心。餐廳既不友善卻又正式，若是服務無懈可擊還勉強能讓人接受；偏偏這裡不是這樣，服務生不帶感情、動作遲緩，似乎連了解客人的需求、甚至包括詢問法語通不通都有困難，當然更不會表現出任何想要取悅他人的跡象。兩個英國人被帶到波特和凱特吃飯那一角附近的桌子，唐納和他的法國女友出去了。

「他們來了，」波特悄聲說：「豎起一隻耳朵聽，但試著保持沒有表情。」

「他看起來像是年輕的瓦謝[2]，」凱特說，把身體從桌子挪遠了些，「在法國流浪，到處分

2　喬塞夫·瓦謝（Joseph Vacher，一八六九～一八九八），法國連續殺人魔，從一八九四年開始的三年犯案期間內殺了至少十一人，其中多為青少年。有時被稱為「法國開膛手」或「東南部開膛手」（因犯案地點多位於法國東南部鄉間）。

屍小孩的那個人，你記得嗎？」

他們安靜了幾分鐘，希望另一張桌子能讓他們分心，但媽媽和兒子顯然對彼此無話可說，最後波特轉頭對凱特說：「噢，我還是會想這件事，今天早上到底是怎樣？」

「你一定要現在討論這件事嗎？」

「不，但我只是問問，我想也許你可以回答。」

「你看到的就是全部了。」

「如果我這樣想，就不會問你了。」

「噢，你不明白嗎——」凱特一開始帶著惱怒的聲調，然後住口了。本來她要說：「你難道看不出來我不希望唐納知道你昨晚沒回來嗎？你難道看不出來他會很有興趣嗎？你難道不明白這就是他想看到的失和嗎？」相反地，她說：「我們必須討論這個嗎？你進來時我就已經跟你說完整件事了，他來的時候我正在吃早餐，等我換衣服時，就叫他到你的房裡等。這不是萬分恰當嗎？」

「這就要看你恰當的概念是什麼了，寶貝。」

「就是啊，」她酸溜溜地說：「你應該注意到我還沒說你昨晚做了什麼。」

波特微笑，平靜地說：「你無法，因為你不知道。」

「而且我不想。」她忍不住怒氣。「你想覺得怎樣就怎樣，我才不在乎。」她瞥了隔壁桌一眼，注意到那個眼睛又大又明亮的女人興致盎然地盡其所能偷聽他們的對話。當那位女士看到凱特已經發現她在注意，就轉回年輕人身上開始大聲獨白。

「這個旅館的排水系統最特別了，不管你把水龍頭關得多緊，它都不起任何作用，水流會一直嘆息著汩汩流出。法國人的愚蠢啊，真是令人難以置信！他們全都腦殘了。高提耶夫人自己跟我說過，他們國家的智商是全世界最低的。當然，他們的血脈不純，狀況更糟的是，全都有猶太人或黑鬼的血統，看看他們！」她比了一個表示整個房間的大手勢。

「噢，這裡，也許吧！」年輕人說，將水杯舉高對著燈光仔細研究。

「在法國！」女人興奮地大喊。「高提耶夫人自己就這樣跟我說，我也在很多的書和報紙上讀過。」

「這水真噁心，」他喃喃地說，把杯子放回桌上。「我覺得我不該喝它。」

「你真是個膽小的娘娘腔！別再抱怨了！我不想聽！我受不了再聽你講骯髒和蟲子。別喝，沒人在乎你喝不喝。不管怎樣你就是害怕，那就照你的方法配著飲料吞下所有東西好了，成熟點吧。你有帶普里默斯燈的煤油嗎？還是跟維多礦泉水一起忘記了？」

年輕人帶著惡意嘲弄的仁慈微笑，像對發展遲緩的孩子講話一般慢慢地說。「沒有，我沒忘記煤油，也沒忘記維多礦泉水，罐子在後車廂，現在，請容我告退，我想我該去散個步。」

他起身，仍帶著令人萬分厭惡的微笑，從餐桌離開。

「唷，你這個沒禮貌的小孩！我要賞你一巴掌！」女人在他身後大叫，他沒有回頭。

「他們不是很妙嗎？」波特悄聲說。

「非常有趣，」凱特說，她還是非常生氣。「你何不邀請他們加入我們的大遷徙？那正是我們需要的。」

他們沉默地吃著水果。

晚餐後，凱特上樓回房，波特則在旅館冷清的街面樓層亂逛，從昏暗燈光高懸天花板的寫字間，晃到塞滿棕櫚樹的大廳，那裡有兩個穿著黑衣的法國老女人坐在椅子邊緣悄聲聊天；前門入口的對面停著一輛很大的賓士房車，他站在那裡對著它呆看了幾分鐘，然後回到寫字間。他坐下，頭頂黯淡的燈光依稀照著牆上的旅遊海報：神祕之地，法國航空，走訪西班牙。頭頂上方的鐵窗外傳來女人嚴厲的聲音，還有廚房活動的金屬聲響。這個房間比其他的更讓他覺得像個地牢，電影院的電鈴聲比其他所有持續不斷、使人不安的噪音更大聲而清晰可聞，他走向書桌，把吸墨紙拿開，打開抽屜尋找文具，但那裡空無一物。他搖了搖墨水池，是乾的。廚房傳來激烈的爭吵聲，他一邊抓著手上剛被蚊子叮咬的部位，一邊慢慢地走出房間，穿過大廳，沿著走廊進入酒吧。即使在這裡，燈光也是微弱而模糊的，但吧檯後面成排的酒瓶成了目光的有趣焦點。他有點消化不良——不是真的不舒服，在那個時刻，未來的痛苦還只是某個捉摸不到位置的小小的肉體不適。黝黑的酒保充滿期待地盯著他，屋子裡沒有其他人，他點了一杯威士忌，坐下來，慢慢品嘗。旅館某處的馬桶水沖了下去，發出窒息與反胃的聲音。

體內令人不舒服的緊繃減輕了，他覺得清醒許多。酒吧既悶熱又令人憂鬱，滿是孤絕事物與事物與生俱來的哀傷。「從這個酒吧賣出第一杯酒的那天開始，」他想，「曾經有過多少快樂時光呢，這裡？」快樂，如果還有這種東西的話，也存在於其他地方：在可以看到明亮巷道上貓咪啃咬魚頭的僻靜房間；在掛著蘆葦蓆子的陰涼咖啡廳，大麻菸混著熱茶中氤氳的薄荷氣味；往碼頭去，搭在鹽沼邊的帳篷裡（他忽略瑪妮雅的白色影像，還有平靜的臉）；山那邊的大撒哈拉，整個一望無際的地區都是非洲。但快樂不在這個悲哀的殖民之室中，在這裡，每種召喚歐洲之物都只是另一個齷齪的痕跡、孤獨的具體證據。在這樣的房間裡，母國顯得遙不可及。

他坐在那裡規律地小口吞下溫威士忌時，聽見腳步聲從走廊接近。年輕的英國人進到房間裡，沒有朝波特的方向看，逕自在一張小桌子旁坐下。波特看著他點了杯酒，當酒保回到吧檯後方，他往那桌走去。「打擾了，先生。」他說：「你會講法文嗎？」「會，會。」年輕人回答，看起來嚇了一跳。「但你也說英文吧？」波特迅速追問。「是的。」他回答，把杯子放下來，用一種波特懷疑完全只是做作的態度看著對他說話的人。他的直覺告訴他，在這種狀況下，諂媚是最有把握的方法。「那麼，也許你可以給我一些建議。」他非常嚴肅地說。

年輕人虛弱地微笑。「如果是關於非洲，我敢說可以。過去五年我都在這裡鬼混，這是個迷人的地方，當然。」

「奇妙，是的。」

「你也知道？」他看起來有點擔心；他是如此希望自己是唯一的旅人。

「只有某些特定的地方。」波特向他保證。「我在北邊和西邊旅行過很多地方，大概是從的黎波里（Tripoli）到達喀爾（Dakar）。」

「達喀爾是個骯髒的地方。」

「但全世界的港口都是這樣，我需要關於匯兌的建議。你覺得哪家銀行最好用？我有美金。」

英國人微笑了。「我想我是可以給你這類資訊的好人選。事實上我本身是澳洲人，但我母親和我大多使用美金。」他開始向波特提供北非法國銀行系統的完整說明，他的聲音呈現一種老派教授的語調；用一種令人不悅的冬烘態度表現自己，波特想。同時在他的眼中有一道光芒，非但與聲音和態度不符，也消除了其言語可能具有的分量。對波特來說，這個年輕人對他說話的方式似乎自認為在跟一個瘋子打交道；彷彿對話的主題經過挑選，不但合乎那樣的場合，也可以拖延夠長的時間，直到病人平靜下來。

波特讓他繼續長篇大論，現在已經離開銀行業務進入個人經驗了。這個領域更加豐富，顯然是年輕人從一開始就設定的目標。波特沒有評論，只維持偶爾禮貌性的感嘆，給這個獨白披上對話的假象。他得知在這位年輕人和他的母親抵達蒙巴薩（Mombasa）前，已經在印度住了三年，她大兒子在那裡過世，她撰寫旅遊書，並在書中使用自己拍攝的照片。之後是五年的非洲歲月，他們待過這個大陸的每個角落，因此兩人都得過一長串驚人的疾病，並且仍斷斷續續地為其中大部分疾病所苦。然而，要知道何者可信、何者必須打點折扣是困難的，因為陳述中有這樣的言辭妝點：「那時我是德班（Durban）一家大型進出口公司的經理。」「政府派我管理三千名祖魯人。」「我在拉哥斯（Lagos）買了一輛指揮車，一路開到卡薩芒斯（Casamance）去。」「我們是唯一曾經深入這個地區的白人。」「他們希望我擔任遠征隊的攝影師，但在開普敦沒有我信得過、可以維持工作室妥善運作的人，當時我們同時有四部片在拍。」波特開始憤恨這個人對聽眾不知適可而止，但他忽略這個感覺，並對年輕人帶著殘忍的愉悅描述杜阿拉（Douala）河裡的屍體、塔科拉迪（Takoradi）的謀殺案、在加奧（Gao）市場中自殺的瘋子感到十分有趣。最後說話的人終於往後靠，示意酒保再給他一杯酒，然後說：「啊，是的，非洲是個好地方，這種時候我不想住在別的地方。」

「你的母親呢？她也這樣覺得嗎？」

「噢，她愛這個地方。如果你把她放到一個文明國家，她會不知道該怎麼辦。」

「她一直都在寫作嗎？」

「一直，每天，大部分都是關於杳無人跡的地方。我們即將到賈奈特碉堡（Fort Charlet）去，你知道這個地方嗎？」

他似乎相當確定波特不知道賈奈特。「不，我不知道。」波特說：「但我知道在哪裡。你要怎麼去？那裡沒有任何運輸服務，不是嗎？」

「噢，我們會到達的，塔吉人絕對是母親的興趣。我有非常多地圖，軍事用的和其他的，出發前每天早上我都會仔細研究，然後我們只要照著走就好，我們有一輛車。」看到波特狐疑的目光，他補充：「一輛很舊的賓士，有力的老傢伙。」

「啊，是的，我在外面看到它。」波特喃喃說道。

「是的，」年輕人沾沾自喜地說：「我們總能到達目的地。」

「令尊一定是個非常有趣的女人。」波特說。

年輕人很熱心。「非常令人驚奇。你明天一定要見見她。」

「我非常樂意。」

「我已經送她上床，但除非我進去，不然她是不睡的。當然，我們房間之間都一直有聊天室[3]，所以很不幸地，她非常清楚我上床的時間。婚姻生活豈不太美妙嗎？」

波特迅速地瞥了他一眼，對他評論之粗魯感到有些震驚，但他沒有察覺地開懷大笑。

「是的，你們會跟她聊得很愉快。不巧的是，我們有個希望能完全依照既定規畫的行程，會在明天中午離開，你們幾時要脫離這個地獄般的地方？」

「噢，我們本來計畫要去搭明天前往波塞夫（Boussif）的火車，但我們一點都不急，所以可能會等到星期四。旅遊的唯一方法，至少對我們而言，就是你想走的時候就走，留在想停留的地方。」

「非常同意，但你當然不想待在這裡吧？」

「噢，老天，不！」波特大笑。「我們痛恨這個地方，但我們有三個人，就是還沒有在同一個時間得到足夠起身的動力。」

「三個人？我懂了。」年輕人似乎在思索這個意料之外的消息。「我了解了。」他站起來，把手伸進口袋裡，拿出一張名片交給波特。「這給你，我叫萊爾。這樣吧，再見，我希望你採取主動，期待早上見到你。」他彷彿十分困窘地轉身逃走，僵硬地走出門外。

波特把卡片收進口袋裡，酒保睡著了，趴在吧檯上，波特決定喝最後一杯酒，走過去輕輕地拍了拍他的肩膀，酒保打了個哈欠抬起頭來。

---

3 法式旅館中，有連接門通往兩側房間的小臥房，現代已少見。

8

「你上哪去了？」凱特說。她坐在床上讀書，把一盞非常小的燈放在夜桌邊緣。波特把桌子移靠床邊，然後把燈從邊緣移到比較安全的距離。「到酒吧酗酒去了。我有種會受邀一起開車到波塞夫去的感覺。」

凱特抬起頭來，非常開心，她痛恨火車。「噢，不！真的嗎？太棒了！」

「等你聽到有人邀請再高興吧！」

「噢，老天，不要是那些野獸！」

「他們什麼都還沒說，我只是有種他們會開口的感覺。」

「噢，這樣的話，絕對不要，當然。」

波特走進他的房間。「要或不要我都不擔心，沒人說過什麼。我從那位兒子那裡聽來一個很長的故事，他是個瘋子。」

「你知道我會擔心的，你知道我多痛恨搭火車。然而你平靜地走進來，說可能會有人邀請我們搭車！或許你至少可以等到早上再講，讓我在兩種折磨中做出決定前，可以在晚上睡個好覺。」

「你何不等我們被問了之後再開始擔心？」

「噢，別胡說了！」她大叫，從床上跳下來，站在門口看著他把衣服脫掉。「晚安！」她突然說，並且把門關上。

事情多少依照波特所預期的發生。早上當他站在窗邊，想著從大西洋岸中部出發以來，自己看過的早晨初雲。一個敲門聲響起：是艾瑞克．萊爾，他的臉龐因為剛醒來而顯得浮腫。

「早安。如果我吵醒你了，請務必原諒我，但我有非常重要的事情要說。我可以進來嗎？」他以一種怪異的鬼祟態度說，蒼白的眼睛迅速在物品間轉動。波特有種很不舒服的感覺，應該在放他進來之前，把東西收起來，關上所有行李。

「你喝過茶了嗎？」萊爾說。

「沒有，只喝了咖啡。」

「啊哈！」他靠近一個手提箱把玩帶子。「你的袋子上有些好標籤啊。」他舉起一個皮製標籤，上面寫著波特的姓名地址。「現在我知道你的名字了，波特．莫斯比先生。」他穿過房間。「如果我窺探了，請務必原諒，行李總讓我著迷。我可以坐下嗎？現在，聽著，莫斯比先生，那是你，對吧？我已經和家母長談過，她同意那樣的話你和莫斯比太太會舒適多了——我猜那是昨晚跟你一起的女士——」他停住了。

「是的。」波特說。

「如果你們兩人和我們一起到波塞夫去，開車只要五小時，但火車要花很久的時間，大概是十一小時之類的，如果我沒記錯的話，而且還是像地獄般的十一個小時，從戰爭之後，火車就完全爛掉了，你知道的。我們認為——」

波特插嘴。「不，不，我們不能讓你們做到這種地步，不行，不行。」

「可以，可以。」萊爾淘氣地說。

「此外，我們有三個人，你知道的。」

「啊，是的，當然，」萊爾用一種含糊的聲音說：「我猜你的朋友不能自己搭火車？」

「我不認為他會滿意於這樣的安排，不管怎樣，我們無法就這樣丟下他走了。」

「我懂了，真可惜，我們幾乎不可能帶著他，會有太多行李，你懂的。」他站起來，像一隻傾聽蟲子聲音的鳥一般歪頭看著波特，然後說：「跟我們一起走，真的。你可以解決的，我知道。」他走向門邊，開門，踮著腳尖傾身朝向波特。「怎麼辦吧，一小時內你過來跟我說，五十三號房。非常希望你的決定令人讚賞。」他微笑著，眼光再度掃過整個房間，然後把門關上。

凱特確實整晚無眠，破曉時她陷入朦朧的夢鄉，但睡眠品質非常糟糕。當波特用力拍打連接門並且瞬間打開時，她並沒有容忍的心情。她直接坐起來，把被子高攏在脖子旁邊，生氣地瞪著。然後她放鬆倒了下去。

「怎麼了？」

「我得跟你談一談。」

「我好想睡。」

「我們受邀請開車去波塞夫。」

她又坐了起來，這次一邊揉著雙眼。他坐在床上，漫不經心地親吻她的肩膀，她往後縮，看著他。「是那些野獸嗎？你接受了嗎？」

他想說「是的」，因為這樣可以避免冗長的討論；事情對她跟對他來說也就解決了。

「還沒。」

「噢，你得拒絕。」

「為何？那會舒服多了，而且比較快，況且一定更安全。」

「你是不是想恐嚇我，這樣我就不會離開旅館了？」她朝窗外望。「外面怎麼還是這麼暗？幾點了？」

「今天是陰天，奇怪的季節。」

她安靜了，眼睛蒙上一層煩惱的神情。

「他們不載唐納。」波特說。

「你是徹頭徹尾瘋了嗎？」她大叫，「我無法想像拋下他離開，一秒都沒有！」

「為什麼不呢？」波特惱怒地說：「他還是可以好好地搭火車過去，我不明白為何我們要損失一趟好便車，只因為他剛好自己一個人。我們不需要天殺的每分鐘都跟他黏在一起，不是嗎？」

「你是不必，不用。」

「你是說你需要嗎？」

「我是說我不會考慮把唐納留在這裡，然後跟那兩個人一起搭車走。她是個歇斯底里的老醜母夜叉，那個男孩——如果我曾見過任何真正可恥的墮落，他就是了，他讓我毛骨悚然。」

「噢，拜託！」波特嘲弄地說：「你敢用歇斯底里這個詞，我的天！真希望你看看現在自己的樣子。」

「你就照你想的做吧，」凱特說，一邊躺回床上。「我會和唐納去搭火車。」

波特瞇起雙眼。「哦，以上帝之名，你可以跟他一起搭火車，然後我希望會出車禍！」他走回自己的房間開始更衣。

凱特拍打著門。「進來。」唐納用他的美國腔說。「哦，哦，真令人驚喜！怎麼了？我是如何獲得此等榮幸的？」

「噢，沒什麼特別的，」她說，帶著微微的厭惡審視他，希望自己隱藏了情緒。「你和我一起搭火車到波塞夫，波特受朋友邀請，要開車過去。」她試著讓自己的聲音完全不帶感情。

他看起來很困惑。「這是怎麼回事？慢慢再說一次。朋友？」

「好，某個英國女人和她兒子，他們已經問他了。」

他的臉慢慢開始浮現微笑，現在不是假裝的了，她注意到。他只是反應速度慢到不可思議。

「哇，哇！」他又笑著重複一次。

「他真是個笨蛋。」她想著，觀察他完全缺乏節制的舉動（喧鬧的正常人總讓她惱怒）。

「他的情感變化像在連可供棲身的樹或岩石都沒有的空地般讓人一覽無遺。」

她大聲說：「火車六點出發，在凌晨某個淒涼的時間抵達，但他們說火車總是誤點，所以就這次來說，很好。」

「所以我們會一起走，我們兩個。」

「波特會早早到達，他可以幫我們訂房，我現在得離開去找間美容院了。真希望這一切都沒發生！」

「你去美容院幹嘛？」唐納抗議，「你已經夠好的了，天生麗質。」

她對恭維沒有耐性，然而出去時還是對他微笑。「因為我是膽小鬼。」她想。她清楚意識到一個欲望，想拿唐納的魔力和波特相抗衡，因為波特詛咒這趟旅程。當她微笑時，彷彿對著空氣講話地說：「我想我們可以避開事故。」

「嗄？」

「噢，沒事，兩點我在餐廳跟你一起吃中飯。」

唐納是很難想像自己會被利用的那種人，因為他慣於在不受反對的狀況下強加自己的意志，有一種高度發展並且非常雄性的自負，奇妙的是，他反而因此幾乎受到所有人的喜愛。毫無疑問地，他如此渴望和波特及凱特共度這段旅程的主要原因，是跟他們在一起，他可以感受到一種在道德支配上永不停歇嘗試的明顯抵抗，因此當他跟他們在一起時，被迫更努力地經營；因此在無意間給了自己人格所需要的訓練。另一方面，對於他頗為明顯的魅力，不管是波特或凱特仍會對自己感到惱怒，即使反應的程度已經很低了，這就是兩人都不承認曾經邀請他同行的原因。他們所在意的與羞恥完全無關，因為兩人都清楚他行為中所有表演和追隨常規的成分，在某個程度上他們樂意陷入圈套。唐納自己本質上是個單純的人，會無法克制地被超過自己智識掌握的事物所吸引。從無法完全掌握一個概念中得到自我滿足，是他青少年時期以來的習慣，現在這習慣甚至以更強大的力量運作。若他能獲得一個想法的所有面向，他會認為那是比較差的，當中一定要有個無法達成的部分才能引起他的興趣。然而，他的注意力無法鞭策他進行更進一步的思考，相反地，只是給了他一種「與概念面對面」的情感性滿足，讓他得以保持距離放鬆欣賞它。他和波特及凱特的友誼開始萌芽時，他傾向以小心的敬意對待他們。他以為這是他們應得的，不是在個人層次，而是他們是一種幾乎只處理概念與神聖事物的人。他們對這個手法的不贊同是如此明確，迫使他必須採取沒那麼有把握的新策略，包括溫和的提醒；一旦需要可以立即轉為阿諛的、虛弱而失焦的揶揄；並且採取一種歡樂的態度，對抗即使是一點點痛苦也會引來的退縮，讓他覺得自己好像是一對嬌縱神童的父親。

他現在心情愉快，可以與凱特獨處的期待讓他邊吹口哨邊在房裡走動，他已經決定她需要他，但一點都不確定能否說服她這種需求完全落在自己所期待的地方。的確，在所有他希望最終能建立親密關係的女人中，凱特是最不可能、最難得手的。他彎身站在行李箱前面時看了自己一眼，對著自己的影像露出難以理解的微笑，這就是凱特認為非常虛偽的那一種笑容。

一點鐘他到波特的房間去，發現房門敞開，行李已經不見了，兩個女侍正鋪上新的亞麻布床單。「Se ha marchao.」其中一個說。兩點時，他跟凱特在餐廳碰面，她看起來特別精心打扮且美麗。

他點了香檳。

「一瓶一千法郎！」她反對。「波特會大發脾氣的！」

「波特不在這裡。」唐納說。

9

十一點五十幾分時，波特站在旅館入口外面，帶著他的所有行李，三個阿拉伯門房依照年輕萊爾的指揮行動，把行李堆進車子後面。頭頂上緩慢移動的雲散開了，露出大片的藍色天空，陽光射下來時熱力意外強大；山的那個方向天空仍然黑暗沉鬱。波特很不耐煩，他希望能在凱特或唐納不小心經過之前就離開。

十二點整，萊爾太太在大廳抱怨她的帳單，聲調尖銳而起伏不定。她走到門口大喊：「艾瑞克，來跟這個人說我昨天喝茶的時候沒有吃餅乾好嗎？立刻！」「你自己跟他說。」艾瑞克漫不經心地說：「那個放這裡。」他朝其中一個阿拉伯人走去，指著一個沉重的豬皮箱。

「你這白痴！」她轉身進去，過了一會兒，波特聽到她尖叫：「不是！不是！只有一個沒有蛋糕！」

最後她終於再次出現，脹紅著臉，手提包在手臂上搖晃，看到波特時，她停住腳步呼喚：「艾瑞克！」他從車裡看出來，走過來向他的母親介紹波特。

「很高興你能跟我們一起走，這樣多了點保障，他們說進這裡的山區最好帶把槍，雖然我必須說，我還沒見過任何我無法應付的阿拉伯人，要提防的反而是那些野蠻的法國人，這些齷齪的人！猜猜看他們說我昨天喝茶時吃了什麼，真是無禮啊！艾瑞克，你這個懦夫！讓我在櫃檯那邊自己一個人吵架，你可能吃了他們要我付錢的餅乾！」

「都一樣，不是嗎？」艾瑞克微笑。

「我應該想到你會不好意思承認。莫斯比先生，看看那個又胖又笨的小孩，這輩子沒有工作過一天，我得替他付所有的帳單。」

「少來，媽！進來吧。」這句話的口氣很絕望。

「你在說什麼，進來？」她的聲音提得非常高。「膽敢那樣對我說話！該好好賞你一巴掌，可能會對你有用。」她爬進汽車前座。「從來沒有人那樣跟我講話。」

「我們三個都該坐在前座，」艾瑞克說：「莫斯比先生，你介意嗎？」

「我很樂意，我比較喜歡坐前面。」波特說。他下定決心要對這個家庭的相處模式置身事外，要確保如此的最佳辦法，他認為，就是無論如何都不要表現出明顯的人格，只要顯得彬彬有禮，傾聽就可以了。這樣滑稽的爭吵似乎是這兩個人能夠為彼此想出來的唯一對話方式。

他們發動車子，艾瑞克坐在方向盤前面。門房大喊：「一路順風！」

「我注意到離開時有幾個人盯著我看，」萊爾太太往後靠在椅背上說：「那些骯髒的阿拉伯人完成了他們在這裡的工作，就跟所有其他地方一樣。」

「工作？你的意思是？」波特說。

「怎麼著，他們的監視。在這裡，他們無時無刻都在暗中監視你，你知道的。這是他們營生的方法，你以為你可以瞞住他們去做什麼嗎？」她笑得讓人很不舒服。「一小時內，所有領事館裡卑劣的小報馬仔和次長什麼都會知道了。」

「你是說英國領事館？」

「所有的領事館，警察、銀行，每個人。」她堅定地說。

波特期待地望著艾瑞克。「但是——」

「噢，是的。」艾瑞克說，很顯然樂於補充他母親的陳述。「那是可怕的混亂狀態，我們片刻不得安寧，不管到哪裡去，他們都把我們的信件藏起來，告訴我們已經客滿，好讓我們進不了旅館，等我們真的找到旅館，他們就趁我們外出時搜索房間，偷走我們的東西。他們要門房和房間部門的女服務生竊聽——」

「但是誰呢？誰做這些事情？而且為什麼？」

「阿拉伯人啊！」萊爾太太大喊。「他們是人類中最卑劣、低下的種族，除了暗中監視他人之外，沒有別的事好做。除了這個之外，你覺得他們可以靠什麼維生？」

「這似乎令人難以置信。」波特冒昧地說，希望可以藉此召喚更多類似的言論，因為這大大娛樂了他。

「哈！」她以一種勝利的語氣說：「對你來說可能很不可思議，因為你不認識他們，但小心，這些人恨我們所有人，法國人也一樣，噢，他們痛恨我們！」

「我一直認為阿拉伯人是非常有同情心的。」波特說。

「當然，那是因為他們是低賤的，他們奉承你，對你搖尾乞憐，但在你轉過身的那一剎那，他們立刻衝到領事館去。」

艾瑞克說：「有一次在莫加多（Mogador）——」他的母親出其不意地打斷他。

「噢，閉嘴！讓別人講話，你以為有誰會想聽你那些莽撞的蠢事？如果你有一點點判斷力，就會知道不要蹚進那渾水裡。當我快死在費茲的時候，你有什麼權利到莫加多去？莫斯比先生，我都快死了！在醫院裡，我的背上，有個可怕的阿拉伯護士甚至連針都打不好——」

「她可以的！」艾瑞克激烈地說：「她至少幫我打了二十針，你只是因為抵抗力差剛好被感染而已。」

「抵抗力！」萊爾太太尖叫。「我拒絕再談這件事了。看啊，莫斯比先生，看那些山丘的顏色。你有試過用紅外線拍風景嗎？我在羅德西亞[4]拍過一些傑作，但約翰尼斯堡的一個編輯從我這裡偷走了。」

「莫斯比先生不是攝影師，媽。」

---

4 羅德西亞（Rhodesia），位於非洲南部的前英國殖民地，後來分別獨立成為尚比亞和辛巴威。

「噢，安靜，他會不知道紅外線攝影嗎？」

「我有看過一些作品。」波特說。

「喔，你當然看過。看吧，艾瑞克，你就是不知道自己在說什麼，一直都是這樣。這都是因為缺乏規訓，我只希望你自食其力一天就好，這可以教會你開口之前要多想想。現在這個時候你不比一個智障好。」

一場特別無聊的爭吵就此展開，艾瑞克顯然是為了波特，羅列出一串幾乎不可能的誇大工作，宣稱是他在過去四年中所做的，他的母親則同情地對每一項虛假提出似乎證據確鑿的挑戰。她對每個新的宣稱大喊：「真是個謊言！真是個騙子！你甚至不知道真相是什麼！」最後艾瑞克用一種委屈的口氣，彷彿投降一般地說：「不管怎樣，你從不讓我堅持做任何工作，你害怕我可能會變得獨立。」

萊爾太太大叫：「聽聽看，聽聽看！莫斯比先生！那甜蜜的驢子！這讓我想起西班牙，我們在那裡待了兩個月，那是個可怕的國家。」（她唸成「口怕」）「都是士兵、神父和猶太人。」

「猶太人？」波特懷疑地覆述。

「當然，你不知道嗎？旅館裡都是，他們掌理那個國家，當然是在幕後，就跟其他地方一樣，只是在西班牙他們對此非常精明，不會承認自己是猶太人。在哥多華（Córdoba）——這會讓你明白他們是多麼狡猾虛假——在哥多華，我經過一條叫猶地亞（Judería）的街道，那是猶太教堂的所在地。自然那邊絕對擠滿了猶太人——典型的猶太區。但你以為他們當中會有任何人承認嗎？當然不！他們都在我面前搖晃手指大喊：『天主教！天主教！』但想像一下，莫斯比先生，他們宣稱自己是羅馬天主教徒。我經過猶太教堂時，嚮導一直堅持從十五世紀以後那邊就沒有舉辦禮拜了！我想我對他非常無禮，當著他的面大笑出聲。」

「他說了什麼？」波特問。

「噢，他只是繼續長篇大論，當然，他靠的是死背強記。他的確瞪著我，這些人都這樣。但我想他敬重我的無所畏懼，你對他們愈無禮，他們就愈尊敬你。我讓他了解我知道他在跟我說最嚴重的那種謊言。天主教！我敢說他們以為那會讓他們更優越，太好笑了，他們都長得一臉典型猶太人的樣子，只要看著他們就知道了。噢，我了解猶太人，我有太多跟他們交手的惡劣經驗，不要認識他們最好。」

這種滑稽諷刺的新奇感逐漸消失，坐在他們兩人中間，波特開始感到窒息；他們的偏執讓他很沮喪，萊爾太太甚至比她兒子更令人討厭。她跟他不一樣，沒有豐功偉業可講，不管是虛構的或真實的；她的對話充滿對自以為所遭受迫害的細節描述，以及跟那些騷擾她的人之間所發生爭吵的逐字報導。當她說話時，性格歷歷在目，雖然他早就對此沒有興趣了。她的人生缺乏私交，而這是她所需要的，因此她盡最大的力量去製造，而每一場爭吵都是建立某種人類關係的失敗嘗試。甚至跟艾瑞克，她也已經接受爭吵是講話的自然模式。他認為她是自己所見過最寂寞的女人，但他一點都不關心。

他不再聽了，他們已經離開城鎮，橫越山谷，爬上另一邊一座光禿禿的大山丘上。當他們搖晃在其中一條彎道上時，他意識到自己正直直望著土耳其堡壘，位在山谷的另一邊，從這個距離看起來像個完美的小玩具。城牆下方，散布在黃色泥土上的，是一些黑色小帳篷。他分不出哪個是他曾經待過、瑪妮雅的那個帳篷，因為從這裡看不到階梯。無疑地，她會在山谷下方的某處，在帳篷的悶熱籠罩中睡午覺，自己一個人，或者跟某個幸運的阿拉伯朋友——不是史梅爾，他想。他們又轉了個彎，爬到更高處，上方是懸崖峭壁。路邊有時候是高聳的乾枯薊樹叢，上面蒙著一層白灰，蟬在樹上鳴叫，聲音高昂不歇，就像熱氣自己發出的聲音一樣。山谷一再映入眼簾，愈變愈小、愈變愈遠、愈變愈不真實。賓士像飛機般怒吼，排氣管沒裝消音器。山就在前方，鹽沼在下面綿延開來。他轉身朝山谷看了最後一眼，每座帳篷的形狀都依然清晰可辨，他意識到帳篷就像身後地平線上的山峰一樣。

看著被熱氣覆蓋、一望無際的景色，他的思緒轉向內在，短暫思索仍縈繞心中的夢境。在某個時刻的最後，他微笑；現在他懂了。總在加速的火車只是生命自身的一個縮影，如果一個人試圖思索生命的價值，「是」與「否」的不確定性會是一種不可避免的態度，而這種遲疑會被此人拒絕參與其中的偶然決定所解決。他不懂為何這個夢讓自己如此難過，那是個簡單、典型的夢，所有連結在他腦袋中都很清楚，它們的特殊意義與他的生活幾乎無關。為了避免需要處理相關價值，長久以來，他已經決定否認存有現象的所有目的了——這樣比較方便舒適。

他很高興解決了自己的小問題，環視鄉間，他們還在爬坡，但已經越過第一座山頂，現在這附近是荒蕪的圓形山丘，沒有材料可以描述其高度。每一邊都是同樣崎嶇、僵硬的地平線，後面是炫目的白色天空。萊爾太太說：「噢，他們是邪惡的部落，一群惡劣的人，我告訴你。」「總有一天我要殺了這女人。」他凶狠地想。隨著坡度減緩，汽車加速，創造了一陣有微風的短暫幻覺，但當道路再度盤旋而上，他們重新緩慢爬升，他意識到空氣是靜止的。

「從地圖上看起來，前面上方有個瞭望台。」艾瑞克說：「應該會有超棒的景色。」

「你覺得該停嗎？」萊爾太太焦慮地問。「我們一定要到波塞夫喝茶。」

後來證明，這個好景點只是馬路上某個略微擴大的地方，那邊有一個髮夾彎。一些卵石從懸崖內側滾落，讓通道變得更加危險，邊緣的落差陡峭，內地的景色既壯麗又凶險。

艾瑞克把車停下來一會兒，但沒有人下車。接下來的車程通過石子區，乾熱無屏障，甚至連蝗蟲都無法忍受，但波特還是三不五時地望見遠方的泥牆小村、映照山丘的顏色，被仙人掌和有刺灌木團團包圍。沉默落在三人之間，除了引擎不變的怒吼外，沒有其他聲音。

當波塞夫現代化的白色混凝土清真寺尖塔映入眼簾，萊爾太太說：「艾瑞克，我要你料理房間的事，我會直接到廚房去，向他們展示怎樣泡茶。」她拿起手提包，對波特說：「我們旅行的時候，我總是把茶放在這個袋子裡跟我一起，否則不知道要等多久，那些可憐的男孩才會到車上把行李拿下來。我相信波塞夫毫無可觀之處，所以我們可以不用到街上去了。」

「屁眼路，」波特說，她回頭吃驚地看著他，「我只是在讀一塊招牌上的字。」他對她安慰地說。長長的大街空蕩蕩的，在午後的陽光下炙烤，加上南方山上仍高懸著從清早就聚積了的大片烏雲，更是加倍熱氣蒸騰。

10

那是一列非常老舊的火車，車廂通道的低矮天花板上掛著一排煤油燈，在古老的火車搖晃前進時劇烈而和諧地前後擺動。快要離站時，凱特一如往常地陷於火車旅行開始時的絕望，突然跳下車，跑到小書報攤，買了幾本法文雜誌，正好在開動時回到車上。現在，在逐漸微弱的陽光和朦朧燈火的昏黃亮光混雜的黯淡光線下，她把雜誌放在大腿上，一本又一本地翻開，試著閱讀裡面的內容。她唯一能看清楚的一本內容是照片：《大眾電影》（Ciné Pour Tous）。

他們有自己的包廂，唐納坐在她的對面。

「你不能在這種燈光下看書。」他說。

「我只是在看照片。」

「噢。」

「請讓我隨意，好嗎？可能馬上我連閱讀都做不到了，在火車上我會有點緊張。」

「請自便。」他說。

他們已經買了一份冷掉的晚餐，是旅館幫他們張羅的，唐納不時若有所思地看著籃子。最後她抬起頭來，察覺他的目光。「唐納！別跟我說你餓了！」她大叫。

「只是我的條蟲而已。」

「你真噁心。」她拿起籃子，很高興可以動一動手，她把分開包在薄餐巾紙裡的厚三明治一個一個拿出來。

「我告訴他們別給我們那些糟糕的西班牙火腿，那是生的，你會真的染上寄生蟲。但我確定有些還是用那東西做的，我想我聞到了。他們都只把你講的話當耳邊風。」

「如果有火腿的話，我來吃。」唐納說：「如果我沒記錯的話，那是好東西。」

「噢，它們嘗起來還可以。」她拿出一包全熟蛋，跟一些非常油膩的黑橄欖包在一起。火車發出尖銳的聲音衝進隧道裡，凱特匆匆把蛋放進籃子裡，憂慮地看著窗外。她可以看到自己臉龐的輪廓映在玻璃上，被頭頂上虛弱的燈光無情照亮。煤煙的惡臭每秒都在增加，她可以感到自己的肺被緊緊勒住。

「呼！」唐納咳了起來。

她坐著不動，等待著。如果意外就要發生，那麼可能不是在隧道裡，就是在棧橋上。「如果我能確定今晚會發生什麼事就好了。」她想。「我就可以放鬆了，但那種不確定性，你無從得知，所以永遠都在等待。」

不久後火車從隧道冒出頭來，他們重新開始呼吸。外面，越過綿延數哩的模糊岩石陸地，漆黑的山脈隱約浮現，在它們陡直的山頂之上，微弱光線從天上沉重的烏雲間穿過。

「蛋的味道如何？」

「噢！」她把整袋拿給他。

「我全都不要了！」

「你一定要吃掉它們。」她說，很努力地活在當下，融入這個圍在車上咯吱作響木牆之間所發生的小小生活。「我只想吃點水果，和一個三明治。」

但她發現麵包又乾又硬，連嚼都很困難。唐納忙著彎腰把一只手提箱從座位底下拉出來，她把還沒吃的三明治塞到座位和窗戶之間的縫隙。

他直起身，臉上帶著得意之色，手裡拿著一個大大的黑瓶，在口袋中摸索一陣子後，拿出一個開瓶器。

「那是什麼？」

「你猜。」他笑著說。

「不會吧——香檳！」

「第一次。」

在緊張中，她伸出雙手捧著他的臉，在額頭上留下響亮的一吻。

「親愛的！」她大喊。「你太令人驚奇了！」

他用力拉出軟木塞，發出「啵」的一聲。一個穿著黑衣的憔悴女人經過走道時盯著他們看。唐納拿著瓶子，起身把簾子拉上。凱特看著他，心想：「他跟波特非常不一樣，波特絕對不會這樣做。」

當他把酒倒進塑膠隨身杯，她持續和自己辯論：「但這只意味著他花了錢而已，不代表什麼，只是買了個東西，就這樣。還有，樂於花錢……以及考慮到了這些，這比什麼都重要。」

他們碰了碰杯子表示乾杯，沒有熟悉的叮噹聲——只發出像紙一般死氣沉沉的聲響。「敬非洲。」唐納說，突然變得很侷促不安，他本來是要說：「敬今夜。」

「是的。」

她看著他放在地上的酒瓶。一如以往地，她立刻決定這就是即將拯救她的神奇物品，透過其力量，她可能得以避免災難。她一飲而盡，他重新倒滿。

「這是最後一杯了。」她提醒，忽然非常恐懼神奇力量消失。

「真的嗎？為何？」他把手提箱拖出來重新打開。「看。」裡面還有五瓶。「這就是我為何要小題大作非得自己扛這個箱子的原因。」他說，微笑讓他的酒窩加深了。「你可能以為我瘋了。」

「我沒注意。」她虛弱地說，甚至沒注意到她一向痛恨的酒窩，一下看到這麼多奇蹟，某個程度上讓她驚呆了。

「所以，喝乾吧，要又快又狠。」

「別擔心我，」她笑了。「我不需要勸誡。」她感到荒謬地開心——就這個場合而言，太開心了，她提醒自己。但事情總是像鐘擺一樣，一小時後，她就會回到一分鐘前的狀態了。

火車慢慢進站。窗外是一片黑夜，連一盞燈都沒有。外面某處，有個聲音正反覆唱著陌生的旋律，總是從高音開始，然後宛轉低迴，直到氣息用盡，再度從音階的頂點重新開始，這首歌的形式如同孩子的哭泣。

「那是個男人嗎？」凱特懷疑地問。

「哪裡？」唐納環顧四周說。

「唱歌的。」

他聽了一會兒。「很難說。喝吧。」

她喝了，然後微笑。很快地她就盯著窗外的黑夜看。「我覺得自己不該活下去。」她悲傷地說。

他看起來很擔心。「現在聽我說，凱特，我知道你很緊張，這就是為何我會帶著氣泡水上路的原因。但你真的得冷靜下來，放輕鬆些，放鬆。沒有什麼事是那麼重要的，你懂的。那個誰說——」

「不，那就是我不要的。」她打斷他。「香檳，好。哲學，不要。而且我覺得你考慮到這個真的太貼心了，尤其現在我知道你為何帶著它們。」

他停止咀嚼，臉上的表情變了，眼睛變得有點嚴厲。「你是說？」

「因為你了解我在火車上是個緊張的笨蛋，對我來說你做了一件再也不能更好的事。」

他重新開始咀嚼，微笑了。「噢，不用在意，有這個對我來說也很好，你可能也注意到了。所以這杯敬又好又陳的瑪姆香檳（Mumm）！」他把第二瓶打開，火車再度賣力地啟程。

他們再度上路的事實讓她振奮起來。「殘酷地告訴我，放棄我，離開我……」她唱著。

「再來一點？」他舉起瓶子。

「當然。」她說，然後一飲而盡，立刻又把杯子往前伸過去。

火車顛簸地前進，每過一小段時間就停下來，每次停靠的地方看起來都像空無一人的鄉間，但總是有聲音從黑暗中傳來，用山地方言的喉音吼叫。他們吃完晚餐，當凱特吃掉最後一個無花果時，唐納彎下腰去，從手提箱拿出另一瓶來。凱特不是很清楚知道自己在幹嘛，她把手伸進藏著三明治的地方，把它挖出來，塞進手提袋裡的粉盒上方。他幫她倒了一點香檳。

「香檳沒有像剛剛那麼涼了。」她啜飲了一口，如此說道。

「總不能事事如意啊。」

「噢，但我喜歡這樣！我不介意它是溫的。你知道，我覺得情緒高昂。」

「呸，才喝這麼一點。」他大笑。

「噢，你不了解我！當我緊張或難過時，會立刻變得情緒高昂。」

他看著手表。「嗯，我們至少還要再坐八小時，也會喝得很開心。如果我換個位置跟你坐在一起，你覺得可以嗎？」

「當然，上車時我就問過你了，這樣你就可以不用背向前進。」

「很好。」他站起來，伸直身體，伸了個懶腰，用力地在她身邊坐下，撞到了她。「抱歉。」他說：「我對野獸需要的迴轉空間估計錯誤。天啊，這是什麼火車。」他的右手臂環繞她，把她朝自己拉近一點。「貼著我，你會比較舒服。放鬆！你好緊繃。」

「緊繃，是的！恐怕就是如此。」她大笑；對她來說，聽起來像是傻笑。她微微倚著他，頭枕在他的肩膀上。「這會讓我舒服一點，」她想著，「但會讓一切變得更糟，我會被嚇到的。」

有那麼幾分鐘，她讓自己坐在那裡不動，要不緊張是很難的，因為對她來說，似乎火車的顛簸一直將她推向他。她慢慢感到他手臂的肌肉在腰際變緊。火車到達一個小站，她跳起來，叫道：「我想到門邊去看看外面的樣子。」

他站起來，手臂再度環繞著她，執拗地摟著，說：「你知道外面樣子的，就是黑暗的高山。」

她抬頭看著他的臉。「我知道，拜託，唐納。」她微微掙扎，感到他放手了。就在此時，通往走道的門打開了，那個憔悴的女人看起來似乎想進入包廂。

「啊，抱歉，我走錯了。」她憂傷地沉著臉說，然後就離開了，沒有把身後的門關上。

「那個老妖要幹嘛？」唐納說。

凱特走到門口，站在那邊大聲地說：「她就是個偷窺狂。」那個女人已經走過半個通道，很憤怒地轉過身來瞪著她，凱特很開心。知道那個女人聽到自己所說的話，讓她得到荒謬的滿足感，而且內心還有一股強烈、欣喜若狂的力量。「再來一點狀況我就要歇斯底里了，然後唐納會變得無可救藥！」

在平常的狀況下，她覺得波特偏向缺乏理解，但在困境時，沒人能夠取代他的位置。在極惡劣的時刻，她尤其依賴他，並非因為他在這樣的情況下是絕對可靠的嚮導，而是在她意識的某部分將他當作一個依靠，如此某種程度上來說，她認同自己和波特的關係。「波特不在這裡，所以別歇斯底里，拜託。」她大聲地說：「我馬上回來，別讓那巫婆進來。」

「我跟你一起去。」他說。

「說真的，唐納，」她大笑，「在我要去的地方，你恐怕會變成小障礙。」

他努力掩飾尷尬。「噢！好的，抱歉。」

走道是空的，她試著從窗戶看出去，但上面覆滿了灰塵和手印，她可以聽到前方傳來說話的嘈雜聲，通往月台的門關著，她走進下一個車廂，上面標示著「二」，那邊燈光比較明亮、比較擁擠、更為骯髒。在車廂另一頭她遇到從外面上車的人，她擠過人群，下車從外面走向火車前方。四等艙的乘客全部都是當地的柏柏爾人和阿拉伯人，在混亂的包裹和箱子間亂晃。這些包裹和箱子堆疊在骯髒的月台上，一盞沒有燈罩的燈泡微弱地照著它們。一陣劇風從附近山上狂掃下來，她迅速沒入人群回到車上。

當她進入車裡，第一印象是自己根本不在火車上。那只是一個矩形的區域，穿著暗褐色斗篷的男人多到擠得要爆炸，他們蹲著、睡著、斜倚著、站著，在混亂而雜亂無章的行李包裹間移動。她站住了，立刻成為可見的獵物，有史以來第一次，她感到自己身處陌生之處。有個人從後面推她，強迫她進入車內。她抵抗著，找不到可以移動的空間，然後跌到一個白鬍子男人身上，他嚴厲地瞪著她。在他的目光下，她覺得自己像個犯錯的孩子。「抱歉，先生。」她說，嘗試著彎腰前進，好擺脫身後逐漸增強的壓力。這個努力是徒勞的，她即使全力反抗，還是被強迫前進，她跌跌撞撞地穿過地上疲憊的人形和成堆的物品，移動到車廂的正中央。火車突然搖晃了起來，她有些驚恐地環顧四周，想起這些人是伊斯蘭教徒，自己呼吸中的酒精臭味會讓他們充滿反感，彷彿她就要瞬間褪去所有衣物一樣。她跌跌撞撞地穿過那些蹲伏的人，來到一面沒有窗戶的牆邊，靠在上面，從袋子裡拿出一小瓶香水擦到臉和脖子上，希望它能消除或至少緩和自己身上可能帶著的酒臭。當她搓揉時，手指在頸背上碰到一個小小軟軟的東西，她察看了一下：是個黃色的虱子，已經被她弄碎一部分了。她感到很噁心，用牆壁擦著手指，男人們看著她，但既非同情，也不是厭惡，甚至不帶好奇，她想。他們有著專注而茫然的表情，就跟擤過鼻涕後就專注看著手帕的人一樣。她閉上眼睛一會兒，很吃驚地發現自己感到飢餓。她把三明治拿出來吃，將麵包撥成小塊用力咀嚼。她身邊的男人靠著牆站，也在吃東西——一種暗色的小東西，男人一直從頭巾裡拿出來大聲嚼碎。她看到那些東西是切除腿和頭的紅蝗蟲，感到微微恐懼。一直持續不斷的模糊說話聲忽然停止，大家似乎都在側耳傾聽。在火車轟隆隆的聲響以及輪子與鐵軌摩擦所發出的節奏尖銳刺耳聲外，她可以聽到打在車廂錫頂上劇烈、持續的雨聲。男人們點頭，又開始說話。她決定擠回門邊好在下一站下車，她朝前方微微低著頭，開始瘋狂地從人群中挖出一條通道。她踏到那些睡覺的人時，底下傳來呻吟聲；當她的手肘碰到別人的臉，就會傳來憤怒的驚叫。每踏出一步，她都大叫：「借過！借過！」終於把自己擠到車廂盡頭的一個角落。現在她需要擠到車門邊，擋住她去路的是個神色粗野的男人，手上拿著一個切下來的羊頭，羊的眼睛像瑪瑙一樣，從眼窩裡瞪著她。「噢！」她呻吟。男人冷冷地看著她，完全沒有移動讓她通過的意思。她用盡全身的力量，在他身邊擠出一條路，鑽過去時，裙子掃過血淋淋的脖子。看到通往入口平台的門是打開的，讓她感到如釋重負，她只需要再穿過擠在入口那些人就可以了。她再次開始呼喊「借過！」同時衝過人群。入口平台沒那麼擠了，因為寒冷的雨激烈地澆灌下來，坐在那裡的人都用斗蓬的帽子把頭遮起來。她背對外面的雨，抓住鐵欄杆，直接撞見一張她這輩子見過最醜的臉。一個高個兒穿著被丟棄的歐式服裝，一個粗麻布袋像阿拉伯白罩袍一樣蓋住他的頭，但本來應該是鼻子的地方是一個深色的三角形大洞，奇怪而扁平的嘴唇是白色的。毫無理由地她想到獅子的鼻口，她盯著看，無法將視線移開。男人似乎看不見她，也對雨沒有感覺，就只是站在那裡。當她盯著對方瞧時，發現自己不明白為何一張基本上不帶任何意義的病容，看起來會比一張細胞組織健康但表情卻顯示出內在腐化的臉要可怕許多。波特會說在非唯物主義的年代絕非如此，也許他是對的。

她渾身濕透並且發抖，但仍然緊握冰冷的金屬扶手，直直地看著前方——有時盯著他的臉，有時轉頭望向後方灰暗的雨夜，直到他們到達車站前，都會是這樣四目相望的獨處狀況。火車緩慢、嘈雜地費力前進，爬上陡峭的斜坡，在通過短短的橋梁或棧橋時，不時從震動與喧鬧間傳來幾秒空洞的聲音。在這種時候，她感覺自己彷彿飄浮在高空中，在遙遠的下方，水從岩壁與裂隙中急流而過。大雨持續下著，她覺得自己住進一個拒絕結束的噩夢中，意識不到時間的流逝；相反地，時間停滯了，她變成一個卡在真空中的靜止物，只是終究在內心深處她很確定到了某個時刻就不再是這樣——但她不打算這樣想，因為害怕自己會再度甦醒，那麼時間就會開始轉動，她又得感受無盡的分秒流逝。

所以她站著不動，抖個不停，直挺挺地不動，當火車慢下來進入一個車站，獅臉人就走了，她走下車，迅速穿過大雨，往火車尾端回去。當她爬進二等車廂，想起他在她經過時就像其他正常男人般側身讓路，就開始默默地對自己笑了起來。然後她站定不動，走道上有人正在說話。她轉身進了廁所，把自己關進去，看著盥洗台上方的橢圓形鏡子，開始就著頭上忽隱忽現的燈光化妝。她仍因寒冷而全身發抖，水從她的腿流到地板上。當她覺得自己可以重新面對唐納時，就走出去，一路穿過走道，直達頭等車廂。他們包廂的門開著，唐納悶悶不樂地盯著窗外，當她走進去時，他轉過身跳了起來。

「我的天，凱特！你到哪裡去了？」

「四等車廂。」她劇烈地發抖，因此聲音無法表現出如她企圖的冷靜。

「看看你！趕快進來。」他的聲音突然變得非常嚴肅。他堅定地把她推進包廂裡，關上門，攙扶她坐下，然後立刻檢查自己的行李，把東西拿出來放在椅子上，她恍惚地看著他。不一會兒他拿了兩片阿斯匹靈和一個塑膠杯到她面前。「吃下去。」他命令道，杯子裡裝著香檳，她照做了，然後他指了指她對面座位上的法蘭絨浴袍。「我到外面的走道去，然後我要你把身上每一塊布都脫下來，穿上這個，你敲敲門，我就會回來按摩你的腳。別說任何藉口，立刻，照做就是了。」他走出去，把身後的門晃悠悠地帶上。

她拉下外窗的遮陽簾，照著他所吩咐的做了。袍子輕柔溫暖，她縮起腿在椅子上蜷成一團坐了一會兒，給自己又倒了三杯香檳，一杯接著一杯囫圇飲下。然後她輕敲玻璃，門微微打開。「都好了嗎？」唐納說。

「是，是的。進來。」

他在她的對面坐下。「現在，把你的腳伸出來，我來用酒精揉一揉。你是怎麼了？瘋了嗎？想得肺炎嗎？發生了什麼事？為什麼去那麼久？你讓我急瘋了，到處跑來跑去，進進出出車廂詢問所有人是否看到你，我不知道你到底上哪去了。」

「我告訴你我在四等車廂跟當地人一起了。我回不來，因為車廂之間沒有連結通道。那感覺真棒，你會筋疲力盡的。」

他大笑，揉得更用力了。「還沒試過。」

當她完全溫暖舒適了，他伸出手把燈芯轉得非常低，然後跨過來坐在她身邊，手臂環繞著她，壓力再度出現，她想不出任何阻止他的話。

「你還好嗎？」他輕輕地問，聲音嘶啞。

「是的。」她說。

一分鐘後，她緊張地低聲說：「不，不，不！可能會有人開門。」

「不會有人開門的。」他親吻她。她在腦海中一次又一次地聽到鐵軌上緩慢的車輪說：「不要現在，不要現在，不要現在，不要現在……」心裡想像著雨水高漲的深淵，她抬起手來，輕撫他的後腦，但一句話都沒說。

「親愛的，」他喃喃地說：「別動，休息。」

她再也無法思考，腦海中也沒有任何影像了，只感覺到貼在肌膚上羊毛浴袍的柔軟觸感，以及一個不會讓她恐懼的人所散發的親密和溫暖。雨水敲打窗戶的玻璃。

11

在太陽從附近山邊升起前，清晨時分的旅館屋頂是享用早餐的好地方。餐桌沿著陽台邊緣擺設，俯瞰整個山谷，下面的花園裡，無花果樹和高高的紙莎草隨著早晨清新的風輕輕搖動；再更下面一些是較高大的樹，鸛鳥在上面築起巨大的巢；山坡最下方是河，深紅色的水流動著。波特坐著啜飲咖啡，享受雨水沖刷後的山間氣味。就在下面，鸛鳥正在教導雛鳥如何飛行；成鳥喧嚷般的呱呱叫聲，伴隨著拍打翅膀的幼鳥尖銳的叫聲。

當他觀看時，萊爾太太上樓，穿過門口走過來。他覺得她看起來特別心煩意亂。他邀請她坐下，她向一位穿著劣質玫瑰色制服的老阿拉伯服務生點了一杯茶。

「天啊！還能比這更風景如畫的嗎？」她說。

波特要她注意那些鳥，他們觀察著，直到她點的茶端上來。

「告訴我，你的太太平安抵達了嗎？」

「是的，但我還沒見到她，她還在睡覺。」

「我應該想到的，在那樣糟糕的旅程後。」

「你兒子呢？還在床上嗎？」

「天啊，沒有！他不知到哪裡去了，去見某個長官還是什麼的，我想那孩子在北非的每個城鎮都有給阿拉伯人的介紹信。」她變得憂心忡忡，過了一會兒，她嚴厲地看著他說：「我非常希望你不要接近他們。」

「你是說阿拉伯人？我自己一個都不認識，但很難不接近他們的，畢竟到處都是。」

「噢，我是說跟他們有社會性接觸。艾瑞克是個徹底的笨蛋，如果不是因為那些骯髒的人，他今天不會生病的。」

「生病？我覺得他看起來很健康，他怎麼了嗎？」

「他病得很重。」她的聲音聽起來很遙遠，向下俯視河流。然後她給自己斟了更多的茶，從她帶上樓的罐子中拿了一片餅乾遞給波特。她的聲音變得肯定一些，繼續說：「他們全都被污染了，你知道的，當然。嗯，就是這樣，為了讓他得到妥善治療，我過了一段非人的日子，他是個小白痴。」

「我想我不太明白。」波特說。

「感染，感染。」她不耐煩地說：「某個骯髒的阿拉伯女豬玀。」她以一種令人吃驚的激烈口氣補充。

「啊！」波特含糊地說。

現在她聽來沒那麼肯定了。「他們跟我說，這種感染甚至可以直接在男人間傳播，你相信嗎，莫斯比先生？」

「我真的不知道。」他回答，有點驚訝地看著她。「有那麼多關於這種事的無知說法，我以為醫生會是最清楚的。」

她遞給他另一片餅乾。「我不怪你不想討論這個，請務必原諒我。」

「噢，我一點都沒有不喜歡。」他抗議。「但我不是醫生，你了解的。」

她似乎沒聽到他說的話。「真噁心，你非常正確。」

半個太陽從山邊後方隱隱出現，再不多久就要變熱了。「太陽出來了。」波特說。萊爾太太把她的東西收在一起。

「你們會在波塞夫待很久嗎？」她問。

「我們根本沒有計畫，你們呢？」

「噢，艾瑞克弄了一個瘋狂的旅遊計畫，我想我們明早會繼續前往愛恩克拉法（Aïn Krorfa），除非他決定今天中午離開到斯菲西法（Sfissifa）[5]過夜，那裡應該有個還算不錯的小旅館，但當然不像這間如此豪華。」

波特環視殘破的桌椅，笑了。「我不覺得我會想要任何比這裡更不豪華的東西。」

「噢，但是我親愛的莫斯比先生，這裡確實是很豪華，這是從這裡到剛果之間所能找到最好的旅館了，從這裡之後就沒有自來水了，你知道的。好吧，不管怎樣，我們應該會在離開之前見到你，我要被這可怕的陽光烤焦了，請代我向你太太道早安。」她起身下樓。

波特把外套掛在椅背上坐了一會兒，回想這個古怪女人的異常舉止。他無法說服自己認定那只是不負責任或瘋狂，似乎更像是她用來溝通不敢直截了當表達的想法時，在舉止上採取的迂迴方式。在她混亂的腦袋裡，這樣的程序顯然合乎邏輯，他唯一能確定的就是她的基本動機是恐懼，而艾瑞克則是貪婪，這個他也很確定。但這兩個人的組合始終讓他感到困惑，他感覺有個計畫進行中的微小徵兆正在成形；計畫是什麼，會被怎樣的意圖終止，一切都還非常有問題。他猜想，不管怎樣，當下母子兩人的目標並不一致，兩個人對他的存在都有各自感到興趣的理由，但這些理由並不相同，甚至連互補都沒有，他想。

他看一下手表，十點二十分了，凱特可能還沒醒來。當他見到她時，如果她不生他的氣了，他想要跟她討論那件事。她解釋動機的能力相當好。他決定到鎮上逛一圈，先回房裡，把外套留下來，拿走太陽眼鏡。他為凱特保留大廳另一邊的房間，當他出門時，把耳朵貼著她的房門傾聽，裡面沒有聲音。

波塞夫是個十分現代化的城鎮，設計成方正的街區，市場位於中央。沒有鋪石子的街道覆蓋深紅色泥土，路旁兩側絕大部分是方盒形的平房。川流不息的人群和羊群通過繁忙大街走向市場，男人把連帽斗篷的兜帽戴在頭上，以抵抗太陽嚴酷的攻擊。目光所及之處連一棵樹都沒有，在橫向街道的盡頭，光禿禿的荒地緩坡上升連接山腳，布滿粗礪、原始的岩石，寸草不生。除了這些臉孔之外，他對巨大的市場幾乎沒有興趣，在某一角落有間小咖啡店，外面搭了個籐棚，一張桌子擺在下面。他坐下來拍了兩次手，「Ouahad atai.」他喊，差不多就是他記得的阿拉伯語了。他啜飲著茶，發現使用的是乾燥而非新鮮薄荷葉，同時也觀察到同一輛舊巴士來回經過咖啡店，喇叭按個不停。他看著經過的巴士，裡面載滿了當地乘客，一次又一次地開往市場，車後平台上的男孩有節奏地拍打有回音的錫製車身，不停喊著：「Arfâ! Arfâ! Arfâ! Arfâ! Arfâ!」

5 位於阿爾及利亞西南方的村莊。

他在那裡一直坐到午餐時間。

12

凱特醒來時，第一個感覺是嚴重宿醉，然後她注意到明亮的陽光照進房間裡。這是什麼房間？要回想起來太費力了，某個東西在她旁邊的枕頭上移動，她朝左邊望過去，看到她的頭旁邊有一團陰暗的不明物體，她尖叫著跳起來，但即使如此，她也知道那只是唐納的黑髮。他的睡眠受到攪擾，伸出手臂擁抱她。她的頭疼痛得彷彿被猛烈敲打，她從床上跳下來，站起來瞪著他。「我的天！」她大聲說。她很艱難地叫醒他，逼他起床穿好衣服，把他和他所有的行李全部推到大廳去，迅速在他身後把門鎖上。然後，在他想到要找個男僕幫他處理那些行李之前，在他還傻呼呼地站在那裡時，她把門打開，輕聲命令給她一瓶香檳。他拿出一瓶來遞給她，然後她再度把門關上。她坐在床上，把整瓶一飲而盡，她對酒精的需求部分是生理的，但她尤其覺得無法面對波特，除非她能夠著手於某種內在對話，從中找到可能寬恕昨夜的方法。她也希望香檳讓她不舒服，這樣就有在床上躺一整天的正當理由。但效果卻完全相反：她喝光沒多久，宿醉就醒了，她覺得有些醉意，但非常舒適。她走到窗邊看著外面閃耀的庭院，兩個阿拉伯女人在一個大石頭池裡洗衣服，然後攤開在樹枝上晾乾。她迅速轉身，打開過夜用的手提箱，把東西在房間裡散開。然後她開始小心檢視唐納可能遺留在房間裡的任何蛛絲馬跡，枕頭上的一根黑髮讓她心跳失拍，她把它丟出窗外。她極其細心地整理床鋪，把羊毛床罩覆蓋上去。接著她呼叫侍女，請她找清潔工來清洗地板，這樣，就算波特很快到來，也會看起來很像女侍已經清理過房間。她更衣下樓，清潔工沉重的手鐲隨著她用力擦洗地磚發出刺耳的叮噹聲。

波特回到旅館時，去敲對面的房門。一個男人的聲音說：「進來。」他走進去，唐納半裸著打開行李箱，他沒想到要把床弄亂，但波特沒注意到這個。

「搞什麼！」波特說：「別告訴我他們把後面那間我幫你預約的爛房給了凱特。」

「我猜他們就是這樣，但總之謝謝了。」唐納大笑。

「你不介意換房間，是吧？」

「為何？另一個房間這麼糟嗎？不會，我不介意，似乎只是要度過充滿無聊瑣事的一天嘛，不是嗎？」

「可能會超過一天。不管怎樣，我希望凱特住在我對面。」

「當然，當然。但是最好也讓她知道，她可能毫不知情地待在另一個房間裡，以為那就是整間旅館最好的了。」

「那不是爛房間，只是在後面，如此而已，我昨天預約時，他們只剩下這個了。」

「是喔，我們叫隻猴子服務生來幫我們換。」

午餐時，三個人重聚了。凱特很緊張，一直講話，大部分是關於戰後歐洲政局。食物很糟，所以三個人的情緒都不是很好。

「歐洲毀了整個世界，」波特說：「我該感謝還是遺憾呢？我希望全世界都從地圖中消失。」他想打斷討論，找凱特到一旁去私下談話，他們冗長、散亂、崇高的促膝長談總讓他覺得好些；但她特別希望避免這種單獨相處的狀況。

「你為什麼不祝福所有人類，既然你是其中一員？」她質問。

「人類？」波特大叫。「那是什麼？誰是人類？我告訴你，人類是每一個人，而非每個人的自我。所以有什麼可能是所有人的共同利益？」

唐納慢慢地說：「等一下，等一下，我想跟你討論那個問題，我會說人類就是你，那就是有趣之所在。」

「很好，唐納！」凱特大叫。

波特很惱怒。「什麼蠢話！」他怒氣沖沖地說：「你從來都不是人類，你只是一個可憐沒有希望的孤立自我。」凱特試圖打斷他，他提高聲音繼續說：「我不需要依靠這種粗糙的方法正當化我的存在，我呼吸著的事實就是我的正當性，如果人類不能把這視為一種正當性，就可以對我恣意妄為。我不會隨身攜帶通往整個存有的通行證，來證明我有權待在這裡！我在這裡！我在這個世界上！但我的世界不是人類的世界，它是我所見的世界。」

「別吼，」凱特平靜地說：「如果那是你的感覺，對我來說也可以，但你必須聰明到可以了解不是每個人都有相同感覺。」

他們站起來。當三個人離開餐廳時，萊爾母子從坐著的角落對他們微笑。

唐納宣布：「我要去午睡了，我不想喝咖啡，晚點見。」

當波特和凱特單獨站在大廳裡，他對她說：「我們出去，到市場旁那家小咖啡店喝咖啡。」

「噢，拜託！」她抗議。「在那麼沉重的一餐之後？我走不動，我還沒從旅途的疲累中恢復。」

「好吧，到我房間去？」

她遲疑。「幾分鐘，可以，我樂意。」她的聲音聽起來並不熱中。「然後我也要去小睡一下。」

上樓後，兩人都在大床上躺平，等待男僕把咖啡端來。窗簾拉了起來，但持續的陽光穿透窗簾，讓房裡的東西都染上一層一致、舒適的玫瑰色。外面的街道非常安靜，除了太陽，所有一切都沉入睡眠。

「有什麼新消息嗎？」波特說。

「沒有，除了我告訴你的，我被火車之旅累壞了。」

「你可以跟我們一起搭汽車的，那是段很好的旅程。」

「不，我不能，別又開始了。噢，今天早上我在樓下見到萊爾先生，我仍然認為他是個怪物，他不只堅持要給我看他的護照，連他媽媽的也一併拿出來了。當然兩本上面都蓋滿戳記和簽證，我跟他說你會想看的，你比我喜歡那類東西。一八九九年她在墨爾本出生，他則生於一九二五年，哪裡我忘記了。兩本都是英國護照，這些消息送你。」

他佩服地瞥了她一眼。「老天，你怎樣能夠得到這些消息，還不讓他發現你在偷看？」

「快速翻閱就行了。她簽證的名義是記者，他則是學生，這豈不荒謬？我敢確定他這輩子沒翻開過一本書。」

「噢，他是個傻瓜。」波特漫不經心地說，抓起她的手輕輕撫摸。「你想睡嗎，寶貝？」

「是的，非常，我只要喝一小口咖啡，因為我不想清醒，我想睡覺。」

「我也是，現在我要躺下來了，如果他沒在一分鐘之內過來，我就要下樓去把咖啡取消了。」

但敲門聲響起，在他們來得及應聲前，門被猛然打開，男僕拿著一個巨大的黃銅托盤走過來。「兩杯咖啡。」他微笑著說。

「看看他的怪臉。」波特說：「他以為自己撞見了個激情場景。」

「當然，讓那可憐的男孩這樣以為吧，他總得在生活中找些趣味。」

阿拉伯人謹慎地把托盤放在窗邊，躡手躡腳走出房間，再次回頭越過肩膀往床上看去，對凱特來說，幾乎帶著渴望的神色。波特起身把托盤拿到床上，當他們喝著咖啡時，他忽然轉向她。

「聽著！」他喊，聲音充滿熱切。

她看著他，心想：「他簡直像個青少年。」

「怎樣？」她說，感覺像個中年母親。

「市場附近有個地方可以租腳踏車，你起來的時候，我們去租兩台騎騎。波塞夫附近相當平坦。」

她對這個點子感到微微的興趣，雖然無法想像為什麼。

「太好了！」她說：「我睏了，你可以五點叫我起床，如果你想去的話。」

13

他們在長長的街道上慢慢騎著，往城鎮南邊低矮的山脊埡口前進。平原在房屋消失之處開展，兩邊都是浩瀚石海。天氣涼爽，乾燥的晚風吹拂他們，波特的腳踏車在踩踏時發出微微的吱嘎聲。他們一句話都沒說，凱特騎在稍微前面一點的地方。他們後方的遠處吹響了一支喇叭，聲音如同堅實明亮的刀刃飄浮空中。即使現在，太陽半小時之後就要下山，還是熾熱非常。他們來到一個村莊，通過，狗兒瘋狂吠叫，女人轉過頭去，把嘴巴遮起來，只有小孩保持原本的樣子，吃驚地呆看著。過了村莊之後，道路開始上坡，他們在踩踏板的時候才感受到坡度，肉眼看來它是平的。很快地凱特就累了，他們停下來，回頭越過看似平坦的曠野眺望波塞夫，一塊坐落在山腳下的棕色街區。風吹得更強勁了。

「這是你所能聞到最清新的空氣。」波特說。

「棒極了。」凱特說。她處於夢幻、溫柔的感覺中，並不想說話。

「我們可以試著走看看那個山隘嗎？」

「再等一下，我想喘口氣。」

不久之後，他們重新出發，堅定地踩著踏板，眼睛看著前方山脊的埡口。當他們逐漸接近時，已經可以看到後面一望無際的平坦沙漠，上面四處散布著尖銳岩石，像許多龐然怪魚的背鰭，全部朝著同一方向游去。道路直通山脊頂端，參差不齊的巨石從埡口的兩邊滑落。他們把腳踏車停在路邊，開始穿過巨大的岩石，朝山脊頂端攀爬。太陽落到地平線上，空氣染上紅色。當他們爬上一塊石頭邊，突然碰到一個人，他坐著，連帽斗篷往上拉到脖子附近，所以肩膀以下是全裸的，他全然專注地用一把長尖刀剃陰毛。當他們從他前面經過時，他冷漠地瞥了他們一眼，立刻再度低頭繼續那精細的工作。

凱特牽起波特的手，他們沉默地爬著山，很高興彼此相伴。

「日落是如此悲傷的時刻。」不久後她說。

「我看一天的結束，任何日子，我總覺得那是整個時代的結束。還有秋天！那可能也是一切的完結。」他說：「那就是我討厭寒冷國家、熱愛溫暖國度的原因，那裡沒有冬天，當夜晚降臨，你會感到生命在此開展，而不是結束。你不覺得嗎？」

「對。」凱特說：「但我不確定是不是比較喜歡溫暖的國家，我不知道。我不確定試著逃避夜晚與冬天是否有錯，如果這樣做，總要付出代價的。」

「噢，凱特！你真是瘋了。」他幫助她爬上一處低矮懸崖，沙漠在他們的正下方，比他們開始出發爬山的那個平原更深更遠。

她沒有回答。她感到很悲傷，他們雖然如此經常地擁有相同反應、相同感受，但卻永遠無法得到相同結論，因為他們各自的生命目標幾乎是完全相反的。

他們在岩石上並肩坐下，面向下方的廣大沙漠。她挽著他的手臂，把頭靠在他的肩膀上。他只是直楞楞地瞪視前方，嘆氣，最後慢慢地搖頭。

就是這樣的地方、這樣的時刻讓他熱愛，勝過生命中其他一切；她知道的，她也知道若自己也能在他身邊，跟他共同體驗這些，會讓他更加喜歡。並且，雖然他了解感動自己靈魂的那些寧靜和空無讓她恐懼，他也不能忍受被如此提醒。彷彿若他保持這樣的新鮮希望，藉著孤獨及對無窮萬物的親近，她也會像他一樣受到相同感動。他經常告訴她：「那是你唯一的希望。」而她總不確定他在說什麼。有時候她覺得他的意思是那是「他的」唯一希望，只有當她能夠變得跟他一樣時，他才能重新找到愛，因為「愛」對波特而言指的是「愛她」——無疑地跟其他人無關。然而，如此長久以來都沒有愛，所以這也沒有任何可能性了。但儘管她願意如他所願成為他想要的任何樣子，她也無法有如此巨大改變：她內心常駐的恐懼隨時取得控制，假裝若無其事也沒有用。並且就像她無法擺脫始終如影隨形的恐懼一樣，他也無法走出自我囚禁的牢籠，在很久很久之前，他就用來讓自己從愛之中逃脫的牢籠。

她捏他的手臂。「看那邊！」她悄聲說。距離他們只有幾步之遙，一塊岩石上有個令人肅然起敬的阿拉伯人，他筆直端坐著，以致於剛剛他們甚至沒有注意到他，他盤著腿，眼睛閉著，乍看之下彷彿睡著了，但他們看到他的嘴唇微微地動著，所以他們知道他在禱告。

「你覺得我們這樣看好嗎？」她壓低聲音說。

「沒關係，我們只是安靜地坐在這裡。」他把頭枕在她的腿上，看著清朗的天空。一次又一次，非常輕柔地，她撫摸他的頭髮。下方吹來的風逐漸增強，天空慢慢失去光亮。她瞥向那個阿拉伯人，他沒動。她突然想回去了，但還是絲毫不動地坐了一會兒，溫柔地看著手下面那顆毫無生氣的頭。

「你知道，」波特說，他的聲音聽起來很不真實。在一個全然安靜的地方沉默許久之後再度說話，聲音就會變成那樣。「這裡的天空非常奇怪，我看著它的時候常常有這種感覺：上面那裡有個固體，保護我們不受後面的東西侵害。」

「不受後面的東西侵害？」當凱特這麼說時，身子微微發抖。

「是的。」

「但後面有什麼？」她的聲音非常小。

「什麼都沒有，我猜，只有黑暗，全然的黑夜。」

「拜託別現在說這個。」她的乞求中帶著痛苦。「你說的一切嚇壞我了，就在這裡。天愈來愈黑，起風了，我受不了了。」

他坐起身，手臂環著她的頸子，親吻她，頭向後退端詳她，然後再次親吻她，退後，如此反覆來回數次。她的臉頰上有淚水，當他用食指將眼淚拭去時，她可憐地微笑著。

「你知道嗎？」他極其熱切地說：「我認為我們兩個害怕的事是相同的，原因也一樣。我們兩個都是，從來都無法全力投入生活。我們緊抓住那些自以為價值所在的外表，深怕自己在下次遭遇顛簸時就會倒下。不就是這樣嗎？」

她閉上眼睛一會兒。他的唇印在臉頰上，喚醒了她的罪惡感，如同強烈波濤般來襲，讓她既暈眩又不舒服。整個午睡時間，她都試著將良知抽離前一天晚上發生的一切，但現在她清楚知道自己做不到，並且永遠無法做到。她把手放在額頭上，許久之後，說：「但如果我們從未投入，這樣更可能——倒下。」

她希望他開始爭論，這樣他就會發現自己類似的錯誤，也許——這樣也許可以得到某種安慰。他只說：「我不知道。」

光線明顯地愈來愈昏暗，阿拉伯老人仍坐著專心祈禱，在揚起的沙塵中顯得如雕像般莊嚴。波特彷彿聽到他們身後的平原上，傳來一聲很長的喇叭吹奏音符，這聲音一直沒有停止，但沒有人能夠屏住呼吸這麼久的時間：那只是他的想像。他拉起她的手握了一下。「我們得回去了。」他悄聲說。他們很快起身，在岩石間跳躍穿梭回到道路上。腳踏車還在原來的地方，他們安靜地向城鎮滑行，村裡的狗在他們飛速通過時發出喧鬧的叫聲，到了市場，他們歸還腳踏車，慢慢走在通往旅館的街道上，迎面遇見晚上仍川流不息進入城鎮的人群和羊群。

回鎮裡的一路上，凱特的腦海中一直轉著同個念頭：「不知道為什麼，波特知道唐納和我的事。」但同時她也不相信他意識到自己知道了，但在他智慧深處，她確定他感受到真相，感受到發生了什麼事。當他們走在黑暗的街上，她幾乎想問他是怎麼知道的。她很好奇，像波特這樣複雜的人，那種純粹的動物性直覺如何運作。但那一點好處都沒有：一旦他意識到自己知道了什麼，必然決定要狂怒而嫉妒，立刻就會吵了起來，所有兩人之間幽微的溫柔就會消失，也許永遠無法恢復。即使是那樣脆弱的親密，失去了也是令人難以忍受。

晚餐結束後，波特做了件奇怪的事。他單獨到市場去，坐在咖啡店裡，就著閃爍的瓦斯燈觀看動物和人群幾分鐘，然後走到先前租過車的腳踏車出租店，走進敞開的門裡，要了一輛裝了頭燈的腳踏車，請店家等到他回來，然後迅速地朝埡口方向騎去。上面岩石間的天氣很冷，夜風吹著。沒有月亮，他看不到前方的沙漠，就在下面而已——只有頭頂堅實的星星在天空閃耀光芒。他坐在岩石上，讓寒風吹著自己。騎回波塞夫的路上，他了解自己永遠無法告訴凱特他又到那裡去了，她會無法理解為什麼他想在沒有她的狀況下回去。他沉思著，或者也許是因為她太了解了。

14

過了兩晚，他們搭上前往愛恩克拉法的巴士，他們特意挑選夜車以避開酷熱，那條路線沿途都很悶熱。還有不知道為什麼，當你看不到的時候，沙塵似乎沒那麼大了。白天，當巴士穿過這一區的沙漠，在小峽谷間上上下下迂迴而行時，你可以看到被車子揚起的沙塵痕跡，有時候當道路猛然彎折時甚至會直接吸了進去。細小的粉塵在所有趨近平坦的表面堆積，這包括了皮膚的皺紋、眼皮、耳朵裡面，甚至有時候，隱密的地方，例如肚臍。在白天，除非旅客已經習慣如此大量的灰塵，否則他會意識到它們的存在，並且傾向誇大其所造成的不適。但在晚上，因為高掛澄澈天空的明亮星辰，他會有這樣的感覺：只要不動，就不會有沙塵了。引擎規律的嗡嗡聲讓他進入一種恍惚的狀態，全副注意力都放在緊盯面前被車燈照亮無止盡開展的道路，直到他睡著，然後不久後因為停靠在某個黑暗、荒涼的車站而驚醒，他出來休息放鬆伸伸懶腰，進門裡喝杯甜咖啡。

因為預先訂位，他們得以獲得車上最好的位置：前面跟司機坐一起的地方。這裡的灰塵較少，引擎的熱氣雖然還是漏了出來，讓腳感到有些不舒服，但到了十一點，白天的溫暖完全消失，他們可以感受到高地夜間乾燥的酷寒時，就顯得令人愉快了。所以他們三個人全都跟司機一起擠在前座。唐納坐在門邊，似乎睡著了；凱特把頭重重地壓在波特手臂上，偶爾晃動著，但眼睛是閉上的。波特兩腿跨坐在手煞車上，加上司機駕車時手臂一直戳到他的肋骨，因為坐到最不舒服的位置，結果他完全清醒。他呆坐盯著前方擋風玻璃迎面而來的筆直道路，總是迎向著他，總是被大燈吞噬。當他在從某處前往另一地的旅途中，總是能用比平常更客觀的態度觀照自己的人生。他的思緒在旅途上經常最為清晰，並且能理出在定居時無法做出的決定。

從他和凱特一起騎腳踏車那天開始，他就感受到增強兩人情感連結的明確欲望，慢慢地，這件事對他而言極具重要性。他對自己說，在構思跟凱特一起從紐約進入未知的這趟探險時，這欲望就已經埋藏在潛意識裡了。只是在最後一刻唐納受邀加入，也許，這也是潛意識所驅使，只不過是出於恐懼，因為就像他渴望和睦相處一樣，他知道自己也懼怕必然需要承擔的情感責任。但現在，處在這個遙遠而與世隔絕的地方，渴望與她產生更親密的連結已證明了比恐懼還強烈。要營造這樣的連結需要獨處，在波塞夫的最後兩天非常痛苦，唐納彷彿清楚波特的意圖並且下定決心阻撓一般，整個白天、大半夜，他都跟他們待在一起，講話講個不停，並且顯然除了跟他們一起坐著、一起吃飯、一起散步外，沒有其他願望了。甚至晚上也和他們一起去凱特房間，在波特最想和她獨處的時刻，站在門口一小時之久，漫無意義地聊天。（自然地，這讓他想到唐納也許仍抱著親近她的期望，他對她誇張的殷勤、意圖表現風流的陳腐阿諛，都讓他如是想；但因為波特直率地相信他對凱特的感覺，在每方面都跟她對他的一樣，他仍堅信不管在怎樣的情況下她都不會屈服在像唐納這樣的人之下。）

他唯一一次成功地單獨把凱特帶出旅館，是在唐納午睡的時候，他們才在街上走了不到幾百公尺，就遇到艾瑞克．萊爾，他直接宣布自己很樂意陪伴他們一起散步。他真的這麼做，伴隨波特沉默的怒氣，以及凱特明顯的憎惡。凱特對他的出現是如此惱怒，她抱怨頭痛，幾乎沒有在市場的咖啡店坐下就匆忙地回旅館，留下波特去應付艾瑞克。這個令人討厭的年輕人看起來非常蒼白，穿著一件畫了巨大鬱金香的火紅襯衫，他說是在剛果買的。

只剩下波特的時候，他立刻厚顏無恥地開口向他借一萬法郎，理由是他母親對錢的行為古怪，常常一連數週都斷然拒絕給他任何一丁點現金。

「絕對不行，抱歉。」波特說，決心一定要堅守立場。金額逐漸減少，最終他渴望地說：

「就算五百法郎也能讓我有兩個禮拜的菸錢。」

「我從來不借人錢。」波特惱怒地解釋。

「但你會借我的。」他用甜美的聲音說。

「我不會。」

「我不是那種以為美國人都很有錢的愚蠢英國人，一點都不是那樣。但我媽媽瘋了，她就是拒絕給我錢，我能怎麼辦呢？」

「既然他毫不知恥。」波特想，「那我也不必有憐憫之情了。」所以他說：「我不借你錢的原因是，我知道永遠都拿不回來，而且我沒有那麼多錢可以揮霍，懂嗎？但我會給你三百法郎，樂意之至。我注意到你抽的是國家牌香菸，幸運的是，那非常便宜。」

艾瑞克用一種東方的禮節鞠躬表示同意，然後伸手出來討錢。即使到現在波特回想起那個畫面還是覺得不舒服。他回到旅館時，發現凱特和唐納在酒吧裡一起喝啤酒，從那之後，他連一分鐘都沒再和凱特獨處過了，除了前一晚，當她在門口向他道晚安的時候。事實是他懷疑她試圖避免跟他獨處，這並沒有讓他感到好過些。

「但還有很多時間。」他自言自語：「我唯一該做的事情是擺脫唐納。」他很高興自己終於有個明確的決定，也許唐納會接受暗示並且自願離開；若不是這樣，那他們就得離開他。二選一，一定要這樣辦，並且立刻，在他們找到一個想要長久住下，唐納開始用來當作郵件地址的處所之前。

他可以聽到沉重行李在車頂滑動的聲音；搭乘這麼糟的交通工具，他懷疑帶這麼多行李是否明智，但現在，要做什麼都太遲了，沿途沒有什麼地方可以讓他們寄放一些東西，因為他們回程應該會走別的路線，如果他們還會回地中海沿岸的話。他希望能夠繼續南下，只是他們完全沒有之後交通或住宿的任何資訊，在每個地方都只能碰運氣，最多在繼續前進時，祈求每次都能得到下個城鎮的一些資訊。在世界這一角的觀光業之前從未完善發展，又遭到戰爭完全摧毀，而非只是中斷，並且截至目前為止，沒有旅客前來讓它重新開始運作。就某個意義上來說，他喜歡這樣的事態，讓他感到自己是個先驅——比起坐在家裡遠眺中央公園的人工湖，當他在沙漠裡搖晃前行時，感到對先祖有更緊密的認同——但同時他也想知道是否應該嚴肅看待旅客公報勸阻此種先驅的企圖：「當前強烈建議旅客不要從事前往法屬北非、法屬西非或法屬赤道非洲的內陸陸上旅行，一旦獲得更多這個地區的旅遊狀況，我們就會公布這些資訊。」在他對凱特進行選擇非洲而非歐洲的遊說演講時，從來不曾拿這些文字給她看，他給她看的是經過精心挑選，從前次旅行帶回來的照片精選集：綠洲和市場的景色，還有旅館美麗的大廳及花園，只是已經停止營業。截至目前為止她都相當通情達理，對住的地方連一次都沒抗議過；但萊爾太太強烈的警告讓他有點擔心，要長期睡在骯髒的床上、吞下難以入口的餐點、每次洗手都得等上一小時等種種並不有趣。

長夜漫漫。現在對波特來說，看著道路不光是單調，更是催眠，若非前往未曾去過的地方，他一定會覺得無法忍受。每分每秒都比前一刻更深入撒哈拉、將一切熟悉的事物拋諸在後，這樣持續不斷的念頭讓他保持在一種愉悅的激動狀態中。

凱特不時動來動去，抬起頭來呢喃著難解的話，然後又倒下去倚著他，只要她移動，倒到另一個方向去靠著唐納，波特就會緊緊地抓住她的手臂把她拉過來，讓她再度靠在他的肩膀上，唐納則沒有被吵醒的跡象。大約每隔一小時，他都跟司機一起合抽一根菸，但除此以外他們一句話都沒說。在某個地方，司機對著黑暗揮著手，說：「去年他們說在這裡看到一隻獅子，多年來的第一次。他們說牠吃了很多羊，但可能是隻豹。」

「他們抓到牠了嗎？」

「沒有，他們都很怕獅子。」

「我很好奇牠下場如何。」

司機聳聳肩，重新陷入他顯然比較喜歡的沉默中，波特很高興聽到那頭野獸沒被殺掉。

就在破曉前，夜晚最寒冷的時候，他們來到一個車站，既荒涼又晦暗，迎風矗立在平原上。唯一的門敞開著，他們三個蹣跚進入，都還沒從半夢半醒中恢復意識，身後跟著坐在巴士後面的一群當地人，巨大的天井裡都是馬匹、羊隻和男人。幾個火堆燃燒著，紅色火花在風中劇烈舞動。

靠近咖啡室入口處有一張長椅，上面有五隻獵鷹，每隻頭上都蓋著黑色皮製面罩，各自都被精緻的鍊條把腿拴在椅子上。牠們排成一列歇息，一動也不動，好像被動物標本製作師固定且排列在那邊一樣。唐納對牠們大感興奮，奔上前去詢問這些鳥賣不賣，只有禮貌的凝視回答了他的問題，最後他看起來有些困惑地回到桌邊，坐下來說：「似乎沒有人知道牠們屬於誰。」

波特輕蔑地噴著鼻息。「你是說沒人聽懂你說的。不管怎樣，你到底要牠們幹嘛？」

唐納想了一秒，然後大笑著說：「不知道，我喜歡牠們，就是這樣。」

當他們再度出發，初露的曙光從平原後方升起，現在輪到波特坐在門邊了，當車站變成後方一個遠遠的小白盒時，他已經睡著了，因此錯過了夜色雄偉的終曲：在太陽升起前，地表後方天空中那些變幻的顏色。

15

在愛恩克拉法進入他們的視線前，蒼蠅已經現身通報了。當第一批零星散布的綠洲出現，道路在兩側偏僻村莊的高聳泥牆間飛馳，忽然間牠們就神祕地盤踞整個巴士——小、灰色，而且揮之不去。有些阿拉伯人注意到牠們的存在，把頭蓋起來，其他則似乎沒有感覺。司機說：「啊，混蛋東西！我們到達愛恩克拉法了！」

凱特和唐納陷入一陣瘋狂的動作，揮舞手臂、搧著臉、發狂似的向旁邊吹氣驅趕臉頰和鼻子旁的蟲子，但全然徒勞無功。蒼蠅以驚人的決心糾纏著，幾乎要被趕走了，卻在最後一刻敏捷地飛起，同時降落到同一個點上。

「我們被攻擊了！」凱特大叫。

唐納開始用一張報紙搧她。波特仍在門邊睡著，嘴角爬滿了蒼蠅。

「天氣涼爽時牠們就黏上來了。」司機說：「大清早你是擺脫不了牠們的。」

「他們從哪來的？」凱特質問。

她聲音中憤慨的語調讓他笑了出來。

「這沒什麼，」他說，以一種表示歉意的手勢揮揮手。「你在城裡一定會看到牠們的，像黑雲般覆蓋一切。」

「幾時會有巴士離開？」她說。

「你說回到波塞夫嗎？我明天回去。」

「不，不！我是說南下。」

「啊，那個啊！你得在愛恩克拉法問了，我只知道波塞夫路線。我想他們每週會有一班車到布努拿城（Bou Noura），然後你總可以搭農產貨車的便車到邁薩德（Messad）去。」

「噢，我不想去那裡。」凱特說，她聽波特說過邁薩德很無趣。

「但我想去。」唐納帶著某種力量用英語插嘴。「在這樣的地方等上一個禮拜？老天，我會死的！」

「別太激動，你還沒看到，也許司機只是在唬我們，就像萊爾先生說的話一樣。此外，也許不必等上一週，到布努拿城的巴士也許明天就會出發，事實上甚至可能是今天。」

「不，」唐納頑固地說：「骯髒是我不能忍受的。」

「是，你是真正的美國人，我知道。」她轉過頭看著他，他感到她在取笑自己，他的臉變紅了。

「你對極了。」

波特醒了，第一個動作是驅趕臉上的蒼蠅。他張開眼睛，盯著窗外愈來愈多的植物。高高的棕櫚樹在牆後竄起，下面是雜亂成群的橙樹、無花果和石榴樹。他把窗戶打開，探身出去呼吸，空氣聞起來有薄荷和燃木煙味。前方有一條寬闊的河床，中間甚至有道蜿蜒的水流。道路兩邊，以及所有分支出去的小路兩旁，是深深的灌溉渠道，水在裡面流動，是愛恩克拉法的驕傲。他把頭縮回來，向同伴道早安，機械式地不停揮開難纏的蒼蠅。過了幾分鐘後，他才注意到凱特和唐納在做同樣的事。「這些蒼蠅是怎麼回事？」他質問。

凱特看著唐納大笑，波特感到他們兩人之間有祕密。「我才在想你要多久才會發現牠們。」她說。

他們再度討論起蒼蠅，唐納叫司機證明牠們在愛恩克拉法的數量——這是為了波特好，因為他想為前往邁薩德的出走計畫增添新成員；凱特則重申在做任何決定前，必須先調查過這個城鎮。截至目前為止，她認為這是他們到達非洲後，唯一讓她覺得美麗的地方。

這個令人愉快的印象，完全來自隨著巴士加速朝向城鎮奔去時那些在牆後吸引她注意力的蔥鬱草木，然而當他們實際到達城鎮時，草木卻彷彿幾乎不存在。她非常失望地發現這裡跟波塞夫十分相像，除了似乎更小之外。所見的只有全然現代化與幾何排列的設計，更不用說那些建築是白色而非咖啡色，然後那些與主要街道相接的人行道，鋪設在突出的拱廊遮蔭下，她還是可以輕易想像自己仍在原來那個城鎮。第一眼所見的格蘭大飯店內部裝潢讓她相當氣餒，但唐納在場，她感受到某種趨力，要維持一個有資格責難他挑剔毛病的位置。

「老天，真是一團亂！」她大叫，事實上她的言詞已經不足以描述對這個剛進入的天井的真實感受。頭腦簡單的唐納則是嚇壞了，他只是看著，看著所有映入眼簾物品的細節。至於波特，他太想睡了，沒辦法仔細注意什麼東西，就站在入口，像風車般揮舞手臂，試圖不讓蒼蠅接近他的臉。

這裡一開始是蓋來當作殖民政府的行政辦公室，因此這棟建築就此落入厄運。一度在天井中央聳立的噴泉已經消失，但水池還在，裡面堆積一座臭氣薰天的垃圾小山，躺在這座小山邊的是三個尖叫、赤裸的嬰兒，他們虛弱難看的身體深受大片潰爛所苦，在無助的悲慘中，他們看起來有人樣，但某個程度上來說又不那麼地像人，反而像那兩隻躺在附近地磚上的粉紅狗——粉紅是因為牠們的毛早就掉光，紅腫、老邁的皮膚難看地暴露在蒼蠅和陽光的觸吻中。其中一隻衰弱地把頭抬離地面一吋左右，蒼白的黃色眼睛空洞地看著新來的人；軀體的其他部分則一動也不動。一排圓柱形成一道拱廊，一些亂七八糟的廢棄家具疊在它的後方。一個巨大的藍白陶缸放在靠近中央水池的地方，除了天井裡巨量的垃圾外，臭味還來自公廁。比嬰兒哭聲還大的，是女人尖銳的爭吵聲，還有遠處收音機發出的強烈噪音。一個女人在門口出現了一下，尖叫，然後立刻再度消失。屋裡充滿了尖叫與咯咯笑聲，有一個女人開始叫喊：「呀，穆罕默德！」唐納轉頭回到街上，和那些受囑咐跟行李一起在外面等待的腳夫站在一起。波特和凱特安靜地站著，直到那個叫做穆罕默德的男人出現，他在腰間纏上一圈又一圈的鮮紅色腰帶，尾端仍拖到地板上。在討論房間的對話裡，他一再堅持要他們住一個有三張床的房間——對他們會比較便宜，而女侍的工作也會較少。

「如果我能出去就好了。」凱特想，「在波特跟他做好安排之前！」但她的罪惡感以優雅的方式表現；她不能到街上去，因為唐納在那邊，她會顯得好像在選邊。突然間她也希望唐納沒跟他們一起了，她就可以更自由地表達自己的喜好。正如她恐懼的一般，波特和那男人一起上樓，不久後，回來宣布那房間其實並不真的那麼糟。

他們訂了三個臭氣沖天的房間，全都面向一個有亮藍色牆的小院子，院子中央是一棵枯掉的無花果樹，倒勾的金屬線團團圈住樹枝。凱特望向窗外時，看到一隻小頭大耳、狀似飢餓的貓小心地穿過庭院。她在大黃銅床上坐下，除了放在旁邊的胡狼皮外，這是房裡唯一的家具。她幾乎無法責怪唐納一開始就拒絕至少先看房間一眼，但如同波特所言，一個人最終對一切都會感到習慣，雖然現在唐納對此有些不開心，到晚上也許就會習慣這一切驚人的臭味。

午餐時，他們坐在一個沒有窗戶、像井一樣的空房間裡，在這裡你會想輕聲細語，因為說出來的話會伴隨著扭曲的回音。僅有的光線從門口射進主院，波特「咔嗒」地打開了頭上的燈泡開關：沒有任何反應。赤腳的女服務生咯咯地笑。「沒有燈。」她說，把他們的湯放在桌上。

「好吧，」唐納說：「我們到院子去吃。」

女服務生匆匆走出房間，和穆罕默德一起回來，他皺著眉頭，但著手協助他們把桌椅移到外面的拱廊下。

「感謝老天他們是阿拉伯人，不是法國人。」凱特說：「否則在外面吃就違反規則了。」

「如果他們是法國人，我們就可以在裡面吃了。」唐納說。

他們點起香菸，希望能夠抵抗一些偶爾從水池朝他們飄來的惡臭。嬰兒們消失了，他們的尖叫現在從一個裡面的房間傳來。

唐納停下來盯著湯看，然後推開椅子往後退，把餐巾丟到桌上。「好吧，以上帝之名，這也許是鎮上唯一的旅館，但我可以在市場裡找到比這更好的食物，看看這個湯，都是屍體！」

波特檢查他的碗。「牠們是象鼻蟲，一定是在麵裡。」

「好吧，牠們現在在湯裡，把湯弄得混濁了。如果你們願意，可以繼續在這個臭屍之塔吃飯，我要去發掘在地餐廳了。」

「再見。」波特說，唐納走出去。

一個小時後他回來了，少了幾分好鬥之色，微微氣餒。波特和凱特還在院子裡，一邊喝咖啡一邊驅趕蒼蠅。

「如何？你找到了什麼嗎？」他們問。

「食物嗎？好到該死。」他坐了下來。「但我找不到任何如何離開這個地方的資訊。」

波特對他朋友掌握法語能力的評價向來不高，說：「噢。」幾分鐘後他起身到鎮上去，自己收集任何跟這一帶交通工具有關的片段消息。熱氣襲人，他也吃得不愉快，儘管如此，當他走過荒廢的拱廊時仍然吹著口哨，因為擺脫唐納的念頭莫名其妙地讓他感到愉悅，他已經發現蒼蠅變少了。

下午稍晚的時候，一輛很大的汽車在旅館門口停下來，那是萊爾家的賓士。

「真是徹底做了所有蠢事！想去找到某個沒人聽說過不存在的村莊！」萊爾太太說著，「你幾乎害我錯過午茶了，我猜你一定以為那很好玩。現在趕走這些討厭鬼，進來。Mosh! Mosh!」她大叫，忽然開始攻擊一群接近車子的當地青少年。「Mosh! Imshi!」她以威脅的姿態舉起手提包，困惑的孩子們慢慢地從她身邊退後。

「我得找出趕走他們的正確字句。」艾瑞克說，從車子裡跳出來摔上門。「說你要叫警察了根本沒用，他們不知道那是什麼。」

「廢話！當然是警察！絕對不要用當地政府威脅本地人，記住，我們不承認這裡的法國統治權。」

「噢，那在里夫（Rif）山脈，母親，這裡屬於西班牙統治。」

「艾瑞克！你可以安靜嗎？你不覺得我知道高提耶女士跟我說的嗎？你是什麼意思？」當他看到拱廊下的桌子時就停下腳步，桌上還放著波特和凱特留下來的髒杯碟。「哈囉！有其他人已經來了。」她以一種表現出高度興趣的聲調說，然後責備地轉頭向艾瑞克：「他們在外面吃飯！我告訴過你我們可以在戶外吃，只要你稍稍堅持一點的話。茶在你的房間裡，把它拿下樓好嗎？我必須注意廚房裡那發出惡臭的爐火，把糖拿出來，重新開一包餅乾。」

當艾瑞克帶著一盒茶穿過天井回來時，波特從街上走進門裡。

「莫斯比先生！」他大喊。「真是個愉快的驚喜啊！」

波特試著不要讓臉垮下來。「哈囉，」他說：「你在這裡幹嘛？我以為我會認出你停在外面的車。」

「稍等一會兒，我得把這個茶拿給母親，她在廚房裡等著。」他匆匆穿過側門，踩到其中一隻狗兒，牠們筋疲力盡地躺在暗處邊緣，狗吠了許久。波特匆匆上樓找到凱特，告訴她這個最新的壞消息，一分鐘後艾瑞克猛烈敲門。「我說，十分鐘後請一定要到十一號房跟我們一起喝茶，見到你真好，莫斯比太太。」

十一號房住的是萊爾太太，比其他的房間長，但同樣空無一物，正好位於入口對面。當她喝茶時，不時從大家都因為沒有椅子而坐著的床上站起來，走到窗邊對著街道大叫：「Mosh! Mosh!」

不久後波特再也無法克制自己的好奇心了。「你對窗外喊的奇怪字語是什麼，萊爾太太？」

「我在驅離那些偷竊的小黑鬼不要靠近我的車。」

「但你跟他們說的是什麼？是阿拉伯語嗎？」

「法語，」她說：「意思是滾開。」

「我懂了，他們懂嗎？」

「他們最好給我懂。再來點茶，莫斯比太太！」

唐納託詞不來，因為他已經從凱特對艾瑞克的描述中聽夠了關於萊爾母子的一切。根據萊爾太太的說法，愛恩克拉法是個迷人的城鎮，尤其是駱駝市場，有隻小駱駝他們一定得去拍個照，那個早上她已經拍了好幾張。「牠太可愛了。」她說。艾瑞克坐著用貪婪的眼神看著波特。「他想討更多錢。」波特想。凱特也注意到他異常的表情，但她給了個不同的詮釋。

當茶已經喝完，他們準備離開，因為似乎已經窮盡所有可能的話題，艾瑞克轉向波特。「如果我們晚餐時間沒見到面，就稍晚去拜訪你。你幾點睡？」

波特含糊地說：「噢，任何時候，大概。我們可能會出去到很晚，看看這個城鎮。」

「好的。」艾瑞克說，在他關上門時親暱地拍拍他的肩膀。

他們回到凱特的房間後，她站著凝視窗外瘦弱的無花果樹。「我希望我們去的是義大利。」她說，波特迅速抬頭。「你為什麼那樣說？是因為他們嗎？因為旅館嗎？」

「因為所有一切。」她轉身面對他，微笑著。「但我並不真是這個意思，現在是出門去的好時間，走吧。」

愛恩克拉法正從每日毒辣陽光造成的恍惚中甦醒，城鎮正中央有一座堡壘，矗立在清真寺附近一座高高的石丘上，它的後方，街道變得十分隨意，有本地人居住區那種原始無章法設計的遺跡。柵欄裡憤怒的羊群已經開始激動流竄；露天咖啡館裡瀰漫著大麻煙；甚至在以棕櫚樹圍起的隱密巷道的塵土中，也有男人蹲著，搧著小火，將水瓶裡的水燒開，泡茶，品嘗。

「下午茶！他們其實是扮裝參加化妝舞會的英國人。」凱特說。她和波特很緩慢地走著，手牽著手，與黃昏的微光完美協調。這是個會讓人感到懶洋洋而非神祕的傍晚。

他們來到河邊，這裡只有一片平坦寬廣的白色沙灘在朦朧中展開，他們往前走了一會兒，直到城鎮的聲音在遠方變得微弱尖銳。在這個偏僻的地方，狗在牆後咆哮，但這些牆距離河流十分遙遠，它們的前方有一堆火，一個孤伶伶的男人坐在旁邊吹著笛子，在他後方火焰投射出的變幻影子裡，棲息了大約一打的駱駝，嚴肅地咀嚼反芻的食物，男人望著經過的他們，但繼續吹奏音樂。

「你覺得你在這裡會快樂嗎？」波特壓低聲音說。

凱特嚇了一跳。「快樂？快樂？你的意思是？」

「你覺得你會喜歡這裡嗎？」

「噢，我不知道！」她說，聲音裡帶著惱怒。「我怎麼知道？我們不可能進入他們的生活，知道他們真正的想法。」

「我不是問你那個。」波特惱火地說。

「你該問的，那是重點。」

「一點都不，」他說：「對我來說不重要。我感到這個城鎮、這條河、這片天空全都屬於我，就像屬於他們一樣。」

她想說：「好吧，你瘋了。」但制止了自己：「很奇怪。」

他們回頭往鎮上去，選擇了一條兩排花園圍牆中間的路。

「我希望你不要問我這類問題，」她突然說。「我無法回答。我怎麼能夠說：是的，我在非洲很快樂？我非常喜歡愛恩克拉法，但我不知道自己會想待上一個月或明天就離開。」

「關於那個的話，即使你真的想，也無法明天離開，除非你回波塞夫去。我查出巴士的時間了，還要再四天，往布努拿城的班次才會出發，然後現在禁止搭往邁薩德卡車的便車，沿路都布下了士兵檢查，司機會被課很重的罰金。」

「所以我們被困在格蘭大飯店裡了。」

「跟唐納一起。」波特想，然後大聲地說：「和萊爾母子。」

「拜託不要。」凱特喃喃地說。

「我納悶還要這樣繼續在路上遇見他們多久。我打從心裡盼望，要不就他們永遠走在我們前面，或者就讓我們超前，然後保持那樣。」

「像那樣的事是需要安排的。」凱特說，她也同樣想到唐納。彷彿對她來說，如果現在可以不用在吃飯時間坐在他的對面，她就可以徹底放鬆、活在當下，而那也是波特的當下。但如果一小時之內，她就要去面對自己罪愆的活證據，就似乎連嘗試都沒用了。

當他們回到旅館時，天已經徹底黑了。他們很晚才吃飯，晚餐後，因為沒有人想出去，他們就上床了。這個過程花了比平常更久的時間，因為只有一個水槽和水壺——在走廊盡頭的屋頂上。城鎮非常安靜，某個咖啡店的收音機正播放著阿卜杜勒．瓦哈卜[6]的唱片，一首如輓歌般的流行音樂，歌名是〈我在你的墳上哭泣〉。波特邊洗邊聆聽憂鬱的音符，樂音被附近爆炸式的狗吠聲打斷。

當艾瑞克敲門時，他已經躺在床上了，不幸的是他沒有關燈，因為擔心光線從門縫漏出去，他不敢假裝已經睡了。艾瑞克躡手躡腳地進房、臉上帶著陰謀表情的狀況讓他不悅。他穿上浴袍。

「什麼事？」他質問。「還沒有人睡著。」

「希望我沒打擾到你，老兄。」一如以往，他彷彿對著牆角說話。

「沒有，沒有。但你這時間來很幸運，下一分鐘我可能就熄燈了。」

「你太太睡了嗎？」

「我相信她在看書，通常她睡前都會先看書。怎樣？」

「不知道我能不能向她拿今天下午她答應借我的那本小說。」

「什麼時候，現在嗎？」他遞給艾瑞克一根香菸，然後自己也點了一支。

6　穆罕默德．阿卜杜勒．瓦哈卜（MohammedAbd-el-Wahab，一九〇二～一九九一），埃及知名歌手和作曲家。

「噢，如果會打擾到她就不了。」
「明天比較好，你不覺得嗎？」波特說，看著他。
「你是對的，我來的真正目的是那個錢。」他遲疑地說。
「哪個？」
「你借我的三百法郎，我想還你。」
「噢，那無關緊要。」波特笑了，還是看著他。有一會兒兩個人都沒說話。
「好吧，當然，如果你想要的話。」最後波特說，納悶有沒有任何一丁點可能是他錯估了這個年輕人，但不知怎麼的，他比從前更確信自己沒有。
「啊，太好了。」艾瑞克喃喃地說，胡亂地在大衣口袋裡摸索。「我良心上過意不去。」
「你不需要過意不去，因為如果你記得，是我給你的，但如果你寧願歸還，如同我所說，當然，我覺得也可以。」
艾瑞克終於抽出一張一千法郎鈔票，帶著一抹微弱、取悅的微笑遞出去。「希望你有錢找。」他說，終於看著波特的臉，但彷彿需要花他很大的力氣一般。波特意識到這是重要的一刻，但他不知道為何。「我不知道。」他說，沒有收下那張鈔票。「你要我看看嗎？」
「如果可以的話。」他的聲音很低。當波特笨拙地爬下床，走到放著錢和文件的手提箱去時，艾瑞克似乎提起了勇氣。

「我真的覺得自己像個無賴，半夜到這裡來這樣打擾你，但首先，我想解決腦袋裡的這件事，還有，我非常需要零錢，旅館似乎完全沒有，而母親和我一大早就要出發到邁薩德去，我擔心可能再也見不到你了。」

「你們嗎？邁薩德？」波特轉身，手上拿著錢包。「真的嗎？我的天啊！而我們的朋友唐納先生是如此想去！」

「噢？」艾瑞克慢慢起身。「噢？」他又說了一次。「我敢說我們可以帶著他。」他看著波特的臉，發現它亮了起來。「但我們破曉就離開了，你最好立刻去告訴他，跟他說六點半準備好到樓下去。我們已經訂了六點的茶，你最好也讓他這樣做。」

「我會的。」波特說，把皮夾迅速塞進口袋裡。「我也會問他有沒有零錢，我似乎沒有。」

「很好，很好。」艾瑞克帶著微笑說，重新在床上坐下。

波特發現唐納光著身體，手上拿著一瓶DDT，心煩意亂地在房裡遊走。「進來。」他說：「這東西一點用都沒有。」

「你在對付什麼？」

「臭蟲，其中一種。」

「聽著，你想要明天早上六點半到邁薩德去嗎？」

「我想今晚十一點半去，為何？」

「萊爾母子會開車載你。」

「然後呢？」

波特瞎掰。「他們幾天後會回來這裡，然後直接到布努拿城去。他們會帶你去，然後我們在那邊等你。現在萊爾在我房裡，你想跟他談談嗎？」

「不想。」

一陣沉默。電燈突然熄滅，然後又亮了起來，一隻虛弱的橘色昆蟲在燈泡裡，所以房間裡呈現一種透過厚重黑色玻璃看過去的樣子。唐納瞥了一眼凌亂的床，聳了聳肩。「你說幾點？」

「六點半他們要離開。」

「跟他說我會在樓下門那邊。」他對波特皺著眉頭，臉上帶著微微的懷疑。「那你們，為什麼你們不去？」

「他們只帶一個人。」他說謊。「此外，我喜歡這裡。」

「你只要上床去就不會喜歡了。」唐納挖苦地說。

「你到邁薩德去可能還是會有這些。」波特暗示，他現在感到安全了。

「在住過這家之後，我會冒險試試所有旅館。」

「幾天後我們會到布努拿城找你，別闖進任何伊斯蘭教婦女的閨房。」

他把背後的門關上，回到自己的房間，艾瑞克仍然坐在床的同一個位置上，但已經點燃了另一根香菸。

「唐納先生很高興，六點半會在門那邊跟你會合。噢，可惡！我忘記問他有沒有零錢找你的一千法郎了。」他遲疑著，打算再回去。

「請別麻煩了，他可以在明天的路上幫我換零錢，如果我需要的話。」

波特張開嘴想說：「但我以為你是要還我那三百法郎。」他更仔細地考慮了一下。現在事情安排好了，只為了幾個法郎去冒險犯錯會是個悲劇，所以他微笑著說：「當然，好吧，希望你回來時我們會再見面。」

「是的，的確。」艾瑞克微笑，看著地板，突然起身朝門走去，「晚安。」

「晚安。」

波特在他出去後關上門，然後站在門邊，沉思。艾瑞克的行為始終給他極度古怪的印象，現在他仍懷疑那是否有合理解釋的。他十分想睡了，就把剩下的燈熄了然後上床。遠處和附近的狗兒齊聲吠叫，但他沒被寄生蟲干擾。

那晚他哭著醒來。生命是一座深達千哩的井，他從深沉之處帶著無盡哀傷與寧靜的感覺醒來，但除了那些沒有面孔的聲音低語著「靈魂是身體最疲倦的部分」外，他記不起任何夢境內容。夜是沉靜的，只有微風拂過無花果樹，吹動掛在上面的電線圈，它們來回摩擦，持續發出如此輕微的咯吱聲。他傾聽一會兒後，沉入睡眠。

16

凱特坐在床上，早餐的托盤擺在膝蓋上，房間被反射在外面藍色圍牆的陽光照亮。波特幫她把早餐端來，這是在發現僕人們無法執行任何指令後所下的決定。她吃完了，現在正在思考他告知自己（以一種遮掩得很差的興味）「已經擺脫唐納」的意義。因為她也偷偷地希望他離開，對她而言似乎是做了一件加倍可恥的事。但為什麼呢？他是出於自由意志走的。然後她意識到自己已經直覺地意識到波特下一個行動：他會策畫在布努拿城跟唐納錯過。她可以從他的行為知道，不管他怎麼說，他完全沒有要在那裡跟他會合的意思，那就是事情看起來刻薄的原因。這是種欺騙的策略，如果她猜對的話，太赤裸裸了，她決定不要參與其中。「就算波特要避開他，我也會留下來跟他碰面。」她伸手把托盤放在胡狼皮上；這張皮保存得很差，發出一股酸臭味。「還是我只是想繼續用每天都看到唐納在面前來懲罰自己？」她納悶著。「擺脫他真的會比較好嗎？」如果可以知道未來的幾週會怎樣就好了！山上的雲是個惡兆，但不是她想的那樣。不是車禍，而是另一個也許結局更為悲慘的經驗。一如往常，她總是準備好迎接比預期更壞的某件事，但她不相信那會是唐納，所以她現在所表現出與他相關的行為其實無關緊要。另一個預兆指向一場更巨大的慘劇，並且絕對無可避免，對她而言每次逃避都只是更加深入危險地帶。「那樣的話，」她想，「為何不屈服呢？如果我該屈服，那該如何表現呢？跟現在完全相同。」所以屈不屈服跟她的問題根本無關，她在抗拒自己的存在，她只想吃、睡，並且臣服於惡兆之下。

一整天幾乎大部分的時間，她都躺在床上看書，只有跟波特下樓到拱廊下臭氣薰天的院子吃午餐時才換衣服，一回到房間又立刻全部脫掉。房間還沒有整理，她把床單鋪平再度躺上去，空氣乾燥、炎熱、令人窒息。早上波特到鎮裡去了，即使戴上遮陽帽，她仍不懂為何他能夠忍耐陽光。在烈日曝曬下，即使只待五分鐘也會讓她不舒服。他的身體並不強健，然而他還是在烤箱般的街道上遊蕩數小時，然後回來熱情地吃下惡劣的食物，並且找到某個邀請他們兩人六點去喝茶的阿拉伯人，還要她牢記不管怎樣都不能遲到。只有赴某個不知名愛恩克拉法小店商人的約他才會這麼堅持嚴格守時，跟他的朋友或她約會時，他表現出最漫不經心的樣子，會比約定時間晚三十分鐘到兩小時，才漠不關心地到達。

這個阿拉伯人的名字是阿布德斯蘭・班・哈吉・喬伊。他們來到他的皮革店門口叫他，等待他把前門關起來鎖上。他帶著他們緩慢穿過曲折的街道，此時宣禮員正在通報禱告時刻；他一直用辭藻華麗的法語說話，把注意力都放在凱特身上。

「我實在太高興了！這是我第一次有這樣的榮幸邀請一位從紐約來的淑女，還有一位紳士，我多想去看看紐約啊！多麼富裕！到處都是金子銀子！所有人都能享受豪奢，啊！跟愛恩克拉法不一樣——街上都是沙、一些棕櫚樹、炎熱的太陽、永恆的悲傷。我非常高興能邀請一位來自紐約的淑女，還有一位紳士。紐約！真是美麗的字眼！」他們任他說個不停。

花園，就像愛恩克拉法所有的花園一樣，事實上是個果園。橙樹下有小小的溝渠，流著從井裡抽上來的水，井蓋在一側的人造台地上，高大的棕櫚樹林挺立在對面，鄰近與河床接壤的那面牆，其中一棵樹下鋪了張很大的紅白羊毛地毯。他們坐在那裡，一個僕人把火和泡茶的工具拿來，空氣很沉悶，充滿種植在水道邊的綠薄荷氣味。

「我們可以聊個天，在燒水的時候。」他們的東道主說，慈愛地輪流看著兩人微笑。「我們這裡栽種棕櫚雄株，因為比較美，在布努拿城他們只想到錢，他們栽種雌株，你知道長得如何嗎？又矮又胖，結很多棗，但那些棗一點都不好，布努拿城的不好！」他用一種寧靜的滿足笑著。「現在你知道布努拿城那些人有多傻了！」

風吹拂著，棕櫚樹幹隨之緩慢搖動，高聳的樹梢微微地轉圈搖擺，一個戴著黃色纏頭巾的年輕人走過來，陰鬱地問候他們，然後坐到稍微後面的地方去，就在毯子的邊緣。他從連帽斗篷下面拿出一把烏德琴，開始隨意撥弄琴弦，始終垂眼注視樹下。凱特安靜地啜飲著茶，在喬伊的言談中不時微笑，一度她用英語向波特要根菸，但他皺起眉頭，她於是了解看到女人抽菸會嚇壞其他人，所以她坐著喝茶，覺得自己周遭所見所聞並不真實；或者若其為真，那她自己並不真的在場。光線愈來愈暗，慢慢地煤炭爐成了視線自然的焦點，魯特琴繼續演奏著，成為漫無目的閒聊的背景聲音，聆聽它的音符就像看著香菸的煙霧繚繞籠罩，她完全不想動、不想說話，甚至不想思考，但突然間她感到非常寒冷，就打斷對話如此表示。喬伊聽到這個並不高興，他將之視為一種難以置信的無禮。他微笑，然後說：「啊，是的，夫人是金髮，金髮女人就像乾涸的灌溉引道一樣。阿拉伯人就像愛恩克拉法的灌溉引道一樣，愛恩克拉法的灌溉引道永遠都是滿滿的，我們有花朵、果實和樹木。」

「但你說愛恩克拉法很糟。」波特說。

「糟？」喬伊用驚訝地覆述。「愛恩克拉法從來都不糟，這裡是和平的，並且充滿歡樂，就算有人給我兩千萬法郎和一座皇宮，我也不會離開家鄉。」

「當然，」波特同意，看出來他的東道主已經不想繼續談話。他說：「因為夫人覺得冷，我們得走了，但我們極為感謝你，我們非常榮幸能夠來到這個精緻的花園。」

喬伊沒有站起來，他點點頭，伸出手來，說：「好，好，走吧，因為已經冷了。」

兩位客人都為了他們的離去表達萬分歉意，但不能說這些歉意得到非常有禮的接受。「好，好，好。」喬伊說：「下次再來，可能會比較溫暖些。」

波特即使感到怒氣上升也極力遏抑，讓他對自己非常生氣。

「再見，親愛的先生。」凱特突然用一種幼稚尖銳的聲音說，波特擰了她的手臂一下。喬伊沒有發現什麼不對，事實上，這足夠讓他放鬆下來，重新再度微笑。樂師還在撥弄魯特琴，一邊陪著他們走到門邊，當他把門關上時，只說了一句：「B'slemah。」

道路幾乎全黑了，他們開始加快腳步。

「希望你不要為了那個責怪我。」凱特防衛地說。

波特把手滑下來環著她的腰：「責怪你！為何？怎麼可能？而且不管怎麼說，那有什麼差別？」

「當然有差，」她說：「如果沒差的話，那麼一開始去見這個人的重點是什麼？」

「噢，重點！我不假設有任何特別的重點，我以為那會很有趣，而我仍然這樣認為。我很高興我們去了。」

「在某方面來說，我也是，這讓我有觀察此處交談如何進行的第一手機會——看他們可以假得多麼令人難以置信。」

他放開她的腰。「我不同意，你不會說一條帶子的裝飾很假，只因為它有兩面。」

「如果你習慣了進行那種比裝飾更裝飾的交談，你會這樣認為的。但我自己不會把談話視為一條帶子的裝飾。」

「噢，胡說！這只是他們的一種生活方式，一種完全不同的哲學。」

「我知道，」她說，停下來把鞋裡的沙抖掉。「我只是說我永遠都無法忍受。」

他嘆氣，茶宴所伴隨的效果與他所期待的完全相反。她意識到他在想什麼。過了一會兒她說：「不用考慮我，不管發生什麼事，只要跟你在一起我都會很好。今晚我也很開心，真的。」

她緊握住他的手，但這不完全是他想要的；屈從是不夠的。他敷衍地回握。

「還有你最後那場小小的表演是怎麼回事？」過了一會兒他問。

「我控制不住，他是如此地荒謬。」

「一般來說，嘲笑東道主並不是個好主意。」他冷酷地說。

「噢，呸！如果你注意到的話，他愛得很，他以為我在表示恭敬。」

他們安靜地在近乎全黑的院子吃飯，大部分的垃圾都被清走了，但公廁的惡臭還是一樣強烈，晚餐後他們各自回房閱讀。

第二天早上，他端早餐給她時說：「昨天晚上我幾乎要來找你，我睡不著，但擔心吵醒你。」

「你應該敲敲牆壁，」她說：「我會聽見，可能就會醒來。」

整天他都莫名其妙地感到緊張；他歸咎於在花園裡喝的七杯濃茶。但凱特喝得跟他一樣多，看起來卻一點都不緊張。下午他到河邊散步，觀看騎兵騎著他們完美的白馬受訓，藍色斗篷在身後隨風飄動。因為煩躁隨著時間過去似乎沒有消失反而增長，他給了自己找出源頭的任務。他低著頭走路，放眼望去只有沙和閃亮的鵝卵石。唐納已經走了，剩下凱特和他獨處，現在一切都仰賴他了。他可以擺出正確的姿態，或者錯的，但事前無法預知。經驗已經教會他在這樣的狀況下是無法仰賴理性的，總會有個神祕並且不真正能夠企及的要素沒有處理到，你必須知曉，而非推論，況且他也沒有這樣的知識。他抬頭看，河床變得極其寬廣，牆和花園在遠方變得模糊，除了他耳邊那從世界一端吹向另一端的風，這裡寂靜無聲，每當他的思緒變得過於縹緲混亂，一點孤獨感就能迅速將其重整。他的緊張狀態是有救的，但只能靠他自己——他對自己的無知感到恐懼。如果想停止這種緊張，就必須為自己設想一種情境，在那情境中，無知也沒關係。他必須表現出彷彿再度贏回凱特是毫無問題的樣子，然後，也許，由於全然不把注意力放在上面，這件事就會自動發生。但他此刻關心的重點，應該純粹自我中心地為自己擺脫這樣的煩亂呢？或者即便如此，還是要完成最初的目標？「恐怕我終究是個懦夫？」他想。他聆聽恐懼發出的聲音並且為之說服——典型的過程。這個想法讓他感到悲傷。

不遠處有塊稍微升高的地方，河道在那裡突然改變方向，上面有一座小小的廢棄建築，屋頂已經沒了，老舊到一棵古怪的樹在裡面長了出來，將牆內都納入它的庇蔭下。他走得更靠近些好探看裡面的狀況，發現較低的樹枝上掛著數以百計的破布，它們曾經是白色的，現在規則地撕裂成條狀，全都朝著相同方向隨風飄揚。他帶著微微的好奇爬上堤岸前往探查，但正在接近的時候，發現這棟廢棄建築已經被占據了：一個很老、很老的人坐在樹下，瘦弱的棕色手臂和腿纏繞著骯髒的舊繃帶。他在樹幹底部附近造了一個遮蔽物，很顯然就居住在那裡，波特站著凝視許久，但老人沒有抬頭。

他把速度放得更慢，繼續前進。他隨身帶了些無花果，現在全都拿出來狼吞虎嚥地吞下肚。當他完全跟著河道轉彎，發現自己面向西方的太陽，仰望一個位於兩座光禿緩坡山丘間的山谷。盡頭是一座較陡的山，淡紅色的，山的那邊有個陰暗的洞。他喜歡山洞，很想前往一探究竟。但此地的距離是會騙人的，在天黑前可能已經沒有時間，此外，他也沒有感受到內心必要的能量。「明天我要早點來爬上去。」他對自己說。他沉思地站著凝視山谷，舌頭探索齒縫間的無花果籽，還有頑強的小蒼蠅總在他臉上飛來飛去，這讓他感到，在鄉間漫步就像某種生命自身推移的縮影，一個人從來不會花時間品味細節，他會說：改天吧，但總在心底知道每天都是特殊而不可改變的，永遠不會重新來過，也不會有下次。

他的腦袋在遮陽帽裡發汗。他把帽子潮濕的皮帶解開，讓陽光曬乾頭髮。白日將盡，天就要黑了，他得回到那惡臭的旅館中，陪在凱特身邊，但首先他必須決定要採取什麼方針。他轉身回鎮上去，走到廢棄建築對面時，他朝裡面看進去。老人移動了，坐在昔日走道的入口內側，他突然想起這個老人必然罹患某種疾病，於是加快腳步，並且，愚蠢地在完全通過之前都屏住呼吸。當他重新呼吸清爽的涼風入肺，就知道自己會怎麼做了：他要暫時拋棄和凱特重新和好的念頭。在他現在這種不安寧的狀態下，一定會做下所有錯誤的決定，並且可能永遠失去她。以後，當他已經沒有期待，事情也許會依其狀態自然發展。他以輕快的步伐走完剩下的路程，當他回到愛恩克拉法的街道時，已經吹著口哨了。

他們吃著晚餐。一個旅行業務員在餐廳裡吃飯，他帶了一個隨身收音機，頻道轉在奧蘭電台上；廚房裡一台更大聲的收音機則播放著埃及音樂。

「你只能忍受這一類的事情這麼點時間，然後就瘋了。」凱特說，她在燉兔肉裡發現幾塊毛皮，不幸的是，由於院子的燈光如此昏暗，她在把食物放進嘴巴之後才看到這些。

「我知道，」波特漫不經心地說：「我跟你一樣痛恨這些。」

「不，你並沒有，但我認為如果不是我一路幫你承擔痛苦，你就會有此感覺了。」

「你怎麼能那樣說？你知道不是這樣的。」他把玩她的手，有了決定之後要對她感到自在。然而，她似乎出乎意料地煩躁。

「到另一個這樣的城鎮去就可以讓我恢復了。」她說：「我只要回頭，搭上前往熱那亞或馬賽的第一艘船。這個旅館真是個夢魘，夢魘！」唐納離開後，她隱約期待兩人的關係會有所改變，他的缺席所造成的唯一差異是現在她可以明白表示意見，不必擔心看起來像選邊站。但她不為平息兩人間可能升起的任何小緊張而努力，相反地，她決定對一切都不要妥協，現在發生，或晚一點，都沒關係；那個期待已久的復合，則必須全然由他努力。由於她或波特都不曾有過規律的生活，兩人都犯了同樣致命的錯誤：隱約將時間視為不存在，每年都彷彿相似，事實上什麼事都可能發生。

17

接下來的那天晚上，要前往布努拿城的那晚，他們早早吃了晚餐，然後凱特回房去打包。波特坐在拱廊下陰暗的桌邊，直到餐廳裡面其他人也結束晚餐。他走進空蕩蕩的餐廳，漫無目的地徘徊，端詳文明的輝煌證據：塗上亮光漆的餐桌覆蓋的是紙張而非桌巾、厚玻璃鹽罐、已經打開了的酒，瓶身上綁著相襯的餐巾。一隻粉紅色的狗從廚房爬到餐廳來，看到他，繼續朝天井前進，在那裡躺下來深深嘆息。他穿過門走到廚房去，廚房中央，穆罕默德站在一個光線微弱的燈泡下，手裡拿著一把大屠刀，刀尖插在桌上，下面是一隻蟑螂，腿還在無力踢動。穆罕默德仔細地盯著那隻昆蟲，抬頭露齒微笑。

「吃完了？」他問。

「什麼？」波特說。

「吃完晚餐了？」

「噢，是的。」

「那我要把餐廳鎖起來了。」他把波特的桌子搬進房裡，關上燈，將兩扇門都鎖上，然後把廚房的燈也熄掉，波特走到天井去。「要回家睡覺去嗎？」他問。

穆罕默德笑了。「你以為我為何竟日工作？只為了回家睡覺？跟我來，我帶你去愛恩克拉法最棒的地方。」

波特跟他一起走上街，聊了幾分鐘，然後一起往前走。

那棟宅院事實上是好幾間房子，有一個共同的入口，然後穿過一個鋪了磁磚的大庭院，每棟房子都有好幾個房間，全都非常小，除了位於一樓的以外，所有房間高度都不同。他站在庭院中瓦斯燈和星光的昏暗光線下，所有小得像盒子一樣的房間看起來就像許多圍繞著他的烤箱，其中大部分都把門或窗戶打開，裡面滿滿都是男人和女孩，全都穿著飄逸的白色服裝。看起來像是節慶，讓他興奮地想一探究竟；他絕對不認為這是個墮落之地，雖然一開始他很難不這樣認為。

他們走到入口對面房間的門邊，穆罕默德往裡面看，向一些坐在牆邊長椅上的男人致意。他走進去，示意波特跟著他，有人讓出空間，他們跟其他人一起坐下。一個男孩替他們點了茶，迅速跑出門外穿過庭院。穆罕默德很快地跟一個坐在附近的男人搭上話。波特的身體向後靠，一邊喝茶，一邊注視著坐在對面地板上的女孩們，並且和男人們聊天，他在等待某個放蕩的姿態，至少一個媚眼的暗示。什麼都沒有。

因為某個他無法揣測的原因，有許多小孩在宅子裡跑來跑去。他們在昏暗的庭院玩耍，表現得有禮安靜，彷彿那裡是個學校，而非妓院。有一些小孩晃進房間裡，男人們非常親暱地把他們抱在腿上，輕拍他們的臉頰，讓他們偶爾抽幾口菸。他想，這種一起追求滿足的傾向很容易終止，因為大人的善意是漫不經心的。如果其中一個小孩開始哭，男人就會大笑，揮手叫他走開，他就會立刻停止。

一隻肥胖的黑色警犬在房間之間蹣跚穿梭，嗅聞著鞋子；牠是每個人讚美的對象。「愛恩克拉法最漂亮的狗，」當牠氣喘吁吁地出現在靠近他們的門邊時，穆罕默德這樣說。「牠是賴菲魯上校的，他今晚一定在這裡。」

男孩端著茶回來時，另一個人跟著他，不會超過十歲，但面容老成而溫和。波特朝穆罕默德指了指他，低聲地說他看起來像生病了。

「噢，不是！他是歌手。」他向那孩子示意，他開始以切分音的節奏擊掌，唱出以三個音符構成，反覆、冗長的哀歌。對波特來說，聆聽這個生而為人不久的孩子演唱這樣沒有童真而令人厭煩的音樂，似乎顯得更加不協調且令人憤慨。他仍繼續唱著的時候，兩個女孩過來向穆罕默德致意，他毫不拘謹地要她們坐下，並為她們倒茶。其中一人很瘦，鼻子突出；另一個稍微年輕些，有著鄉下人特有的蘋果頰；兩人的額頭和下巴都有藍色刺青。像所有其他女人一樣，她們厚重的袍子被更重的銀飾品沉沉壓住。沒有任何特別的原因，兩人都引不起波特的興趣。她們兩人有某種隱約的平庸氣息，都非常符合當下的氛圍。他現在能夠理解儘管遭到瑪妮雅背叛，她仍是多麼珍貴的獵物，這裡所有人都及不上她一半美麗或風情。男孩停止吟唱時，穆罕默德給了他一些錢幣，他期待地看著波特，但穆罕默德對他大吼，他就跑掉了。隔壁房間也有音樂：刺耳尖銳的伊斯蘭嗩吶，伴隨背景枯燥的鼓聲。因為兩個女孩讓他感到無聊，他就告退，到庭院去聽音樂。

樂手前方的地板中央，一個女孩正在跳舞，如果她做出來的動作可以嚴格地被稱之為舞蹈的話。她的雙手握著一根藤條，放在頭的後方，動作局限在敏捷的頸項和肩膀。她的動作，優雅且帶著近乎滑稽的傲慢，完美地將那刺耳且狡猾的音樂具象化。然而，感動他的並非舞蹈本身，也不是那女孩抽離、夢遊般的怪異表情。她的笑容專注，並且，人們可能會補上一句，還有心靈也是，彷彿依靠某種只有她自己知道其存在的縹緲之物。在視而不見的眼睛和平靜嘴唇的曲線中，有一股極度冷淡的輕蔑。他看得愈久，那張臉就變得愈迷人；那是一張完美比例的面具，它的美麗比較不是外貌的結構，而是更來自表情隱含的意義——意義，或者壓抑；看不出來這張臉後面隱藏了怎樣的情感。彷彿她在說：「一支舞跳完了。我沒有跳舞，因為我不在這裡，但這是我的舞蹈。」當舞蹈結束、音樂停止，她站了一會兒不動，然後慢慢地把藤條從頭的後面放下來，輕輕地拍打地面數次，轉身跟一位樂手說話。她那引人注目的表情一點變化都沒有，樂手站起來，在旁邊空出位置給她，他扶著她坐下的方式讓波特覺得很特別，突然間他意識到那女孩看不見。這個了解像觸電般擊中了他，他的心跳加速，腦袋突然變得燥熱。

他迅速回到另一個房間，告訴穆罕默德必須和他單獨談話。他想把他帶到院子去，以免被迫在那些女孩前解釋這些，雖然她們不懂法語，但穆罕默德拒絕移動。「坐下，親愛的朋友。」他拉著波特的袖子說。然而，波特太擔心獵物逃走，讓他徹底失去禮貌。「不要，不要，不要！」他大叫，「快來！」穆罕默德對兩個女孩聳了聳肩，站起身來跟他一起走到院子裡，站在牆邊的燈光下。波特先問他可以要跳舞的女孩嗎？穆罕默德告訴他其中有許多是有愛人的，在這樣的個案中，她們只是以合法娼妓的身分住在宅院裡，把這裡當成家，跟這個職業完全無關。他感到心情沉了下來；自然其他人都會對那些有愛人的保持相當的安全距離。「Bsif! 一定要的！為那種事被抹脖子。」他大笑，亮紅色的口香糖像上了蠟的齒科模型般閃閃發光。這是個波特沒有想過的角度，但這個人仍值得堅定努力。他把穆罕默德拉到靠近隔壁房間的門邊指給他看，她就坐在裡面。

「幫我查那一個，」他說：「你認識她嗎？」

穆罕默德仔細看。「不認識。」他終於說：「我會查出來的，如果能成的話，我會自己幫你安排。你要付我一千法郎，包括給她的，還有夠我付咖啡和早餐的錢。」

這價格在愛恩克拉法太高了，波特知道，但現在似乎不是討價還價的時機，所以他接受這個安排，照著穆罕默德吩咐的，回到第一個房間跟那兩個乏味女孩坐在一起。她們現在正在進行非常嚴肅的對話，幾乎沒有注意他的到來。房裡充滿嘰嘰喳喳的談話與笑聲，他坐下聆聽這些聲音，即使一句都聽不懂，也非常樂於研究語言的抑揚頓挫。

穆罕默德離開房間很久。已經很晚了，閒坐的人逐漸減少，客人不是進入裡面的房間，就是回家了。兩個女孩繼續待著，聊天，談話中不時插入一陣突然的笑聲，緊握彼此的手相互支持。他思考是否該去外面找穆罕默德。他嘗試安靜坐著，融入沒有時間感的環境中，但那場合本身就很難讓這樣的想像發揮。他最後終於到庭院裡找他時，立刻看到他在對面的房間裡，斜倚在一張沙發上，跟一些朋友合抽大麻菸。他走到對面去叫他，因為不了解大麻間的規矩所以還是站在外面，然而，看來似乎是沒有規則可言。

「進來，」穆罕默德在氣味刺激的煙霧後面說：「來一管吧。」

他走進去，向其他人打招呼，低聲對穆罕默德說：「那女孩呢？」

穆罕默德瞬間看起來有一陣茫然，然後他笑了：「啊，那個嗎？你運氣很差，我的朋友，知道她怎麼了嗎？她瞎了，可憐的傢伙。」

「我知道，我知道。」波特不耐煩地說，益發感到不安。

「這樣的話，你不想要她，對吧？她瞎了！」

波特失去控制。「我當然喜歡！」他大吼。「我當然想要她！她在哪？」

穆罕默德用一隻手臂把身體稍微撐起來。「啊！」他哼了一聲。「現在這個時間，我懷疑！坐到這裡來抽管大麻，跟朋友一起。」

波特憤怒地轉身大步走到庭院去，從入口的一側開始，逐間朝另一側依序找過去。但那女孩走了。他既生氣又失望，穿過大門走到黑暗的街道上。一個阿拉伯士兵和一個女孩站在正門外低聲說話，當他經過兩人身邊時，聚精會神地看著她的臉。士兵瞪著他，但僅只如此。不是她。他的目光來回逡巡昏暗的街道，可以分辨出遠方左右兩邊有兩、三個穿白袍的身影，他開始行走，重重地踢開路上的石頭。既然她已經離開，他深信，自己失去的不只是一點小小的歡愉，連愛本身都沒有了。他爬上山丘，坐在堡壘旁邊，倚靠在古老的牆上，腳下是城鎮的些許燈光，後方是無可避免的沙漠地平線。她會把手放在他外套的領子上，猶豫地撫摸他的臉，用靈敏的手指輕觸他的唇。她會聞著他髮油的味道，細細觸他的衣服。在床上，因為看不見不會分心，她會全然專注，是一個囚犯。他想了一些可以和她一起玩的小遊戲，明明還在，卻假裝消失不見；他想出了無數種讓她充滿感激的方法。伴隨著幻想，他同時看見她冷靜、帶著些許疑問的臉龐，有著像面具般的對稱美。他突然感到一股自憐的震顫，那幾乎令人感到愉悅，完整表現了他的心境。那是身體的震顫，他是孤獨的、被遺棄的、迷失的、無望的、冷的。尤其是冷——深藏內在、無可改變的寒冷。雖然這是他不快樂的基礎，這種冷冰冰像死一般的狀態，但他總是攀附不放，因為那也是他存在的核心，他將生命構築其上。

但現在他也感到肉體的寒冷，這是很奇怪的，因為他才剛爬過一座山，並且仍然有點喘。

當他碰觸到黑暗中一個不明物體時，一陣突然的恐懼襲來，他像個害怕的孩子般跳了起來，從山頂衝下去直到抵達通往下面市場的道路。奔跑緩和了他的恐懼，但當他停下腳步，低頭凝視環繞市場的光環，他還是覺得很冷，像是身體裡有塊金屬一樣。他繼續跑下山，決定回飯店去拿房裡的威士忌，並且因為廚房關了，他要把酒拿回妓院去，他可以在那邊給自己沖杯滾燙的茶酒。當他走進天井時，踩到躺在門檻上的守衛，那人微微起身，喊道：「Echkoun? 是誰？」

「二十號房！」他大喊，迅速通過惡臭。

凱特的門後沒有亮光，他進自己的房間拿了一瓶威士忌，看了看他不小心忘在床頭櫃上的表，三點半了。他想如果走很快的話，他可以到那邊去，然後在四點半左右回到房間，除非他們已經熄火了。

他走上街道的時候，守衛正打著呼。他強迫自己邁大步走了很久，連腿部肌肉都在抗議了，但這樣的運動無法緩和他體內無所不在的寒冷，城鎮似乎完全睡著了，當他接近宅院的入口時，聽不見任何音樂聲，庭院黑得伸手不見五指，大部分的房間亦然，但其中一些仍然開著並且亮著燈。穆罕默德在那裡，伸展著身體，和朋友聊天。

「好吧，你找到她了嗎？」當波特走進房間時，他問。「你拿了什麼？」波特把酒舉起來，淡淡地微笑。

穆罕默德皺起眉頭。「你不會想要那個的，我的朋友，那是很壞的，會讓你精神錯亂。」

他一隻手做了個盤旋的手勢，另一隻手企圖從波特那裡搶下瓶子。「跟我來管大麻。」他慫恿著。「比較好，坐下。」

「我想再喝點茶。」波特說。

「太晚了。」穆罕默德帶著強烈的自信說。

「為何？」波特遲鈍地問。「我必須喝。」

「太晚，沒火了。」穆罕默德帶著某種明確的滿足宣布，「來管大麻後你會忘了想喝茶，至少你已經喝過茶了。」

波特跑到庭院去，大聲拍著手掌，什麼都沒有。他看見一個小房間裡坐了個女人，他探頭進去，用法語說要茶喝，她瞪著他看。他用蹩腳的阿拉伯語再問，她回答太晚了。他說：「一百法郎。」男人們彼此竊竊私語；一百法郎看來似乎是個有趣而合理的提議，但那女人，一個胖嘟嘟的中年已婚婦女，說：「不要。」波特加倍。女人起身，示意他跟著來。他走在她後面，穿過房間後牆掛著的一塊簾子下，通過一整排黑暗的小房間，最後終於來到星空下。她停下腳步，示意他坐到地上等她，然後消失進入一個距離他數步之遙的獨棟小屋，他聽到她在裡面移動的聲音。更靠近他的地方，某隻動物在黑暗中睡覺，牠的呼吸沉重，不時翻來覆去。地面寒冷，他開始發抖，透過牆壁的裂縫，他看見閃爍的光線，女人點起一根蠟燭，正在折樹枝，不久後，她搧著火，他聽見它們燃燒時發出的爆裂聲。

當她最後終於帶著一盆煤炭走出棚屋時，第一隻公雞正在啼叫。她領路，火花在她身後拖曳，他們進入一個之前曾經通過的黑暗房間，她把盆子擺好，把水放上去煮。除了煤炭燃燒時發出的紅光外，一點光線都沒有。他蹲在火的前面，把手張成扇形取暖。茶泡好後，她將他輕輕地往後推，直到他發現自己碰到一張墊子。他坐上去，比地面溫暖，她遞給他一個杯子。「Meziane, skhoun b'zef.」她沙啞地說，在微光中瞅著他，他喝掉半杯，然後用威士忌斟滿。重複這道程序幾次後，他感覺好多了。他放鬆了些，又再倒一杯，因為擔心自己會開始流汗，他說：「Baraka.」然後他們回到那個男人們躺著抽菸的房間。

穆罕默德看到他的時候笑了。「你去幹嘛了？」他譴責地說，眼睛轉向那女人。波特現在有點想睡了，只想回旅館上床去，他搖搖頭。「有，有。」穆罕默德堅持，決心繼續他的笑話。「我知道！前些日子到邁薩德去的年輕英國人，他跟你一樣，總是裝無辜，他假裝那女人是他母親，絕對不會接近她，但我逮到他們在一起。」

波特沒有立刻回答，然後他跳起來，大叫：「什麼！」

「當然！我打開十一號房門，他們在床上，當然。他說那是他母親時你相信了嗎？」他注意到波特懷疑的表情，補充道：「你該看看當我打開門時看到的景象，就會知道他是個大騙子！只因為那女士年紀大，但並不阻礙她，沒有，沒有，沒有！也沒有阻礙那男人。所以我說，你跟她在幹嘛？沒有嗎？」他繼續大笑。

波特笑了，把錢付給那女人，對穆罕默德說：「聽著，你看看，我只是付我之前承諾的兩百法郎茶錢，你懂嗎？」

穆罕默德笑得更大聲了。「為了茶付兩百法郎！對這種老茶來說太貴了！希望你喝了兩杯，朋友。」

「晚安。」波特對房裡的眾人說，然後走到街上去。

第二部

天涯海角

「再見。」瀕死的人對著他們舉在他面前的鏡子說：「我們再也見不到彼此了。」

——法國作家　梵樂希（Paul Valéry）

18

身為布努拿城駐紮部隊指揮官，達馬尼亞克中尉認為，即使有些一成不變，那裡的生活還是充實的。首先是他新奇的房子；他的家人把書和家具從波爾多送來，他體會了看著它們進入嶄新而不真實環境中的愉悅。然後是當地人。中尉夠聰明，堅持不對當地人採取勢利的態度，所以得以享受由此帶來的樂趣。他對布努拿城人民的公開態度是，認為他們屬於一個偉大、神祕的部落，只要法國人願意努力，可以從他們身上學到很多。並且因為他是個有教養的人，即使軍營的士兵都樂於看到所有當地人被隔絕在有刺鐵絲網外，曝曬在烈日下發臭（「……像我們在的黎波里做的一樣」），也沒有因為他瘋狂的仁厚態度而反抗他，只告訴彼此總有一天他會恢復理智，了解這些人其實真的是毫無價值的無賴，並從中得到滿足。中尉對當地人忠誠的熱情持續了三年，大概在他對半打左右的舞孃情婦厭倦時，對阿拉伯人的熱愛期也就結束了。並不是說他不再客觀地公平對待他們，而是他突然停止為他們著想，開始將這些人視為理所當然。

同一年，他回波爾多度了六週的假。在那裡，他跟一位從青少年時就認識的年輕小姐重新熟了起來，但她在他即將回到北非的工作崗位時，突然對他產生特別的興趣，宣稱她無法想像比餘生都在撒哈拉度過更美好而值得嚮往的生活，她認為，要回到那裡去的他，是最幸運的男人。接下來是波爾多和布努拿城間的魚雁往返，不到一年，他就到阿爾及爾去迎接她下船。他們在穆斯塔法[7]山頂一棟被九重葛植物覆蓋的小別墅裡度蜜月（每天都下雨），之後他們返回陽光酷熱的布努拿城。

對中尉來說，他永遠都無法知道她對此地先入為主的看法與後來發現的真實狀況有多少相符之處；也不知道她是否喜歡。這時她已經回到法國，等待他們的第一個小孩出世。她很快就會回來，那時他們會比較容易知道。

現在他好無聊，在達馬尼亞克夫人離開後，他企圖重拾中斷的過往生活，但他習慣了後來那種較有發展性的關係，覺得布努拿城的街區女孩簡單到令人惱怒。因此他讓自己投入幫屋子建造新房間的工作，好讓他的妻子在回來時大吃一驚。那是個阿拉伯沙龍，他已經做好咖啡桌和沙發，買了一張奶油色的美麗大毛毯掛在牆上，兩張羊皮鋪在地上。麻煩就是在他布置這個房間的那兩週內開始的。

那麻煩，其實並不真正嚴重，但已經妨礙到他的工作，這是個不可忽略的事實。再者，做為一個好動的男人，躺在床上總是讓他備感無聊，而他已經待在那裡好幾天了。事實上那是運

7 位於阿爾及利亞阿爾及爾省。

氣不好的問題；只要有另一個人偶然發現它——例如一個當地人，甚至一個他的屬下——他就不必被迫如此關注這東西，但他很倒楣地在某個早上進行每半週一次的村莊巡邏途中自己發現了，因此事情變得正式且重要。那東西就正好在伊格姆（Igherm）的城牆外，他總是從托爾法（Tolfa）直接過去，徒步穿過墓地，然後爬上山；從伊格姆的大城門可以俯視下方的山谷，那裡有個軍營的士兵在卡車裡等著接了他到貝尼伊斯關（Beni Isguen）去，那邊太遠了，走路到不了。就在他正要穿過城門進入村莊，注意力被某種看似稀鬆平常的東西所吸引：一隻狗嘴裡咬著某種東西奔跑，很大且有著費人疑猜的粉紅色，一部分拖在地上。他盯著那物體看。

然後他沿著城牆外面走了一小段路，另外兩隻狗迎面而來，叼著類似的戰利品。最後他終於找到要找的東西：那是個嬰兒，十之八九是當天早上才遇害，被一些《阿爾及爾迴聲》舊報紙包起來，扔進一個淺壕溝裡。訊問過一些當天早上在城門外的人後，他可以確定一個叫雅米娜．班．萊莎的女子在日出後不久曾被看見進入城門內，這並非常態。他毫無困難地找到雅米娜，她和母親住在附近。一開始她歇斯底里地否認知道任何關於犯罪的事，但他把她單獨帶離房子到村落邊緣去，用他自認通情達理的方式和她談了五分鐘後，她就平靜地告訴他整個故事。其中最令人驚訝的部分在於她如何能夠隱瞞母親懷孕的事，或者她是這麼說的，中尉一開始傾向於不相信，直到他仔細思考當地婦女穿了多少件內衣後，他判斷她說的是真話。她用計把媽媽騙出房子，生下嬰兒，掐死它，用報紙包起來放在城門外。當她母親回來時，她已經在清洗地板了。

雅米娜此刻關心的，似乎是從中尉口中探聽出是哪些人讓他得以找到她。對於自己的作為被他迅速偵察出來讓她困惑，她這樣告訴他。這種原始的漠不關心讓他很樂，大約有十五分鐘左右，他就讓自己思考怎樣可以妥善安排好跟她共度良宵。但當他押著她走下山丘，到等待著的卡車那邊時，已經將自己的幻想視為驚愕後的短暫反應。他取消探訪貝尼伊斯關，把那女孩直接帶到總部，然後他想起嬰兒。看著雅米娜被穩當地關起來後，他和一個士兵趕往現場，收集殘餘的屍塊，這些證物讓雅米娜被關在當地監獄裡，等待移送到阿爾及爾審判；但她從未接受審判。在她被監禁的第三晚，一隻在她牢房泥土地上爬行的灰色蠍子，意外發現一個愉快的溫暖角落，於是在那裡棲息，當雅米娜在睡眠中翻來覆去時，不可避免的事發生了；蠍子的刺刺入她的頸背，她再也不曾恢復意識。她的死訊迅速傳遍整個城鎮，只是關於蠍子的細節在述說的過程中被遺漏了，最後的、正式的在地人版本變成，這個女孩被整個駐軍強暴，包括中尉，之後就被方便地殺掉了。當然，並不是每個人都完全相信這個故事，但她在法軍監禁下死亡的確是不爭的事實。不管當地人相信什麼，中尉的聲望明顯下降。

中尉的突失人心有立即的結果：工人不再出現在他的房子裡繼續建造新的沙龍。可以肯定的是，泥水匠確實來了，但整個早上只跟家僕阿曼坐在花園裡，試著說服他連多一天都不要再繼續被這樣的魔鬼雇用，並且最後成功了。中尉認為他們會在街上繞道而行以免與他相遇，這是相當正確的感覺。女人似乎尤其害怕他的出現，當他在附近的消息傳開，街道就會自動清空；當他行走在街上，所聽到的只有拴上門的聲音，如果男人經過，則會將眼光避開。這些事打擊了他做為一個行政官員的聲望，但這些對他的影響，遠小於他發現自己的廚師是過世雅米娜的大表姊，她為了某些原因沒有離開他。他知道的那天，帶著異常的胃痛、暈眩及噁心感上床。

一封來自阿爾及爾司令的信並沒有讓他開心些。上面說，他的司法程序毫無問題，屍塊證據都保存在布努拿法庭的一罐甲醛裡，且那女孩認罪了。但信上也批判了中尉的疏忽，以及，對他來說更為痛苦的，質疑他是否適合處理「當地人的心理」。

他躺在床上盯著天花板看，感到虛弱而不快樂。差不多是賈桂琳來為他準備午餐的時間了（第一次胃痛時，他就立刻把廚師解雇了；他只知道如此處理當地人的心理）。賈桂琳在布努拿城出生，父親是阿拉伯人——至少人們是這樣說，從她的面貌和膚色來看很可信——母親是法國人，在她出生不久就去世了；沒人知道這個法國女人獨自在布努拿城做什麼，但這些都是遙遠的過去。賈桂琳由白人神父收養，在教會中長大。她通曉所有神父們耗費心力教導孩子們的歌曲——更確切地說，她是唯一精通的人。除了學習唱歌、祈禱外，她也學會下廚，最後這一種天分證明上帝真的對教會賜福，因為這些不幸的神父多年來都吃當地菜餚，所有人的肝都壞了。當李布朗神父得知中尉的困境，立刻主動派遣賈桂琳來取代他的廚師，每天為他準備兩餐簡單的食物。第一天神父就來了，觀察中尉後，認為讓她來探訪他不會有危險，至少就幾天來說。他依靠賈桂琳告知病人的進程，因為一旦他開始康復，就不能指望中尉的行為了。他俯視躺在凌亂床鋪上的中尉，說：「我將她交託在你手上，而將你交託上帝。」中尉明白他的意思，試著微笑，但他太虛弱了。到現在他想到這個還是會笑，因為他認為賈桂琳是個可憐、瘦弱的傢伙，沒人會想看第二眼。

那天中午她遲到了，她到達時幾乎喘不過氣來，因為她被杜沛禮耶下士在伊斯蘭聚會所附近攔下來，請她帶給他一個非常重要的口信。是關於一個外國人的事，一個美國人，遺失了他的護照。

「一個美國人？」中尉重複。「在布努拿城？」是的，賈桂琳說。他和妻子一起，住在阿布杜卡狄爾公寓（這是他們唯一能待的地方，因為是這一帶僅有的旅店），已經在布努拿城幾天了，她甚至見到那位先生，一個年輕人。

「好吧。」中尉說：「我餓了。今天來點米飯如何？你有時間準備嗎？」

「啊，有的，先生。但他跟我說，你今天就要見那位美國人，這很重要。」

「你在說什麼？我為何要見他？我無法幫他找護照。你回教會的時候，順道去部隊，叫杜沛禮耶下士告訴那個美國人他必須到阿爾及爾去，去找他的領事，如果他還不知道的話。」他補充。

「啊，不是那個問題！因為他指控阿布杜卡狄爾先生偷了護照。」

「什麼？」中尉大吼，坐起身來。

「是的，他昨天來報案，阿布杜卡狄爾先生說你會請他撤回，這就是你必須今天見他的原因。」賈桂琳顯然對他反應的程度感到非常開心，走進廚房，開始嘈雜地使用器皿，想到自己的重要性，她感到無比興奮。

中尉倒回床上，陷入憂慮。勸這個美國人撤銷告訴是非常重要的，不光只是阿布杜卡狄爾先生是他的老朋友，對偷任何東西都十分不在行，特別是因為，他是布努拿城最有名且備受尊敬的人物之一。身為小旅館的經營者，他和所有經過此地的巴士和卡車司機都保持親密的友誼，在撒哈拉沙漠，司機是重要人士。每個人都曾在某個時刻要求、並且得以賒欠阿布杜卡狄爾的餐費或住宿費；大部分人甚至跟他借錢。就一個阿拉伯人而言，他在金錢方面驚人地值得信賴且隨和，不管對歐洲人或他自己的同胞都是如此，每個人也都因此而喜歡他。不光很難想像他會偷竊護照——他會遭到正式指控這種事就是很不可思議，就這個原因而言下士是正確的，這個告訴必須立刻撤回。「厄運又一樁。」他想，「為什麼偏偏是個美國人呢？」如果是個法國人，他可以在沒有任何不愉快的情況下說服他，但跟一個美國人！他已經可以看到這個人的樣子了：大猩猩般的畜生，凶狠地皺著眉，嘴角叼著雪茄，口袋裡可能帶著一把自動手槍。毫無疑問地，他們之間不會有完整對話，因為兩人都不夠了解彼此的語言。他開始嘗試回憶英文：「先生，我必須對你，祈禱你會——」「親愛的先生，拜託我會聽你的評論——」然後他想起曾經聽說美國人不管怎樣都不說英文，他們有彼此才懂的方言。對他而言，這個情勢最令人不愉快之處在於，他必須躺在床上，而那美國人可以在整個房間漫步，占盡所有身體和精神上的優勢。

當他坐起來喝掉賈桂琳端來的湯時微微呻吟，外面颳著風，游牧民族紮營在道路前方，他們的狗在狂吠；如果不是陽光如此耀眼，窗戶旁邊的棕櫚樹枝像玻璃般閃爍，有那麼一瞬間他以為是午夜了——完全相同的風聲和狗吠。他吃掉午餐；當賈桂琳準備離開，他告訴她：「到部隊去，請杜沛禮耶下士三點時把美國人帶來這裡，他自己帶來，記住。」

「好，好。」她說，仍然處於一種明顯愉悅的狀態。如果她錯過殺嬰案，至少這次她一開始就參與了新醜聞。

19

三點整，杜沛禮耶下士領著美國人進入中尉的沙龍，房裡一片寂靜。「等一下。」下士說，朝臥室的門走去。他敲了敲門，打開，中尉打了個手勢，下士將命令傳達給美國人，他走進臥室。中尉一見到這位他覺得帶著幾分桀傲不馴的青少年，立刻判斷這個年輕人有點特別，因為即使如此炎熱，他還是穿著套頭毛衣和羊毛外套。

美國人往前走到床邊，伸出手，脫口而出完美的法語。中尉在他初出現時的驚訝轉為愉悅。他要下士為客人拉張椅子來，請他坐下，然後請下士回部隊去，他覺得自己就可以處理這個美國人。只剩下他們兩人的時候，他請他抽根香菸，然後說：「你似乎遺失了護照。」

「完全正確。」波特回答。

「而你相信是被偷了——不是遺失？」

「我知道它被偷了。它放在一個我永遠上鎖的手提箱裡。」

「那它怎麼可能從手提箱裡被偷走？」中尉說道，以一種帶著勝利的樣子大笑。「『永遠』不是最貼切的字眼。」

「那是可能的。」波特耐著性子繼續說：「因為昨天我離開房間到浴室去時，讓手提箱打開了大約一分鐘，這是一件蠢事，但我做了。當我回到房門口，老闆站在外面，他宣稱自己正在敲門，因為午餐準備好了。但之前他從沒有自己來過，永遠都是那些男僕。我很確定是老闆的原因是，那是我離開房間時唯一讓手提箱打開的時候，即使只有一會兒。對我來說事情似乎很清楚。」

「抱歉，對我來說不清楚，一點都不。我們可以用這些材料寫篇偵探故事嗎？你最後一次看到護照是什麼時候？」

波特想了一下。「我抵達愛恩克拉法的時候。」他終於說。

「啊哈！」中尉大叫。「在愛恩克拉法！然後現在你指控阿布杜卡狄爾先生，毫不遲疑。這你怎麼解釋？」

「是的，我指控他。」波特頑固地說，他被中尉的聲調激怒了。「我指控他，是因為邏輯指出他是唯一可能的賊。他絕對是唯一一個有管道接近這本護照的當地人，唯一一個有實際可能性的人。」

達馬尼亞克中尉微微起身。「你為何如此明確主張是當地人？」

波特虛弱地微笑。「假設是個當地人豈不合理？先不說事實上沒有其他人有機會拿走它，這不就是最後都會理所當然地被證實是當地人所為的事嗎──也許他們很討人喜歡？」

「不，先生，對我而言，這看起來就是那種不會是當地人做的事。」

波特嚇了一跳。「啊，真的嗎？」他說：「為什麼？你為何如此說？」

中尉說：「我跟阿拉伯人相處很多年了，當然他們偷竊，法國人也偷竊。在美國，我猜，你們有幫派？」他狡猾地微笑。波特沒有表情地說：「那是很久以前的事了，幫派的年代。」他說。但中尉並不因此而洩氣：「是的，到哪裡去都有人偷竊，這裡也是，然而，這裡的當地人，」他講得更慢，好強調他的話，「只會拿走金錢或他想要的物品，絕對不會拿任何像護照這樣複雜的東西。」

波特說：「我找的不是動機，天知道他幹嘛偷那個。」他的東道主插嘴，「但我是在尋找動機！」他大叫。「我看不出有什麼理由相信哪個當地人會費事地去偷你的護照。絕對不會在布努拿城，而且我高度懷疑是在愛恩克拉法。我可以跟你保證的是，阿布杜卡狄爾先生沒有拿，你可以相信這件事。」

「哦？」波特懷疑地說。

「絕對不會，我已經認識他幾年了。」

「但跟我沒證據證明他做了一樣，你也沒有更進一步的證據說他沒做！」波特大叫，非常生氣，把外套衣領拉起來在椅子上縮成一團。

「我希望你不會覺得冷？」中尉吃驚地說。

「我已經連續好幾天覺得冷了。」波特搓著雙手回答。

中尉端詳他一會兒，然後說：「你可以幫我個忙嗎？如果我也幫你個忙作為回報？」

「我想可以。怎麼？」

「如果你立刻撤回對阿布杜卡狄爾先生的控訴——今天，我會非常感激。然後我會試著做一件事來找回你的護照，誰知道呢，也許就成功了。如果你的護照如你所說真被偷了，我們可以合理推斷它唯一可能出現的地方就是邁薩德。我會打封電報過去，讓他們徹底搜查整個外籍軍團營區。」

波特一動也不動地坐著，眼睛直視前方。「邁薩德。」他說。

「你也沒去過那邊，不是嗎？」

「沒有，沒有！」然後一陣靜默。

「所以，你願意幫我這個忙嗎？只要搜索完，我應該可以給你個答案。」

「好，」波特說：「我今天下午去。告訴我，所以，邁薩德有針對這類東西的市場嗎？」

「當然，護照在軍團營區會有很高的價格，尤其是一本美國護照！噢啦啦！」中尉的情緒高漲，他已經達成目的，這可以抵銷，至少一部分，雅米娜案對他聲望所造成的傷害。「拿去。」他指著角落的一個櫥櫃說：「你很冷，可以幫我把那瓶干邑白蘭地拿來嗎？我們兩個都該來一口。」這完全不是波特想要的，但他感覺自己幾乎無法拒絕這種好客的舉動。

除此之外，他想要什麼？他不確定，但他以為應該只是在溫暖的室內安靜地坐上很長一段時間，太陽讓他感覺更冷了，他的頭像著火一般，感覺巨大而頭重腳輕，若非食欲還是如往常一般，他會懷疑自己也許生病了。他啜飲白蘭地，懷疑自己究竟會感覺溫暖些，還是會因為體內不時出現的胃灼熱而後悔喝了它。中尉似乎看穿了他的思緒，因為不久之後他說：「這是一瓶很好的陳年白蘭地，傷不了你的。」

「它很棒。」他回答，選擇忽略後半段評語。

波特接下來所說的話，讓中尉對眼前這年輕人病態般自我沉溺的印象得到證實。「很奇怪。」他帶著一抹抱歉的笑容說：「自從發現護照丟了之後，我是深深地感到像是去了半條命。但在這樣的地方，沒有可以證明你是誰的東西是非常令人非常沮喪的，你知道。」

中尉把瓶子遞過來，波特婉拒了。「也許在我稍微搜查邁薩德後，你就會找回你的認同了。」他笑道。如果美國人願意對他有這樣的信心，他非常樂意暫時扮演告解神父。

「你跟你太太一起在這邊嗎？」中尉問，波特心不在焉地表示同意。「那就是了。」中尉在心裡對自己說：「他跟老婆有問題，可憐的傢伙！」他想到他們可以一起到軍營來，他很樂於向陌生人炫耀這些，但當他正要說：「幸好我老婆在法國——」他想起波特不是法國人，這樣說並不明智。

當他還在考慮的時候，波特站起來，很禮貌地表示要離開——有些唐突，的確，但不能期待他整個下午都待在床邊，此外，他也承諾順便過去撤銷對阿布杜卡狄爾的控訴。

他走在通往布努拿城牆的炎熱道路上，頭壓得低低的，只看見灰塵和數以千計尖銳的小石塊。他不抬頭，因為知道景色看起來會多麼沒有意義。要讓生命充滿意義是需要精力的，此時此刻他正缺乏這種精力。他明瞭萬物可以如何赤裸地站著，但本質卻彷彿受到一股不祥離心力的驅使，撤退到無邊無際的地平線後方。他不想面對強烈的天空，太藍了，不像真的，在他的頭頂上，遠處散在四面八方的粉紅山稜峽壁、聳立在岩石上的金字塔型城鎮，或者下方綠洲的黑點，它們都在那裡，這些東西本應讓他得到觀賞的滿足，但他沒有力氣連結這些事物，或將它們與自己連結；他只能看著，卻無法聚焦，因此他不看了。

回到小旅館時，他晃進當做辦公室的小房間，發現阿布杜卡狄爾坐在長沙發椅的黑暗角落，和一個戴著厚重頭巾的人玩骨牌。「日安，先生。」波特說：「我已經到軍隊去撤銷告訴了。」

「啊，我的中尉辦妥了。」阿布杜卡狄爾說。

「是的。」波特說，雖然他很氣自己並沒有因為答應達馬尼亞克中尉的請求得到任何讚許。

「嗯，謝謝你。」阿布杜卡狄爾沒再抬頭，而波特上樓到凱特的房間去。

他發現她已經交代把所有行李拿上樓打開，房間看起來像個小商店：床上有成排的鞋子，睡袍像要做櫥窗展示般地攤開擺在踏足板上，化妝品和香水的瓶瓶罐罐在床頭櫃上排排站。

「看在老天的份上，你在幹嘛？」他大叫。

「盤點東西。」她無辜地說：「我已經很久沒看到它們了，從下船以後，我就靠一個袋子裡的東西過活，我已經非常厭倦了。午餐結束後我從那個窗戶往外看，」她指著那扇面對空曠沙漠的窗戶時，變得更熱切了。「我覺得如果沒趕快看些文明的東西，一定就會死去。不只這樣，我已經點了威士忌上樓，並且打開最後一包球員牌香菸。」

「你心情一定很差。」他說。

「一點都不。」她反駁，但精力有點過度旺盛。「如果我能夠非常迅速地適應這一切，那的確不正常，畢竟，我仍是個美國人，你懂的，而我甚至沒打算嘗試變成其他的。」

「威士忌！」波特說，大聲地把內心所想地講出來。「波塞夫這邊沒有冰塊，也沒有蘇打水，我敢賭。」

「我想要純的。」她滑進一件淡藍色的露背絲緞睡袍裡，走到掛在門後的鏡子前化妝。他決定遷就她，好歹看她在荒漠中心建築自己西方文明的小小病態堡壘給了他很大娛樂。他坐在房間中央的地板上，帶著興味看她在房裡穿梭，選擇拖鞋、試戴項鍊。當僕人敲門時，波特自己走出門外，到走廊上從他手上端來托盤、酒瓶以及其他。

「你幹嘛不讓他進來？」當他關上身後的門時，凱特問。

「因為我不希望他到樓下去散布消息。」他說，把托盤放在地上，然後重新在旁邊坐下。

「什麼消息？」

他面無表情。「噢，你的行李裡有美麗的衣服和珠寶，這就是那種不管我們到哪裡去，都會比我們先到的消息。除此之外，」他對她微笑，「我情願他們看不到你是多麼漂亮。」

「噢，實在是，波特！下定決心吧。你真的是想保護我嗎？或者你認為他們會在樓下幫你把帳單多加個十法郎？」

「過來喝掉這個難喝的法國威士忌，我要跟你說一件事。」

「我不要，你要像個紳士一樣端來給我。」她在床上的物品間騰出了個空間，然後坐下。

「好吧。」他倒了一大杯，然後端給她。

「你不要嗎？」她說。

「不要，我在中尉家喝了些干邑白蘭地，一點用都沒有，我還是一樣發冷。但我有消息了，我要告訴你的就是這個。沒什麼好懷疑的，是艾瑞克・萊爾偷了我的護照。」他告訴她在邁薩德有個以外籍兵團為對象的護照市場，在從愛恩克拉法來這裡的巴士上，他就已經告訴她穆罕默德的發現，她表現得毫不吃驚，又說了一次她看過他們的護照，所以他們兩個絕對是母子關係。現在她也絲毫不驚訝。「我猜他認為既然我看過他們的，他們有權看看你的。」她說：「但他是怎麼拿到的？何時到手的？」

「我知道何時。在愛恩克拉法，他到我房間去，說要還我錢的那晚。我去找唐納的時候，讓他待在房間裡，行李是打開的。因為我把皮夾帶在身邊，所以當然從沒想到那猥瑣小人的目標是護照，但毫無疑問地就是那樣，我愈想愈覺得確定。不管他們在邁薩德有沒有找到什麼，我確信就是萊爾。我認為他第一次見到我時，就決定要偷它了。畢竟，何不呢？好賺的錢，而他的母親一點都不給他。」

「我認為她有給錢。」凱特說：「在某些特定的狀況下。而我認為他痛恨那樣，只是在尋找逃走的機會，因此攀附任何人，做任何事，都比那樣好。我想她對此也很清楚，並且十分害怕他會離去，所以會盡一切所能阻止他和任何人變得更為親密。想想她是怎麼跟你說他被『感染』的。」

波特沉默了。「我的天！我讓唐納陷入怎樣的泥淖中！」過了一會兒，他說。

凱特笑了。「什麼意思？他承受得住，這對他是有好處的。此外，我看不出他對這兩個人的哪一個是非常友善的。」

「的確。」他給自己倒了杯酒。「我不該這樣喝，」他說：「它會讓我很不舒服，混合了干邑白蘭地。但我不能讓你自己在那裡脫離現實，喝幾杯酒飄飄欲仙。」

「你知道我很高興有酒伴，但這不會讓你不舒服嗎？」

「我已經覺得不舒服了，」他大叫。「我再也不能忍受只因為一直覺得很冷，就始終必須採取預防措施。總之，我認為只要到達艾爾加，我就會好多了，那裡溫暖許多，你知道的。」

「又要出發？我們才剛到這裡。」

「但你不能否認這裡晚上很冷。」

「我當然會否認，但無所謂，如果我們得去艾爾加，非去不可的話，那麼就走吧，只是得快點動身，然後停留一些時間。」

「那是其中一個偉大的撒哈拉城市。」他說，彷彿高舉著呈獻給她觀賞。

「你不必跟我推銷，」她說：「而且如果你真的要，方法也不對，你知道那對我幾乎沒有意義，艾爾加、廷巴克圖，對我來說多多少少都一樣；都一樣有趣，但我不會對任何東西感到瘋狂，如果你在那邊會快樂些——我是說，健康一點——我們就該去，一定要去。」她揮舞緊張的手勢，希望驅走一隻堅持的蒼蠅。

「噢，你覺得我的抱怨是心理上的，因為你說快樂些。」

「我什麼都沒有覺得，因為我不知道，但一個人在九月的撒哈拉沙漠裡感到揮之不去的寒冷，對我來說似乎非常罕見。」

「好吧，那的確罕見。」他帶著怒氣說，然後突然大叫：「這些蒼蠅有爪子！足以讓你完全失去平衡，牠們想幹嘛？從你的喉嚨爬下來嗎？」他呻吟著站起來。她期待地看著他。「我來處理，這樣我們就不會被牠們攻擊了。站起來。」他在一個手提箱裡尋找，過了一會兒拿出一捲折起來的網子。凱特照著他的建議清空床上的衣服，他把網子覆蓋在床頭板和踏足板上，說沒有什麼好理由不把蚊帳變成蒼蠅帳。當網子牢牢固定後，他們拿著酒瓶溜進去，安靜地躺在那裡，度過緩慢的午後時光，到了黃昏左右，他們都愉快地喝醉了，不願意從帳子底下出來，也許是從窗戶框出來的四方形天空中突然出現的星星，決定了他們對話的方向。每一刻顏色都在加深，更多星星出來填滿原先空白的地方。凱特撫平膝頭的睡袍，說：「當我年輕的時候——」

「多年輕？」

「二十歲之前，我是說，我向來認為生活是件持續提升動力的事，每年都會變得更豐富而深廣，你持續學習，變得更有智慧，有更多的洞察力，更朝向真理前進——」她遲疑了。

波特突然大笑。「現在你知道事情並非如此，是嗎？那更像抽菸，開始的幾口滋味美好，你甚至無法想像它終有抽完的時候，然後你開始感到理所當然，突然你意識到它快燒光了，這就是你意識到苦澀滋味的時候。」

「但我一直都對不好的味道保持意識，並且知道它總會有燃燒殆盡的時候。」她說。

「那你應該戒菸。」

「你真惡毒！」她大叫。

「我不是惡毒！」他抗議，用手肘撐起身體喝酒，差點把杯子打翻。「似乎很合理，不是嗎？或者我以為生存是一種像抽菸一樣的習慣，你一直說自己要戒了，但就是繼續。」

「你甚至不揚言要戒，就我所見。」她譴責地說。

「我為何要？我想繼續。」

「但你總在抱怨。」

「噢，非關生活，只關乎人類。」

「兩者是不能分開考慮的。」

「當然可以，只要花一點點努力。努力，努力！為何沒有人試著努力呢？我能想像一個全然不同的世界，只需要一些不同的重點。」

「我已經聽這些好幾年了，」凱特說，她在昏暗中坐起來，轉過頭去，說：「聽！」外面某個地方，不遠處，也許在市場裡，一個鼓團正在演奏，鬆散的節奏漸漸增強，變成一首強大緊湊、旋律循環的樂曲，像一個發出巨響的殘缺輪子，在黑夜中隆隆行駛。波特沉默了一會兒，然後低聲說：「例如說，哪個？」

「我不知道！」凱特說，她失去耐性。「我知道我對外面那些鼓聲一點感覺都沒有，然而我可能非常欣賞他們創造的樂音，我也看不出有什麼理由非得對它們有感覺。」她想，如此直白的宣言應該可以迅速結束對話，但那天晚上，波特十分固執。

「我知道，你從不喜歡嚴肅談話，」他說：「但認真一次不會傷害你的。」

她輕蔑地微笑，因為她把他不明確的泛泛之論視為一種最為瑣碎無聊的嘮叨——只是一種他表達情緒的手段。據她說，在這種時候他講的有沒有意義根本不成問題，因為他並不真的知道自己在說什麼。所以她戲謔地說：「在你這個與眾不同的世界中，換算的單位是什麼？」

他毫不遲疑。「眼淚。」

「不公平，」她抗議。「有些人要非常努力才擠得出來，有些人光用想的就掉淚了。」

「哪種換算系統是公平的呢？」他喊道，聲音聽起來似乎真的醉了。「還有，不管怎樣，到底是誰發明了公平這個概念？如果你把正義的觀念全都拋開，每件事不就簡單多了嗎？你以為快樂的量和受苦的程度對所有人都是固定不變的嗎？不管怎樣到最後都會出現嗎？你以為那樣嗎？就算最後結果是人人公平的，那也只是因為最終總和為零而已。」

「我猜那對你來說是個安慰。」她說，覺得如果繼續講下去，她一定會變得非常生氣。

「一點都不，你瘋了嗎？我對了解最後的數量一點興趣都沒有，我有興趣的是整個複雜的過程如何讓那必然的結果成為可能，不管一開始的量有多少。」

「喝光了。」她喃喃地說：「也許一個完美的零是值得達成的。」

「全都沒了嗎？該死。但我們無法達成，是它觸及我們，兩者不同。」

「他比我還醉，」她想。「對，的確不同。」她同意。

他說：「你真是該死地正確。」然後重重趴下俯臥在床上，她繼續想著這些談話是多麼地浪費精力，懷疑自己是否可能阻止他激動得讓自己進入某種情緒化狀態。

「啊，我既噁心又痛苦！」他帶著一股突然的怒氣大吼。「我應該滴酒不沾的，因為我總會太醉。但跟你不一樣，那不是軟弱，一點都不。比起要你不喝酒，對我來說要花更大的意志力才能開始喝，我痛恨喝酒的結果，並且永遠記得會變得怎樣。」

「那你幹嘛喝？又沒人要你喝。」

「我跟你說了，」他說：「我想跟你一起。除此之外，我總是幻想自己總能侵入哪個地方的內陸，通常我只能旅行到城市近郊，然後就迷路了，我不覺得有什麼可以更深入的內陸，我覺得你們這些酒鬼全都是一種巨大集體性幻覺的受害者。」

「我拒絕討論這個。」她傲慢地說，從床上爬下來，努力穿過垂掛到地板上交疊的網子。

他滾過來，坐起身。

「我知道為什麼覺得噁心了，」他呼喚她。「是因為我吃下去的某個東西，十年前。」

「我不知道你在說什麼。躺下去睡覺。」她說，然後走出房門。

「我會的。」他咕噥著說，爬下床，走到窗邊站著。乾燥的沙漠空氣帶著晚上的涼意，鼓聲仍響著。峽谷的山壁現在已經全黑，已經看不到散布在上面的棕櫚樹叢。一片漆黑，房間背對城鎮，他的意思就是這樣。他抓住窗台探身到外面去，想著：「她不懂我在說什麼，那是我十年前吃的東西，二十年前。」景色就在那裡，他比從前任何時候都更加感到可望而不可及。散布各處的岩石和天空已經準備好赦免他，但一如往常，他心存芥蒂。他會這樣說，他看著岩石和天空的時候，它們就不再是原本的樣子，在進入他意識的行動中，它們變得不純粹。能對自己這樣說是帶點安慰的：「我比它們還強壯。」當他轉身回房，某個閃亮的東西讓他把目光轉到敞開衣櫥門上的鏡子：那是從另一扇窗照進來的新月。他坐在床上開始大笑。

20

接下來兩天，波特都在孜孜矻矻地嘗試收集關於艾爾加的資訊。布努拿城的人對此地所知甚少，實在令人非常吃驚。每個人似乎都同意那是個大城市——總是帶著某種敬意這樣說——很遠、氣候比較溫暖、物價很高。除了這些，沒有人能夠給予任何描述，包括去過那裡的人，例如跟他談話的司機，還有廚房裡的廚師。唯一能夠給他稍微完整訊息的人是阿布杜卡狄爾，但他和波特間的交際只剩下彼此示意的咕噥。他仔細思考，意識到在沒有任何身分證明的情況下前往一個隱密的沙漠城鎮，並且沒人能夠告訴他關於那邊的任何狀況，正好符合他的幻想。因此當他在街上跟杜沛禮耶下士見面，向他提到艾爾加，下士告訴他：「達馬尼亞克中尉在那邊待過好幾個月，他可以告訴你所有你想知道的事。」此時，他沒有非常感動。直到那時，他才了解自己真的希望除了孤立與人跡罕至之外，對艾爾加一無所知，而這兩樣正是那些他想要探查的東西。他決定不對中尉提起這個城鎮，因為害怕失去自己先入為主的想法。

當天下午，主動回去為中尉工作的阿曼出現在公寓，他要找波特。在床上閱讀的凱特要僕人帶他到阿拉伯澡堂，波特在那裡沉浸在蒸汽室的氤氳中，希望可以一勞永逸地驅走寒意。當一個服務生過來呼喚他時，他躺在一塊濕滑的熱石板上，在黑暗中幾乎要睡著了。他圍上一條濕毛巾往入口的門走去，阿曼面帶不悅之色站在那裡；他是來自沙海，膚色偏淡的阿拉伯男孩，兩頰顴骨以下都有火紅傷口，是激情放蕩有時在那些太過年輕、不會有眼袋和皺紋的柔軟肌膚上洩漏的實情。

「中尉要你馬上過去。」阿曼說。

「跟他說一小時後。」波特說，因為白天的光線瞇起眼睛。

「馬上。」阿曼冷淡地又說了一次。「我在這裡等。」

「噢，他下令嘛！」他回到屋裡，拿起一桶冷水淋遍全身——他想多來個幾次，但水在這裡很貴，每一桶都要加價——還想在穿上衣服前快速按摩一下。當他走上街道時，似乎感覺好些了。阿曼倚在牆上和一個朋友說話，但他注意到波特出現，就跳了起來，保持數步之遙亦步亦趨地跟著他一路走到中尉的家。

中尉穿著一件很醜的酒色人造絲浴袍，坐在沙龍裡抽菸。

「請原諒我不起身，」他說：「我好多了，但最好盡量不要動。坐下。你想來杯雪莉酒、干邑白蘭地或者咖啡？」

波特喃喃地說他最想要咖啡，阿曼被派去準備了。

「我不是故意要耽擱你，先生。但我得到消息，你的護照找到了，謝謝你的一個同胞，他也發現自己的護照遺失，在我聯絡邁薩德前就搜查過一次了。兩本護照都已經賣給外籍軍人，但很幸運地都找到了。」他從口袋裡摸出一張紙。「這個美國人，名字叫唐納，說他認識你，並且要來布努拿城。他願意帶著你的護照，但我在通知當地軍方交付他之前必須先徵詢你的同意。你同意嗎？你認識這位唐納先生嗎？」

「認識，認識。」波特心不在焉地說，這個主意嚇壞他了；面對唐納即將到來，他驚恐地發現自己從來沒有真正設想會再度見到他。「他何時要來？」

「我相信立刻。你沒有急著要離開布努拿城吧？」

「沒有。」波特說，他的思緒像隻走投無路的動物般來回踱步，試著回想巴士在哪一天往南發車，到那時還有幾天，以及唐納從邁薩德來要花幾天時間。「沒有，沒有，時間不急。」這些話在他說出口時，聽起來荒謬絕倫。阿曼安靜地拿著托盤進來，上面放了兩個冒著蒸汽的小錫罐，中尉分別倒進杯子裡，然後遞了一杯給波特，波特啜飲一口，往後靠在椅背上。

「但我真的希望最後能到艾爾加去。」雖然很不情願，他還是說出口。

「啊，艾爾加。你會發現那裡非常令人驚艷，風景如畫，並且非常炎熱。那是我第一個撒哈拉駐點，我熟悉每條巷道。那是一個很大的城市，非常平坦，不會太髒，但因為鋪路穿過房子之間，因此十分黑暗，像隧道一樣。相當安全，你和尊夫人可以隨心所欲地到處閒逛。那裡是蘇丹共和國鄰接這邊唯一的城鎮，並且非常遙遠，蘇丹共和國。噢啦啦！」

「我猜艾爾加會有間旅館？」

「旅館？某種旅館，」中尉大笑，「裡面會有放著床的房間，可能是乾淨的，撒哈拉沙漠不像人們說的那麼髒，太陽是了不起的殺菌機，只要有最低限度的衛生，這裡的人就可以保持健康了。但無論如何，對我們來說當然不是那麼地最低限度。」

「不是，是的，非常不幸。」波特說，無法專注在這個房間裡和對話上。他剛剛才意識到巴士就在當晚發車，一個禮拜之內都不會有其他班次，唐納那時就到了。因為這樣的理解，似乎自動有了一個決定。當然他沒有意識到已經下定決心，但過了一會兒他放鬆了，開始詢問中尉在布努拿城日常生活和工作的細節。中尉看起來很高興；殖民者必然會有的奇聞軼事一個接著一個出現，全都跟把兩個彼此不協調且不相容的文化放在一起有關，有時候很悲劇，但通常是滑稽的。最後波特站起來。「真是可惜，」他以誠摯口氣說：「但我不該繼續留在這裡了。」

「你會在這裡待上好幾天，我誠摯地希望在你們離開前見到你和尊夫人。再過兩、三天，我應該會完全康復，阿曼會告知時間，並且去接你。所以，我會通知邁薩德將你的護照交給唐納先生。」他伸出手站起來。波特走了出去。

他穿過種植矮小棕櫚樹的小花園，走出大門，進入滿是灰塵的街道。太陽下山了，天空迅速涼爽起來，他站著不動抬頭看了一會兒，簡直希望聽見天空在受到從外太空來的夜寒擠壓下發出碎裂聲。身後游牧民族紮營地的狗齊聲合唱，他開始快步走路，以最快速度離開可以聽見狗吠的範圍。咖啡讓他的脈搏快到不正常的程度，或者是因為想到會錯過往艾爾加的巴士所引發的緊張感。他走進城門，立刻左轉，進入空蕩蕩的街道，往通用運輸公司的辦公室走去。

辦公室很悶熱，沒有燈。在櫃檯後方的黑暗中，一個阿拉伯人坐在一捆粗麻布袋上，幾乎要睡著了。波特立刻說：「開往艾爾加的巴士幾點發車？」

「八點，先生。」

「還有位置嗎？」

「噢，沒了，三天前就賣光了。」

「啊，天哪！」波特大叫，五臟六腑似乎變得更沉重了。他抓住櫃檯。

「你生病了嗎？」阿拉伯人說，看著他，臉色透露一點興趣。

「生病，」波特想，然後說：「沒有，但我太太病得很嚴重，她必須在明天之前抵達艾爾加。」他端詳阿拉伯人的臉，想判斷他是否相信如此明顯的謊言。顯然在這裡，一個病弱的人要離開文明和醫療照顧到那樣的地方去是合理的，阿拉伯人的表情逐漸轉為一種理解與同情。但他仍然舉起手表示無法幫忙。

但波特已經拿出一張千元法郎鈔票，果決地放在櫃檯上。

「你今晚必須給我們兩個位置。」他堅定地說：「這是給你的，去說服某個人下禮拜再出發。」出於禮貌，他沒有建議把這樣的說服用在兩個當地人身上，雖然他知道必然如此。「到艾爾加的票價多少？」他拿出更多錢來。

阿拉伯人站起來，刻意地搔著頭巾。「每人四百五十法郎。」他回答，「但我不知道——」波特又放了兩千法郎在他面前，然後說：「這裡是九百法郎，還有一千兩百五十法郎是給你的，在你拿到車票以後。」他看到這個人已經做了決定。「我會在八點把女士帶來。」

「七點半，」阿拉伯人說，「因為行李。」

回到公寓裡，他因為十分興奮，沒有敲門就衝進凱特的房間。她正在換衣服，憤怒地大叫：「拜託，你失心瘋了嗎？」

「完全沒有，」他說：「只是我希望你能夠穿著那樣的衣服旅行。」

「什麼意思？」

「我們拿到今晚八點巴士的位置。」

「噢，不！我的天！去哪裡？艾爾加？」他點點頭，然後一陣沉默。「噢，好吧。」她終於說：「對我來說都一樣，你知道自己要的是什麼，但現在六點了，這些旅行袋——」

「我會幫你。」他的態度中有一種熱烈的急切，她忍不住開始觀察他。她看著他動作不順暢地把她的衣服從衣櫥裡拿出來、從衣架上扯下來；他的行為讓她好奇，但她什麼都沒說。當他做完所有在她房裡能做的事，就回到自己的房間，十分鐘之內就收完行李，自己一個人把它們拖到走廊上，然後他跑下樓。她聽見他興奮地跟僕人說話，七點十五分，他們坐下來吃晚餐，他以迅雷不及掩耳的速度喝完湯。

「別吃這麼快，你會消化不良。」凱特警告他。

「我們必須在七點半抵達巴士站的辦公室。」他說，拍手要求下一道菜。

「我們來得及的，或者他們會等我們。」

「不，不會，那樣位置會有問題。」

他們還沒吃完甜點小羚羊角[8]，他就要來旅館帳單並且付了帳。

「你去見達馬尼亞克中尉了嗎？」他在等著找零的時候，她問。

「噢，是的。」

「但沒找到護照？」

「還沒，」他說，然後補充：「噢，我不覺得他們找得到。你能期待他們什麼？現在可能已經被送到阿爾及爾或者突尼斯了。」

「我還是認為你該在這裡打電報給領事。」

「我可以從艾爾加寄一封信，託我們搭的那班巴士回程送，這樣只晚個兩三天。」

「我不懂你。」凱特說。

「為什麼？」他無辜地問。

「一切都讓我不能明白，你突然漠不關心。甚至今天早上，你都仍擔憂著沒有護照的最糟狀態，任何人都會以為沒有它你就活不下去了。現在變成再多個幾天也沒關係，你打算承認這當中沒有關聯嗎？」

「你會承認其實沒有太大差別吧？」

「我不承認，它們可能差別很大，但那不是我的重點，一點都不。」她說，「而你知道的。」

「現在最重要的是我們趕上巴士。」他跳了起來，跑到阿布杜卡狄爾正在想辦法找零給他的地方，過了一會兒凱特跟過去。被長長的線掛在天花板下的小瓦斯燈火焰閃爍不定，僕人們正就著這光線把旅行袋拿下樓。他們在樓梯排成一列，六個男僕，全都背著行李。一小群村莊的流浪兒已經在黑暗的門外聚集，暗暗希望得到允許可以幫忙扛某樣東西到巴士站去。

阿布杜卡狄爾說：「希望你喜歡艾爾加。」

「會的，會的。」波特回答，把零錢放進不同的口袋裡。「希望你沒有對我帶來的麻煩感到太生氣。」

阿布杜卡狄爾把頭轉開。「啊，那個。」他說：「我們最好不要談論它。」道歉太隨便了，他無法接受。

8　小羚羊角（cornes de gazelle），一種摩洛哥點心，外皮是一般麵粉，內餡由杏仁粉、肉桂、糖、橙花水、奶油、乳香等製成，形狀似羚羊角故得名。

晚風已經吹起，樓上的窗戶和百葉窗砰砰作響，燈前後搖晃，發出劈啪聲。

「也許我們回來時會見到你。」波特堅持。

阿布杜卡狄爾應該要回答：「憑阿拉的意志。」不過他只是悲傷但帶著理解地看著波特。有那麼一會兒他似乎想說些什麼，然後把頭轉開。「也許。」最後他終於說，當他把頭轉回來，嘴唇固定著一抹微笑——波特覺得不是對著他笑，甚至根本沒有意識到他的存在。他們握手，然後他匆匆回到凱特身邊，她站在門口，就著閃爍的燈光仔細補妝，外面好奇的年輕臉蛋全都仰著頭，在她塗上唇膏時觀看她手指的每個動作。

「拜託！」他大叫。「沒時間搞這個了。」

「我都好了。」她說，轉過身去以免在化完妝前被他撞到。她把口紅丟進手提袋裡，啪地一聲扣上它。

他們走出去。通往巴士站的道路很暗，新月沒有什麼光。村裡的小童仍懷抱希望零星跟在後方，其他大部分在看到公寓裡所有的僕人都陪著旅客時就已經放棄了。

「有風真是太糟了，」波特說：「代表會有風沙。」

凱特對風沙毫不關心，她沒有回答，但注意到他說話聲調裡不尋常的變化：他無比開心。

「我只希望不用翻山越嶺。」她自言自語，現在更加強烈地再度希望他們去的是義大利，或者任何有邊界的小國，在那裡，村莊裡有教堂，一個人可以搭計程車或四輪馬車到車站去，可以在白天移動，還有，不用每次走出旅館時都無可避免地像被展示一樣。

「噢，我的天，我忘了！」波特大叫。「你病得很重。」然後他解釋如何拿到座位。「我們快到了，讓我把手環住你的腰，你要用好像很痛的樣子走路，有點拖著腳走。」

「太荒謬了，」她不高興地說：「僕人們會怎麼想？」

「他們太忙了，你扭到腳，來嘛，拖著腳一點，沒有更簡單的了。」當他們往前走時，他把她拉過來靠著自己。

「那些被我們占了位置的人怎麼辦？」

「對他們來說什麼是一個禮拜？時間對他們而言不存在。」

巴士已經在那裡了，圍滿了吼叫的男人和男孩。兩人走進辦公室，凱特真的走得十分艱難，因為波特大力摟著她。「你弄痛我了，放開些。」她悄聲說，但他仍然緊緊環著她的腰，然後他們到達櫃檯，阿拉伯人把票賣給他，說：「你們的位置是二十二和二十三號，快點進去坐下，其他人不會讓它們空著。」

座位靠近巴士後方，他們沮喪地看著彼此；這是他們第一次沒坐在前方司機的旁邊。

「你覺得你能忍受嗎？」他問她。

「如果你可以的話。」她回答。

他看到一個戴著黃色頭巾、鬍子灰白的老人從窗戶外往裡看，帶著彷彿責備的表情，就說：「請躺下，表現出疲乏的樣子，好嗎？你得演到最後。」

「我討厭欺騙。」她感情強烈地說，然後突然閉上眼睛，表現出重病的樣子，她想到唐納。雖然她在愛恩克拉法下了堅定的決心，要留下來照約定等他，但她還是讓波特把自己拐到艾爾加去，連張解釋的紙條都沒留。現在既然要改變行為模式已經太遲，忽然間，對她來說允許自己做出這種事顯得令人難以置信。但過了一秒後，她對自己說，如果這是個對唐納不可原諒的欺騙，沒有告訴波特自己不忠的這個欺騙就更加嚴重而且仍然持續。她立刻完全合理化離開一事；此時此刻波特要求她的一切都不能拒絕，她懊喪地垂下頭。

「那就對了。」波特鼓勵地說，捏了一下她的手臂。他爬過堆在走道上的包裹，下車確認所有行李都堆上車頂，當他回到車子裡，凱特仍保持同樣的姿態。

一點困難都沒有，引擎發動的時候，波特往窗外瞥了一眼，看到那個老人站在一個稍微年輕的人旁邊，他們都離窗戶很近，渴望地往車內看。「像兩個小孩一樣，」他想，「被禁止跟家人去野餐。」

當他們開始移動，凱特坐直身體開始吹口哨，波特不自在地輕推她。

「都結束了。」她說：「你不會以為我要整路都表演生病的模樣吧？此外，你瘋了，根本沒人注意我們。」這是真的，巴士裡充滿熱鬧的對話，他們的存在似乎完全不受注意。

路況幾乎立即變得很糟。每顛簸一次，波特都在座位上滑得更低些。凱特注意到他絲毫不想花力氣避免往下掉，最後終於說：「你要到哪裡去？地上？」他回答時，只說：「什麼？」他的聲音聽起來非常奇怪，她猛然回頭試著看清他的臉。光線太暗了，她無法分辨他的表情。

「你睡著了嗎？」她問他。

「沒有。」

「有什麼不對嗎？你冷嗎？為什麼不蓋上大衣？」

這次他沒有回答。

「那是凍僵了。」她說，看著窗外黯淡的月亮，低低地掛在空中。

過了一段時間，巴士開始緩慢、費力地上坡，排氣管冒出的煙變得厚重刺鼻，加上引擎發出的巨響以及不斷增強的寒意，讓凱特從本已陷入的恍惚中驚醒。她完全清醒了，環視視線不清的車內，所有乘客看起來都睡著了，都用難以置信的角度歇息，完全蜷進他們的連帽斗篷下，連根手指或鼻子都沒有露出來。旁邊微微動了一下，她看了下面的波特，他滑落得很低，根本是用脊椎中段坐在位置上，她決定要讓他坐起來，所以用力拍他的肩，他只微弱地嗚咽了一聲。

「坐起來。」她說，又拍了一次。「你的背要受傷了。」

這一次他呻吟了。「噢！」

「波特，看在老天的份上，坐起來。」她緊張地說，開始用力地拽他的頭，希望把他弄醒一點，可以開始自己施力。

「噢，老天！」他說，然後開始像蟲一般蠕動著回到位置上。「噢，天啊！」當他終於重新坐好時又說了一次。因為他的頭跟她很接近，她意識到他的牙齒在打顫。

「你著涼了！」她生氣地說，雖然與其說是對他，不如說更是對自己生氣。「我叫你把自己蓋起來，你就只是像白痴一樣坐著！」

他沒有回答，只是一動也不動地坐著，他的頭往前垂到胸口，隨著巴士的前後顛簸上下晃動。她探過身去，拉起被他壓在屁股下面的大衣，試著一點一點地把它拉出來，然後蓋在他身上，生氣地把邊邊折進去。表面上，以文字描述的話，她在想：「向來如此，當我既清醒又無聊的時候，他在對世界裝死。」但這些話語的組成，是隱藏背後恐懼的屏蔽——害怕他可能病得很重。她看著窗外狂風橫掃的一片空曠，新月悄悄溜到天涯海角之外。在這個沙漠裡，有個感覺甚至比在海上更嚴重，她感覺自己在一張大桌子上面，地平線就是這個空間的邊界。她想像在地球上方的某處有個方形星球，就在地球和月亮中間，他們可以移動到那裡。那邊的光線會像這裡一樣冰冷而不真實，空氣一樣呈現不自然的乾燥，景色的輪廓缺少撫慰人心的陸地曲線，跟這一大片區域完全相同。安靜到達極致，只剩下空氣流動所發出的聲音。她撫摸窗玻璃，像冰一樣寒冷，巴士跳動搖擺，繼續爬坡行駛越過高原。

21

這是漫長的一夜。他們抵達一處建在懸崖邊上的車站，頭頂燈亮著，凱特正前方的阿拉伯年輕人把斗篷的帽子拉下來，轉頭對她微笑，指著地面好幾次，說：「哈西・因尼非爾（Hassi Inifel）！」

「謝謝。」她說，也對他微笑。她想出去，所以轉向波特，他縮在大衣裡，臉色發紅。

「波特。」她開口說，非常吃驚地聽到他立刻回答。「怎樣？」他的聲音聽起來十分清醒。

「我們出去吃點熱的東西，你睡好幾個小時了。」

他慢慢地坐起身來。「我根本沒睡，如果你想知道的話。」

她不相信。「我知道了。」她說：「好吧，你想到裡面去嗎？我要去。」

「如果我可以的話。我很不舒服，可能得了流行性感冒或什麼的。」

「噢，胡說！怎麼可能？你可能是晚餐吃太快了所以消化不良。」

「你去，我不要動會感覺好一點。」

她下車在岩石上站了一會兒，吹著風，深呼吸，還看不到破曉的跡象。

靠近車站入口的其中一個房間，有一群男人在裡面唱歌，並且隨著複雜的節奏快速拍擊手掌。她在一個附近的小房間裡找到咖啡，然後坐在地板上，把手放在裝了煤炭的泥盆上取暖。「他不能在這裡生病。」她想，「我們兩個都不行。」一旦遠離世界，除了拒絕生病外，就無計可施了。她走到外面去，從巴士的窗戶往裡面看，大部分乘客仍裹在他們的連帽斗篷裡繼續沉睡。她找到波特，敲了敲玻璃。「波特！」她呼喚，「熱咖啡！」他沒有反應。

「該死的傢伙！」她想，「他企圖博取注意，他想生病！」她爬上車，擠出一條路回到位置上，他呆呆地躺在那裡。

「波特！拜託過來喝點咖啡，就當作為了我。」她轉頭看著他的臉，一邊撫摸他的頭髮，一邊問：「你覺得不舒服嗎？」

他對著大衣說話。「我什麼都不要，拜託，我不想動。」

她不喜歡遷就他，也許她可以服侍他，讓他得到立即的幫助。現在的情況就是他凍壞了，該喝點熱的。她決定不管用什麼方法都要讓他喝下咖啡，所以她說：「我幫你端來的話，你喝不喝？」

等了很久他都沒有回答，但最後終於說：「好。」

司機是個戴著遮陽帽而非纏頭巾的阿拉伯人，當她匆匆進入車站的時候，他已經正往外走了。「等一等！」她對他說，他停下腳步回頭，疑惑地上下打量她。沒有人能和他一起評論她，因為在場沒有歐洲人，而其他阿拉伯人都不是來自城市，因此完全無法了解他的淫穢評語。

波特坐起來喝掉咖啡，在吞嚥間嘆氣。

「喝完了嗎？我得把杯子還回去。」

「喝完了。」杯子被接力傳到巴士前方，一個小孩等在那裡，焦慮地一直轉頭看，以免在拿回杯子之前巴士就跑掉了。

他們緩慢地穿過高原，因為車門打開過，所以現在裡面冷多了。

「我想那是有幫助的。」波特說，「非常感謝啊，只是我有點不對勁，天知道我從來沒有過這樣的感覺。只要能在床上躺平，應該就會好了，我想。」

「但你覺得那是什麼？」她突然感到所有恐懼全數湧現，那些她已經壓制了好多天的恐懼。

「你說呢？中午前不會到達，對吧？一團糟，真是一團糟！」

「想辦法睡個覺，親愛的。」她至少已經一年沒有這樣叫他了。「靠過來，過來，這邊，把頭放在這裡。你夠暖嗎？」她試著把身體貼緊椅子的背面，來幫他抵擋巴士的顛簸，很快地，幾分鐘後肌肉就疲累了；她往後坐，放鬆，任他的頭在她的胸口上下晃動。他的手在她的膝上搜尋她的手，找到了，先緊緊握住，然後鬆開，她認為他已經睡著，於是閉上眼，想著：「當然，現在不能逃了，我人在這裡。」

黎明時，他們到達另一個位於一片平地的車站，巴士穿過大門進入一個院子，那裡有幾個帳篷。一隻駱駝在凱特身邊的窗戶旁高傲地凝視車內，這一次每個人都下車了，她叫醒波特。

「想吃點早餐嗎？」

「信不信由你，我有點餓了。」

「怎麼可能不餓呢？」她開心地說：「快要六點了。」

他們繼續喝加糖的黑咖啡，吃煮熟的蛋，還有棗子。告訴她上一個車站站名的阿拉伯年輕人在他們坐在地上吃飯的時候經過，凱特無法克制地注意到他個子特別高，穿著飄揚白色衣服筆直站立的身影俊俏。為了消除對他想入非非的罪惡感，她覺得必須讓波特也注意他。

「那個人真是引人注目！」當阿拉伯人從房間裡出來時，她聽到自己這樣說。這完全不是她會說的話，從她嘴裡跑出來聽起來更加荒謬絕倫；她不自在地等待波特的反應，但波特的手摀著肚子，臉色蒼白。

「怎麼了？」她大叫。

「別讓巴士跑了。」他說，踉踉蹌蹌地站起來，快速離開房間。一個他在大庭院裡遇到的男孩陪著他，穿過營火燃燒、嬰兒哭泣的帳篷。他彎腰行走，一手抱著頭，另一隻手摀著肚子。

較遠的角落是一個石頭圍起來像砲塔的小屋，男孩指著那邊。「廁所。」他說。波特爬著樓梯進去，甩上身後的木門。裡面臭氣沖天，並且十分黑暗，他靠在冰冷的石牆上，聽到自己的頭碰到蜘蛛網時，它們斷掉的聲音。疼痛不是很明確：一陣突然的絞痛以及上升的噁心感，全都瞬間發生。有一會兒他站著不動，困難地吞嚥著，呼吸沉重，微弱光線來自地面的方形孔眼，某個東西從他的頸背迅速跑過去，他離開牆壁傾身彎向洞口，用手扶著前方的另一面牆。底下是骯髒的泥土和濺污的石頭，隨著蒼蠅晃動。他閉上眼睛，保持那種待產的姿勢幾分鐘，不時呻吟。巴士司機開始按喇叭；因為某種原因那聲音增加了他的痛苦。「噢，天啊，別按了！」他大聲叫道，然後立刻接著呻吟。但喇叭聲仍持續著，忽短忽長。終於痛苦突然似乎減輕了，他睜開雙眼，頭不由自主地往上抬，因為在那一剎那他以為自己看到火焰。那是紅色朝陽照耀在岩石及其下方的污物上。他打開門時，凱特和那個阿拉伯年輕人站在門外，合力協助他爬上等待著的巴士。

隨著早晨過去，景色呈現一種凱特從未見過的艷麗柔和，她突然理解，這是因為在好些地方沙地已經取代岩石了。到處是羽裂蔓綠絨，尤其是那些小房子聚集的地點，然後這樣的地點愈來愈常出現。好幾次伴隨著成群騎著單峰駱駝的黑人，這些人驕傲地握著韁繩，靛藍色的縐褶面罩遮住他們的臉龐，露出塗畫墨黑的銳利雙眼。

她首次感到一絲因為興奮而產生的顫抖。「這真棒。」她想，「搭車時可以經過這種原始時代的人。」

波特斜倚在位置上，眼睛閉著。「假裝我不在這裡。」當他們離開車站時，他這樣說。

「我比較能不需移動，只剩幾小時了——然後，上床，感謝主。」

阿拉伯年輕人會說的法語，剛好足以使他不至於被自己和凱特間顯然不可能進行實質對話的事實嚇退，似乎在他眼裡，單獨一個名詞，或帶著情感表示的動詞就夠了；看起來她也這麼想。他以阿拉伯人慣有的、將尋常事物說成傳奇的天分，告訴她關於艾爾加的故事，那些高牆和日落時分即行關閉的城門、安靜而黑暗的街道，大市場裡販售從蘇丹甚至更遠來的各式物品：鹽棒、鴕鳥羽毛、金粉、豹皮——他列舉了長長的名單，不知道法語怎麼說的時候，就毫不在乎地使用阿拉伯名稱。她全神貫注地聽著，對他臉蛋和聲音異常的吸引力感到著迷，同時也被他描述的陌生感以及他講述的奇怪方式所吸引。

現在地形變成一片荒涼的沙原，點綴著間或出現的歪扭矮樹，蜷曲在毒辣的陽光下。超過她想像的刺目強光，讓前方的藍色天空變成白色，那是城市上方的空氣，在她意識到之前，車子已經沿著灰泥牆行駛了。巴士經過時，孩子大聲尖叫，聲音像明亮的針。波特仍閉著眼，她決定在到達前都不要打擾他。巴士猛然左轉，揚起大片灰塵，接著穿過一扇大門進入一個廣闊的空曠廣場——某種城市的前廳，盡頭是另一扇更大的門，人群和動物消失在門後的黑暗中。巴士顛簸了一下停車，司機唐突地跳下車，帶著一種「希望就此與這些都無關」的氣息離開。乘客有的仍沉睡著，或者伸懶腰，開始尋找自己的東西，大部分東西都已經離開前一晚擺放的原位了。

凱特以言語和手勢表示她和波特在所有人都下車前要留在原處，阿拉伯年輕人說這樣的話他也留下來，因為她會需要他的協助好帶波特到旅館去。當他們坐著等待悠閒的旅客下車，他解釋旅館在城鎮另一邊的軍事要塞旁，因為那裡只特別為了少數在此地沒有家的軍官營運，搭巴士到達此處的人，很少有需要旅館的。

「你人真好。」她往後坐，說道。

「是的，夫人。」他臉上的表情一片友善熱情，她完全相信他。

當巴士終於淨空，只留下地板和座位上的石榴皮和棗核，他到外面去，呼喚一群人來扛行李。

「我們到了。」凱特大聲說。波特動了動，睜開雙眼，說：「我終於睡著了，真是地獄般的旅程。旅館在哪？」

「附近某個地方。」她模糊地說，不想告訴他是在城市的另一邊。

他慢慢坐起身來。「老天，希望很近，如果很遠的話，我想我到不了。我感覺很糟，我真的感覺很糟。」

「這裡有個阿拉伯人會幫我們，他會帶我們過去，好像沒有剛好在車站這邊。」她覺得讓他從阿拉伯人口中知道旅館的實情比較好，那樣她就可以跟這件事無關，不管波特感到如何怨恨，都不會針對她。

在外面一片灰塵中的，是非洲的混亂，但這是首度放眼望去看不到任何歐洲的影響，因此景色有一種其他城鎮缺乏的純粹，一種出乎意料的完整性驅走了混亂無章的感覺。甚至波特，在他們攙扶他出來時，也注意到這個地方一致的樣子。「這裡真美。」他說：「不管怎樣，我能看到的很美。」

「你能看到的很美！」凱特重複他的話。「你的眼睛不舒服嗎？」

「我頭暈，發燒了，我只知道這樣。」

她摸摸他的額頭，只說：「好吧，讓我們離開這片陽光。」

阿拉伯年輕人走在他的左側，凱特在他的右側，兩人都伸出一隻胳臂攙扶他。腳夫走在前頭。

「第一個像樣的地方。」波特苦澀地說：「而我居然感覺如此。」

「你要躺在床上，完全好了才可以起來。之後我們會有很多時間探險。」

他沒有回答。他們穿過裡面的門，立刻進入一個又長又彎曲的隧道，行人在黑暗中和他們匆匆擦身而過。人們沿著牆邊坐著，隱約的聲音響起，反覆吟唱冗長嘮叨的話語。很快地他們又回到陽光下，然後又展開另一段黑暗，從街道鑽進牆壁厚實的房屋裡。

「他沒告訴你在哪邊嗎？我忍受不了太久了。」波特說，他連一次都沒有直接跟阿拉伯人說話。

「十、十五分鐘。」阿拉伯年輕人說。

他仍然不理他。「不可能的。」他告訴凱特，有些上氣不接下氣。

「親愛的孩子，你得繼續走，不能就在街上坐下。」

「怎麼了？」阿拉伯人說，看著他們的臉。凱特告訴他，於是他跟一個經過的陌生人打招呼，簡短地跟他談話。「那邊有個商旅客棧。」他指著，「他可以——」他比了個睡覺的手勢，把手貼在臉頰上。「然後我們到旅館去，找人來，非常好！」他作勢假裝去掃波特的腳，然後用手臂扶住他。

「不要，不要！」凱特大叫，以為他真的要抱起他。

他大笑，對波特說：「想去嗎？」

「是的。」

他們掉頭，穿過裡面的迷宮。阿拉伯年輕人再度跟街上的某個人說話，他回頭對他們微笑：「最後了，下一個黑暗處。」

商旅客棧是他們最近幾週以來所經過那些車站的縮小版，一樣擁擠及骯髒，唯一不同之處是中央有細細編織成格狀的茅草用以遮蔽太陽。裡面擠滿了鄉下人和駱駝，全都斜躺在地。他們走進去，阿拉伯人跟一個警衛說話，他把某一邊畜欄裡的人清空，在角落堆起新鮮稻草好讓波特躺下。腳夫在庭院裡坐在行李上。

「我不能把你丟在這裡。」凱特說，環視這個骯髒的房間。「快把手移開！」他的手放在駱駝糞上，但他沒動。「去吧，拜託，現在。」他說，「你回來之前我都會好好的，但快一點，快一點！」

她痛苦地瞥了他最後一眼，走到外面的庭院去，阿拉伯人跟在後面。可以在街上快速行進讓她如釋重負。

「快！快！」她一直對他重複，像個機器一樣。他們前進時大口喘氣，在緩慢移動的人群中擠出一條路來，走進城市中心，然後到達另一邊，直到他們看見要塞所在的小山丘。城鎮的這一邊比另一邊更空曠，有一部分是以高牆與街道隔開的花園，一棵任意長著的高大黑色扁柏聳立其上。一條長巷的盡頭有一塊不起眼的木板，上面寫著：「旅社入口」，還有一個指向左邊的箭頭。「啊！」凱特大叫。即使這裡已經到了城鎮邊緣，仍然是個迷宮，街道彷彿都用這種方式建築：每一條最後都是被牆擋住盡頭的死路，有三次之多，他們必須回頭重新找路。沒有出入口、沒有畜欄，甚至沒有任何行人——只有無情的粉紅色牆壁在令人窒息的陽光下烤炙。

最後他們終於到達一個緊緊拴上的小門旁，鑲嵌在一面廣闊綿延牆壁的正中央。「旅社入口」，上面掛著這樣一個招牌。阿拉伯人用力敲門。

過了很久都沒有人應門。凱特的喉嚨乾渴發痛，心臟仍然跳得很快。她閉上眼睛聆聽，什麼都沒聽到。

「再敲一次。」她說，自己伸出手來，但他的手還在門環上，於是他用比之前更大的力氣拍門。這次有一隻狗開始在花園的某處狂吠，女人的聲音逐漸接近，混合了責備的吼叫：「Askout!」她憤怒地大吼，但狗繼續叫著，然後一顆石頭砸在地上的聲音，狗安靜了。凱特不耐煩了，她把阿拉伯人的手從門環上推開，然後開始不斷拍打，直到女人的聲音出現在門另一邊才停止。女人吼著：「Echkoun? Echkoun?」

阿拉伯年輕人跟那女人開始一段冗長的爭論，他比劃放肆的手勢要求她把門打開，她拒絕，最後終於離開。他們聽見她穿著拖鞋的腳步聲沿路拖行，然後他們聽見狗又叫了，女人斥責，隨後是她揍了牠之後的痛苦哀嚎，之後什麼都聽不見了。

「怎樣？」凱特絕望地大喊。「我們為何不能進去？」

他微笑著聳聳肩。「夫人要來了。」他說。

「噢，老天！」她用英語說，抓住門環猛烈拍打，同時使盡全力踢門檻，它絲毫不動。阿拉伯人仍微笑著，慢慢地搖著頭。「不行。」他告訴她，但她繼續敲打，即使她知道自己毫無理由，仍然對他無法讓那女人開門感到憤怒。過了一會兒她停下來，感到自己快昏倒了。她因為疲勞而顫抖，嘴巴和喉嚨像錫做的一樣。陽光灑落在光禿的地上，除了腳底的影子外，連方寸陰影都沒有。她的思緒回到小時候，好多次她拿著閱讀用放大鏡放在某個不幸的昆蟲上方，跟隨牠瘋狂試圖逃離鏡片聚焦點的路線移動，直到最後她用如針尖大小的炫目光線碰觸牠，彷彿魔術一般，牠停止竄逃，然後她看著牠慢慢消失、開始冒煙。她覺得如果抬頭往上看，會發現太陽大到駭人的程度，她倚在牆上等待。

花園裡終於響起腳步聲，她聽著聲音愈來愈清晰、愈來愈大，一直來到門邊。她沒回頭，等著門打開，但沒有。

「是誰？」一個女人的聲音問。

因為擔心阿拉伯年輕人開始說話，還可能因為是當地人而被拒於門外，凱特全力大喊：「你是老闆嗎？」

有一陣短暫的沉默。然後那女人帶著科西嘉或義大利口音，開始口若懸河地乞求：「啊，夫人，拜託，我求求你！你不能進來！抱歉！堅持也沒有用，我不能讓你進來！這間旅館已經超過一個禮拜沒有人住進來或搬出去了！很不幸，但你不能進來！」

「但，夫人，」凱特大喊，幾乎要哭了。「我的丈夫病得很重！」

「噢！」女人的聲音提高，凱特覺得她朝花園退後了幾步；她的聲音變得遙遠了些，證實了這件事。「噢，天啊！走開！我一點辦法都沒有！」

「但到哪裡去？」凱特尖叫，「我能到哪裡去？」

女人已經回頭穿過花園，她停下腳步大叫：「離開艾爾加！離開城市！你不能期待我讓你進來，到目前為止我們都沒有流行病，旅館裡面。」

阿拉伯年輕人試著把凱特拉走，他什麼都不懂，只知道他們不能進去。「走吧，去找商旅客棧。」他這樣說，她甩開他，把手掌拱成杯狀，大喊：「夫人，什麼流行病？」

聲音從更遠的地方傳來。「天哪，腦膜炎，你不知道嗎？就是，夫人，走吧！走吧！」她匆忙的腳步聲愈來愈模糊，終於消失。一個盲人出現在通道角落，扶著牆朝著他們慢慢走來。凱特看著阿拉伯年輕人，雙眼圓睜。她對自己說：「這是一個危機，生命中總有一些這種事，我必須冷靜，然後思考。」他還是什麼都不知道，看著她睜大的雙眼，把手安慰地放在她的肩膀上，說：「來吧。」她沒聽見他說什麼，但讓他把自己從牆壁拉開，剛好在盲人快要碰到他們的時候。他領著她沿著街道走回鎮上，她一直想：「這是一個危機。」隧道突如其來的黑暗打斷她自我欺騙的催眠。「我們要去哪裡？」她對他說。這問題讓他非常高興，從裡面他讀出了她對自己的依賴。「商旅客棧。」他回答，但他說話的聲調必定表現出一絲歡喜，因為她停下腳步，離他稍遠一些。「Balak!」旁邊一個聲音大喊，然後她被一個扛著大包裹的男人敲到。阿拉伯年輕人伸出手來輕輕將她推向自己。「商旅客棧。」她輕聲覆述。「啊，是的。」他們繼續向前走。

在嘈雜的畜欄裡，波特似乎睡著了，他的手仍然放在駱駝糞上，根本不曾移動。然而他聽到他們進來的聲音，微微動了一下表示自己知道他們出現了。凱特蜷伏在他身邊的稻草上，輕撫他的頭髮。她不知道該跟他說些什麼，當然，也不知道他們該怎麼辦，但如此靠近他讓她安心。她蜷伏在那裡很久，直到這姿勢變得很痛，然後她站起來。阿拉伯年輕人坐在門外的地上。「波特一句話都沒說。」她想，「但他在等旅館的人來這裡帶他過去。」此刻她任務最困難的部分在於必須告訴他在艾爾加無處可去；她決定不告訴他，同時也決定了行動方針，她很清楚自己該怎麼做。

一切都迅速完成。她派阿拉伯年輕人到市場去，任何汽車、卡車、巴士都可以，她這樣告訴他，並且不惜任何價格。當然最後一個命令對他無效——他花了將近一小時，對三個人搭乘當天下午一輛開往斯巴的送貨車後車箱該付多少錢討價還價，但當他回來時，事情都安排好了。只要卡車裝好貨物，司機會把車停到新門，那是離商旅客棧最近的門，然後派他的技工同事來告訴他們車子已經在等著了，並且召集搬運波特通過城鎮到達車上需要的人手。「運氣很好。」阿拉伯年輕人說，「他們一個月去斯巴兩次。」凱特向他道謝。他不在的那段時間，波特一動也不動，她也不敢嘗試叫醒他。現在她跪下來，嘴巴靠近他的耳朵，開始斷斷續續柔聲呼喚他的名字。「是的，凱特。」他終於說，聲音非常微弱。「你還好嗎？」她輕聲問。

他停頓非常久才回答。「想睡。」他說。

她輕拍他的頭。「再睡一會兒，帶你的人再一下就來了。」

但他們直到太陽快下山時才來，其間阿拉伯年輕人拿來一碗食物給凱特。即使已經餓極了，她還是無法吞下他準備的東西：各種難以辨識的內臟混合而成的油炸肉品；很硬的切半榲桲，以橄欖油煎過；還有麵包，這是她唯一吃最多的東西。天色已經變暗，庭院裡的人開始準備晚餐時，技工帶著三名外表凶惡的黑人到達，全都不會說法語。阿拉伯年輕人對他們指著波特，他們很隨便地把他從稻草床上舉起來，扛到外面的街道去，凱特盡可能地貼近他的頭跟著，以確保他們不會讓頭垂得太低。他們迅速走過變暗的通道，穿越駱駝和山羊市場，那裡除了一些戴鈴鐺動物所發出的輕柔鈴聲外，什麼聲音都沒有。很快地他們來到城牆外面，等在那邊的卡車只有頭燈亮著，後方的沙漠一片黑暗。

「後面，他到後面去。」在那三人讓他們身上的負荷無力地落在馬鈴薯袋子上時，阿拉伯年輕人如此對她解釋。她給他一些錢，叫他付給那些蘇丹人和腳夫。不夠，她得給他更多，然後他們離開，司機急催引擎，技工跳上前面副駕駛座把門關上。阿拉伯年輕人幫她從後面上車，她站上那裡，彎身在一落酒瓶箱上看著他。他作勢要跳進來，但就在那瞬間卡車開始移動，阿拉伯年輕人在後面追趕，想必期待凱特叫司機停下來，因為他全心盼望陪伴她。當她恢復身體平衡，就故意彎低身體，在波特附近的麻布袋和包裹間躺下來，直到深入沙漠數哩才往外看。她帶著驚恐，抬起頭來迅速瞥了一眼，彷彿認為會看到他在寒冷的荒漠中跟著卡車的蹤跡追趕她。

卡車行駛得比她預期的平穩，也許因為小路平坦，並且少有轉彎；道路似乎穿過一個筆直、無止盡的山谷，兩邊的遠方都有高聳沙丘。她抬頭仰望明月，還是很小，但視覺上比昨夜厚重。她微微打顫，把手提袋放在胸口，想起裡面黑暗的小小世界帶給她短暫愉悅，手提袋有皮革和化妝品的味道，橫在不友善的空氣和她的身體間。裡面的東西完全沒有改變；相同的物品在同一個空間有限的混沌中彼此碰撞，名字也都還在，仍然代表一樣的事物。馬克・克羅斯、卡朗、赫蓮娜・魯賓斯坦[9]。「赫蓮娜・魯賓斯坦。」她大聲說，這讓她笑了。「一分鐘之內我就要變得歇斯底里了。」她對自己說。她抓住波特一隻沒有生氣的手，使盡全力緊捏他的手指，然後她坐起來，全神貫注地按摩他的頭部，希望在她的擠壓下能感到它逐漸變得溫暖。突然一陣恐懼襲來，她把手放在他的胸口，當然，他的心臟仍在跳動，但他似乎很冷。她用盡全力讓他側躺，在他背後把自己伸展開來，盡可能地貼緊他，希望用這樣的方法讓他保持溫暖。當她放鬆下來，很驚訝地發現自己也一直覺得很冷，而現在舒服多了。她懷疑是否在潛意識中，她想躺在波特身邊的部分原因是為了溫暖自己。「也許，否則我絕對不會這樣想。」她睡了一會兒。

然後她突然跳起來，驚醒。現在她的腦袋清楚了，有件恐怖的事，她試著去想那是什麼。不是波特，他的狀況已經持續很久了。是一個新的恐怖事件，跟陽光、灰塵有關……她感到思緒被捲入相關的關聯裡，她用盡所有力量把眼光移開，但一秒內就再也無法偽裝不知道那是什麼……！腦膜炎！

流行病發生在艾爾加，而她也暴露其中。在街道炎熱的隧道中，她也吸入有毒的空氣，也躺臥在商旅客棧受到污染的稻草上，想必病毒現在已經在她體內定居、開始繁殖。想到這個，她感到背脊僵直，但波特不可能得腦膜炎：在愛恩克拉法時他就開始覺得冷了，也許一開始在布努拿城的時候他就已經發燒，如果他們兩個有足夠的智慧發現這件事就好了。她試著回想所知的症狀，不光是腦膜炎，也包括其他主要的接觸傳染性疾病。白喉一開始會喉嚨痛，霍亂會下痢，但班疹傷寒、傷寒、瘟疫、瘧疾、黃熱病、黑熱病——就她所知，這些疾病全都以發燒或萎靡不適兩種之一的症狀開始。「也許那是變形蟲引起的痢疾混合瘧疾復發。」她推想，「但不管是什麼，已經在他身體裡了，不管我做或不做什麼都無法改變結果。」她無論如何不想覺得有責任，在這關頭太難以承受了。實際上，她認為自己承受得相當好。她回想戰爭期間的恐怖故事，故事裡的道德規則永遠變成：「在壓力時刻來臨前，人們永遠不知道一個人的本質；最膽怯的人往往在最後變成最勇敢的人。」她尋思自己是否勇敢，或者只是放棄。還是怯懦，她對自己補充。那也是有可能的，並且永遠都沒有辦法知道。波特絕不可能告訴她，因為他知道的比她還少，如果她照護他，讓他從這個不知道是什麼的病中康復，他無疑地會說她很

9 馬克・克羅斯（Mark Cross），一八四五年成立於美國波士頓的皮包公司。卡朗（Caron），法國的香水品牌。赫蓮娜・魯賓斯坦（Helena Rubinstein），一九〇二年創立於澳洲的化妝品公司。

勇敢、是個烈士，還有許多其他的，但那是出於感激。然後她納悶自己為何想知道這個——此時這似乎是個相當無聊的想法。

卡車轟隆隆不停地往前走。幸好後面是完全開放的，否則排出來的煙會很令人討厭。事實上，她偶然會聞到一陣明顯的臭味，但下一個瞬間又在夜晚寒冷的空氣中消散了。月亮落了下來，星星掛在天上，她不知道到底多晚了。引擎的噪音蓋過前座司機和技工不知道在講些什麼的對話，也讓她無法跟他們交談。她把手臂放在波特的腰際，緊緊地抱著他取暖。「不管他得了什麼病，他的呼吸都離我很遙遠。」她想。睡著的時候，她把腿埋在袋子下面保持溫暖；它們的重量有時會驚醒她，但她寧願選擇壓力不要寒冷。她用一些空袋子覆蓋波特的腿，那是很長的一夜。

22

他躺在卡車後面，凱特為他禦寒時，三不五時地會意識到下方的筆直道路。過去幾個禮拜的曲折道路顯得陌生，從他的記憶中淡去；這是一條精確、不離正道、通往內陸沙漠的路線，現在他非常接近中心了。

不知道有多少次，嫉妒他生活的朋友這樣對他說：「你的生活是如此簡單。」「你的生活似乎永遠都是直線進行。」每次他們說這些話，他都聽到裡面隱含的指摘：在光禿禿的平原上建築一條筆直道路一點都不難。他覺得他們真正想說的是：「你選擇了最容易的領域。」但如果他們選擇在自己的道路設下障礙——顯然他們是如此做，用各種不必要的原則拖累自己——那麼，反對他簡化自己的生活實在毫無理由。因此，他往往會帶著某種程度的慍怒說：「每個人都創造自己想要的生活，不是嗎？」好像話題就到此為止一樣。

入境時移民官員對於他在文件上的職業欄留空（跟之前他在護照上做的一樣）並不滿意（那本護照，也就是能證明他存在的官方證據，正在後方沙漠的某個地方追趕著他！）。他們說：「當然，先生您有個什麼工作。」凱特看出他就要爭辯起這個論點，迅速插嘴：「啊，是的，他是個作家，但很謙虛。」他們大笑，在空格內填上「作家」，並說希望他在撒哈拉可以找到靈感。有那麼一會兒，他對他們堅持安一個標籤給自己的頑固感到惱火，一種身分；然後過了幾小時，自己真的在寫一本書的想法逗得他很愉快。一本日記，每天晚上寫下當日所思，仔細地以當地色彩調味，從一開始就提出命題的絕對真理，亦即有無的差異是不重要的，應該清楚而冷靜地論證。他甚至沒對凱特提過這個想法；她絕對會全力扼殺它。自從父親死後，他就不曾鑽研過任何事，因為已經不必要了，但凱特始終抱持他總會再度開始寫作的希望——不管寫些什麼，只要開始寫。「他工作時讓人比較可以忍受。」她如此對其他人解釋，這絕不完全是在開玩笑。當他難得跟母親見面時，她也會說：「你真的在工作嗎？」然後用悲傷的大眼睛望著他。他會回答：「沒有。」然後無禮地回望她。就在他們搭計程車到旅館去的路上，唐納看著悲慘的街道，說：「真是個地獄啊！」他心想凱特一定會對這樣的期望欣喜若狂。一定要祕密進行——這是讓他能夠開始的唯一方法。但之後他在旅館安頓下來，開始他們在愛克慕諾舒咖啡館的小小咖啡生活模式，就沒什麼好寫的了——他無法在腦袋中建立起日常生活中荒謬之雞毛蒜皮小事和嚴肅之書寫文字工作間的關聯，他認為可能是唐納讓他無法完全自在。唐納的存在創造了一種情境，不管多麼微不足道，都讓他無法進入一種他以為必要的反省狀態，只要他還在自己的生活中，波特就無法書寫。一件事結束，另一件事就開始了，即使只要求他以最小程度參與其中，都足以讓寫作變得不可能。但那還好，他不會寫得好，所以也不會從中得到樂趣，就算他可能寫出好作品，又有多少人知道呢？加快腳步進入沙漠，不留一點痕跡是無所謂的。

他突然想起他們是在前往艾爾加旅館的路上，這是第二夜了，而他們還沒到；其中必有什麼矛盾，他知道，但沒有力氣找出來。偶爾他會感到高燒在體內肆虐，一個分離的實體；這給他一種棒球選手揮動手臂、準備投球的形象。而他是那個球，一圈又一圈地旋轉，被拋入空中，過了一會兒消失在飛行中。

他們站在他的上方，有一段很長的爭論，而他非常疲倦。凱特是其中一人，另一個是士兵，他們在講話，但所說的內容沒有什麼意義，他讓他們繼續站著，重新陷入自己的神遊之虛。

「在西迪貝勒阿巴斯[10]的這一邊，他到哪裡去都一樣。」士兵說：「得了傷寒，即使在醫院裡，你也只能設法退燒，然後等待。斯巴這裡幾乎沒有藥，但這些——」他指了指一管倒過來放在床邊的藥丸，「會讓體溫降下來，已經很了不起了。」

凱特沒看他。「腹膜炎呢？」她低聲說。

布洛薩上尉皺起眉頭。「別把事情搞複雜了，夫人。」他嚴厲地說：「就算沒有那個也夠糟了，是的，腹膜炎、肺炎、心跳停止，誰知道呢？還有你，也一樣，也許你得了盧奇歐尼夫人好心警告過你的、艾爾加有名的腦膜炎，當然！還有現在這當下斯巴可能就有五十個霍亂病例，就算有我也不會告訴你。」

「為何不？」她問，終於抬起頭來。

「一點用都沒有。此外，還會降低你的鬥志。不，不，我會隔離病患，採取防止疾病擴散的措施，就這樣，我們現在手裡的就夠了，這裡有個人得了傷寒，我們必須退燒，就這樣。這

10　西迪貝勒阿巴斯（Sidi-bel-Abbès），位於阿爾及利亞北部，西迪貝勒阿巴斯省首府，為重要商業中心，一九三一至一九六一年，法國外籍兵團總部設於此地。在本書中簡稱為「斯巴」（Sbâ）。

些他得了腹膜炎，你得了腦膜炎的故事，我一點興趣都沒有。你必須實際點，夫人，如果你在外面遊蕩，會對所有人造成傷害。只要每兩小時讓他吃藥，試著盡可能讓他喝下大量的湯，廚師的名字叫齊娜，謹慎些，三不五時跟她到廚房去，確認火還燒著，上面有一大鍋隨時備好的熱湯。齊娜很偉大，她已經為我們煮了十二年的飯，但你得盯著所有當地人，永遠，他們很容易忘記事情。現在，夫人，請容我告退，我要回去工作了，今天下午會有個人把我答應從自家借給你的床墊拿來，毫無疑問，不會非常舒服，但你能期待什麼？你畢竟是在斯巴，不是巴黎。」他轉向門口。「最後，夫人，勇敢起來！」他說道，再度皺起眉頭，然後走了出去。

凱特站著不動，慢慢環視這個空蕩蕩的小房間，門在一邊，一個窗戶在另一邊，波特躺在快要散掉的小床上，面向牆壁，呼吸均勻，被單拉到頭上。這個房間是斯巴的醫院，裡面有這個城鎮上唯一的空床，還有真正的被單和毯子，波特可以躺上去，只因為現在軍隊裡沒有任何一個成員生病。外面有一面泥牆擋住半扇窗戶，但令人痛苦的光線還是從另一半傾瀉而入。她拿出上尉給她用的另一張被單，折成跟窗戶相同大小的方塊，從波特的行李中拿出一盒圖釘，把沒被擋住的地方遮起來。即使她站在窗邊，也為此處的死寂感到震驚，她會以為在千哩之內都沒有活著的生物，只有撒哈拉著名的寂靜。她懷疑隨著時間過去，每次呼吸是否還會像現在聽起來一樣大聲，她是否會習慣吞嚥口水時發出的可笑聲響，是否會像此刻一般，清楚意識到自己這樣頻繁地吞嚥口水。

「波特。」她非常輕柔地說，他沒動。她走出房間，來到外面刺目陽光下的沙地庭院，視線所及空無一人，只有熾烈的白牆、腳下靜止的沙，以及頭頂上天空的藍色深淵。她走了幾步，感到有些不舒服，回頭走進房間，裡面連張可坐的椅子都沒有——只有那張床和旁邊的小箱子。她在一個行李箱上坐下，手旁邊的把柄上吊著一個牌子，上面寫著「請帶我旅行」。這房間的外觀完全像個儲藏室，行李放在地板中央後，就沒有空間擺下他們說要拿來的床墊了，這些行李必須在角落高高堆疊起來。她看著自己的雙手，看著自己穿著蜥蜴皮淺口鞋的雙腳，房裡沒有鏡子，她走到另一個箱子那邊抓出自己的手提袋，從裡面拿了粉盒和口紅。她把粉盒打開，發現光線太暗，不夠讓她看清楚小鏡子裡的臉，所以她站在門口，緩慢而小心地化妝。

「波特。」她又呼喚了一次，跟之前一樣輕柔，他繼續呼吸。她把手提袋鎖進一個行李箱裡，看看手表，再度走到明亮的庭院去，這次戴了一副墨鏡。

堡壘俯瞰城鎮，橫跨一座很高的沙丘建造，是一連串分散的建築物，外面有一條蜿蜒的防禦土牆。這是一個獨立的城鎮，跟周遭的景色大異其趣，有全然軍事化的外觀。城門的當地守衛在她經過時饒富興味地看著她。城鎮是沙色的，在堡壘下方伸展開來，建築物都是單層樓的平頂房屋。她轉往另一個方向，繞過城牆，攀爬一小段距離直到抵達山頂。熱氣和光線讓她有些暈眩，沙一直跑進她的鞋子裡。從這個地方她可以聽見下方城鎮裡清晰、尖銳的聲音，孩子們的聲音，還有狗吠。四面八方，地球與天空的交界處，有一片朦朧、令人悸動的薄霧。

「斯巴。」她大聲說，這個名字對她毫無意義，甚至無法代表下方那些眾多、不整齊的小房子。當她回到房裡，某個人已經在地板中央留下一個巨大的白色陶瓷尿壺。波特平躺著，看著上面的天花板，把蓋著的被子推開了。

她迅速走到床邊幫他把被子蓋好，但沒辦法把他重新塞進被子裡。她量了量他的體溫，稍稍降下來了。

「這張床讓我背痛。」他突然說，有點上氣不接下氣。她退後一步檢查：床的中央嚴重下陷。

「等一下我們就來處理。」她說：「現在，乖乖把被子蓋好。」

他責備地看著她。「你不必把我當小孩一樣說話。」他說：「我還是同一個人。」

「那只是無意識的，我猜，當人生病的時候。」她說，不自在地笑著。「抱歉。」

他仍然看著她。「無論如何都不需要遷就我。」他慢慢地說，然後閉上眼睛深深嘆息。

床墊送到時，她讓負責搬來的阿拉伯人去找另一個人，他們合力把波特抬起來，躺到放在地板上的床墊去，然後她要他們把部分行李堆到床上去。阿拉伯人出去了。

「你要睡哪？」波特問。

「你旁邊的地板上。」她說。

他沒再問她。她把藥遞給他，說：「現在睡吧。」然後她走到城門去，試著跟警衛說話；

他們一點法語都不會，只是一直說：「不，小姐。」她還在跟他們比手劃腳時，布洛薩上尉在附近的門口出現，帶著一抹懷疑的眼神看著她。「你需要什麼東西嗎，夫人？」他說。

「我想找個人跟我到市場去，幫我買些毯子。」凱特說。

「啊，抱歉，夫人。」他說，「部隊裡沒有人能夠提供這項服務，而我不建議你自己去，但如果你願意，我可以從營區拿些毯子給你。」

凱特熱切地表達謝意。她回到內院，駐足注視房間的門，不想進去。「這是個監獄。」她想，「在這裡我是犯人，但要關多久？天知道。」她走進去，坐在門邊一個行李箱上盯著地板瞧。然後她站起來，打開一個旅行袋，拿出一本在出發到波塞夫前買的厚重法文小說，試著開始閱讀。當她讀到第五頁，聽到有人從庭院過來的聲音，那是個年輕的法國士兵，帶來三張駱駝毛毯。她起身站到一旁好讓他進來，說：「啊，謝謝，你人真好！」但他仍然站在門外，把手臂伸出來，要她把毯子拿走。她把它們拿起來放在腳邊，當她抬起頭時，他已經轉身離去。她瞪著他的背影一會兒，有些困惑，然後開始從她的財產中拿出許多奇怪的衣服，用來鋪在毯子下面。當她終於把床弄好，躺下來，愉快地發現這樣出人意料地舒適時，突然一股無法抗拒的睡意襲來，還要再一個半小時她才需要餵波特吃藥，她閉上雙眼，有那麼一會兒彷彿回到從艾爾加到斯巴的卡車後方。移動的感覺安撫了她，她迅速沉入夢鄉。

她感到某樣東西拂過臉龐而驚醒，她跳起來，發現天已經黑了，有人在房裡走動。「波特！」她大喊。一個女人的聲音說：「這裡，夫人。」她就站在她的正上方。某個人提著瓦斯燈安靜地穿過庭院，是一個小男孩，他走到門口，進來，把燈放在地板上。她抬起頭，看見一個壯碩的老女人，眼睛仍然十分美麗。「是齊娜。」她想，並且叫了她的名字。女人微笑了，彎腰把托盤放在凱特床邊的地上，然後走了出去。

餵波特吃東西非常困難，湯大量流到臉和脖子上。「也許明天你會想坐起來吃。」當她用手帕擦拭他的嘴時這樣說。「也許。」他無力地回應。

「噢，我的天！」她大叫。她睡過頭，早就超過該吃藥的時間。她把藥拿給他，讓他用一口溫水吞下去，他做了個鬼臉。「這水。」他說。她聞了聞玻璃水瓶，散發出氯的臭味，她誤放了兩倍的哈拉宗片。「那無害的。」她說。

她津津有味地吃著食物，齊娜是個非常好的廚師。她一邊吃飯一邊看著波特，發現他已經睡著了，這些藥丸似乎每次都有如此效果。她想在飯後去散步一下，但擔心布洛薩上尉也許會命令警衛不要讓她過去，她走進庭院裡，在裡面繞了幾圈，抬頭仰望星空。有人在堡壘的另一邊彈奏手風琴，聲音非常微弱。她回到房間，把門關上，鎖起來，脫掉衣服，躺在波特床墊旁的毯子上，把燈拉到靠近頭的地方好讀點書。但光線不夠明亮，並且晃動得非常厲害，她的眼睛開始感到痠痛，燈的味道也讓她作嘔。她不情願地吹熄火焰，房間落入深不見底的黑暗。她甚至還沒躺下就又跳起來，開始用手在地板上到處摸索尋找火柴。她把燈點亮，味道似乎比之前吹熄的時候更重了。她開口對自己說：「每兩個小時，每兩個小時。」

半夜她打著噴嚏醒來。一開始她以為是因為燈的臭味，但接著她把手放到自己的臉上，摸到皮膚上的砂礫。她用手指撫過枕頭：上面覆蓋了一層沙。然後她意識到外面的風聲，就像大海的呼嘯一樣。因為擔心吵醒波特，她試著克制就要打出來的噴嚏，但失敗了。她爬起來，房裡似乎很冷，她把波特的浴袍蓋到他身上，然後從一個箱子裡拿出兩條大手帕，把一條綁起來遮住臉的下半部，像強盜般的裝束。另一條她想在叫醒波特吃藥時幫他繫上，只要再等二十分鐘。她躺下來，因為移動毯子揚起的灰塵又打了個噴嚏，她一動也不動地躺著，傾聽狂風拍打房門發出的怒吼。

「我在這裡，在恐怖當中。」她想著，企圖誇大處境，希望說服自己最糟的狀況已經發生，已經與她同在了。但沒有用，突然颳起的風是新預兆，只跟即將來臨的時刻相連。它開始在門下發出一種奇異、動物般的聲音，如果她能放棄、放鬆、充分理解完全沒有希望就好了，但從來都無法有任何了解或確定性；即將發生的未來永遠都有不止一個的可能方向，一個人甚至無法放棄希望。風會吹，沙子會停歇，時間會以目前未能預料的某種方法帶來改變，這種改變只會是恐怖的，因為不會是現在的延續。

那一夜的後來她都醒著，定時餵波特吃藥，試著在間隔的時間內休息。每次她叫醒他，他都順從地挪動，吞下遞來的水和藥，沒有說話，甚至沒張開眼睛。

在破曉受到污染的黯淡光線下，她聽到他開始哭泣。她像觸電般地坐了起來，瞪著他躺著的角落，因為某種無法辨認的陌生情感讓她的心臟跳得很快。她聽了一會兒，認為那是憐憫，就屈身靠近他。哭泣聲機械式地傳來，像打嗝一般。激動的感覺慢慢消失，但她還是坐著，專注地傾聽兩種合在一起的聲音：房裡的哭聲與門外的風聲，兩種非人的、自然的聲音。在一個突然、短暫的安靜片刻後，她聽到他說話，非常不清楚：「凱特，凱特。」她睜大雙眼，說：「是的？」但他沒有回答。過了很久，她悄悄地滑進毯子裡睡了一會兒，當她醒來時，已經是早上了，遙遠的紅色陽光伴隨空中的細沙灑落，不停息的風似乎就要吹散無力的縷縷光線。

她起身在寒冷的房裡僵硬地移動，試著在如廁時盡量不要揚起灰塵，但灰塵厚厚地鋪滿所有東西，她意識到自己運作的功能有了缺陷——彷彿大腦中有一整塊區域都麻木了，她感覺得到那裡的缺失——一個內在的巨大盲點，但找不到它的位置，彷彿從遙遠的距離看著自己在碰觸物品和衣服時笨拙的手部動作。「必須停止。」她對自己說：「這必須停止。」但她不完全明白自己的意思，什麼都無法停止，一切都永遠繼續。

齊娜到了，全身裹在一張白色大毯子裡，把身後被強風襲擊的門用力關上，從毯子的褶縫下拿出一個小托盤，上面有一個茶壺和一只杯子。「早安，夫人，R'mleh bzef.」她邊說邊用手指著天空，然後把托盤放在床墊旁的地板上。

熱茶給了她一些力量，她一飲而盡，坐了一會兒傾聽風聲，突然她意識到沒有東西給波特吃，茶對他來說是不夠的。她決定去找齊娜，看看有沒有任何辦法幫他弄點牛奶。她走出去，站在庭院裡，呼喚：「齊娜！齊娜！」聲音因為風的怒吼變得微弱，當她屏住呼吸時，沙子在她的牙齒間摩擦。

沒有人出現。在顛躓地進出幾個壁龕般的空房間後，她發現一條通往廚房的路。齊娜蹲坐在地板上，但凱特無法讓她明白自己要的是什麼，那個老女人以手勢表示她等一下會去請布洛薩上尉到房間去。凱特回到半昏暗的房裡，躺在她的地鋪上，一邊咳嗽，一邊把從臉上跑到眼睛裡的沙揉掉，波特還在睡。

上尉進來時她自己也快睡著了。他把遮在臉上的駱駝毛斗篷帽放下，抖一抖，然後把身後的門關上，瞇起眼睛環視黯淡的房間。凱特站起來，進行了一場如預期中有關病人狀況的答詢，但當她向他問及牛奶時，他只同情地看著她。所有罐裝牛奶都是定量配給，而且只給養育嬰兒的女人。「何況羊奶總是酸敗且不能喝的。」他補充。對凱特來說，每次當他看著她，彷彿都在懷疑她懷抱著祕密或引人非難的目的，從他指控眼光中所帶來的憤怒，讓她恢復了一些已經失去的現實感。「我敢確定他不是用那樣的眼光看著所有人。」她想，「那為何是我？媽的！」但她知道只能全然依賴這個人，因此不能任性透露這些反應讓他知道。她站著，試著讓自己看起來很無助，同時右手以一種憐憫的姿勢放在波特頭上，希望上尉的心或許能因此而被打動，她堅信他可以拿到所有她要的罐裝牛奶，只要他願意。

「總之牛奶對你的丈夫是完全沒必要的，夫人。」他冷冰冰地說：「我吩咐的湯已經足夠了，並且更容易消化，我會叫齊娜馬上拿一碗來。」他走了出去。捲起狂沙的風仍怒吼著。

凱特整天都在看書，以及記得按時讓波特服藥和吃東西。他完全不想說話，也許是因為沒有力氣。當她沉入書鄉，有時會忘掉這個房間、這種狀況幾分鐘，然而當她抬起頭來再度想起，就彷彿被甩了一巴掌一樣。有一度她幾乎笑了出來，一切彷彿如此荒謬而不可能。「斯巴。」她說，把母音拖長，聽起來好像羊叫。

接近傍晚時，她對書厭倦了，在床上伸著懶腰，小心地，以免吵到波特。當她轉向他，生氣而吃驚地發現他的眼睛張開，從數吋之遙的被子裡看著她。這感覺如此劇烈而不愉快，她跳了起來，瞪著他，用一種不自然的關心語調說：「你覺得如何？」他微微蹙眉，但沒有回答。她遲疑地追問：「你覺得藥有效嗎？至少它們好像可以退一點燒。」然後，萬分意外地，他回答了，用一種虛弱但清楚的聲音。「我病得很重。」他慢慢地說：「我不知道我還回不回得來。」

「回來？」她愚蠢地說，然後輕拍他發燙的額頭，當她說出這些話的時候，對自己感到作嘔：「你會好的。」

突然她決定在天黑之前必須離開房間一下——幾分鐘也好，轉換一下氣氛。她等他閉上雙眼，然後因為害怕它們再度張開，她一眼都沒有看他，就迅速站起來，走進外面的風裡。風似乎已經稍微轉向，空中的沙比較少了，即使如此，她還是感到沙粒打在臉頰上的刺痛。她迅速從高高的泥門下走出去，看都不看守衛一眼，抵達道路時也沒有停下來，繼續往下前進，直到進入通往市場的街道。下面的風比較沒那麼明顯，除了一個隨便躺著、完全包裹在連帽斗篷下、不動的形體之外，道路是空的。她踩著街上柔軟的沙前進，遙遠的太陽迅速沉入前面岩漠的後方，牆壁和拱門染上黃昏的玫瑰色調。她對自己屈服於焦躁不耐而離開房間感到有點羞愧，但她趕走這樣的情緒，和自己爭論說，護士就像所有人一樣，偶爾也必須休息。

她來到市場，一個寬闊、方正的廣場，四面圍著灰泥拱廊，不管她轉頭朝哪個方向，都看到無數清一色的拱門。一些駱駝躺在中央發出哼哼聲，幾處棕櫚枝的火堆燃燒著，但商人和他們的商品都不在，然後她聽見從鎮上三個不同的地方傳來宣禮員宣告祈禱的召喚，看到人們離去開始晚禱。她穿過市場，晃進一條小街，那邊的土屋在夕陽餘暉下呈現橘色，小商店的門都關了——只有一個除外。她在門前停了一會兒，茫然地往裡面看，一個戴著貝雷帽的男人蜷縮在地板中央的小火堆旁，手指張開，幾乎都要伸進火焰裡了。他抬頭瞥見她，然後站起來，走到門邊。「請進，夫人。」他說道，比了一個很大的手勢。因為沒有別的事情可做，她進去了。那是間很小的店，黑暗中她可以看到貨架上放了幾捆白色布料，他裝上一盞瓦斯燈，用一支火柴點燃噴口，看著劇烈的火焰冒出來。「道伍德．佐瑟夫。」他伸出一隻手這樣說。她微微感到驚訝，出於某種原因，她以為他是法國人，當然不是斯巴當地人，她坐在他拿來的凳子上，談了幾分鐘的話。他的法語十分流利，帶著一種淡淡的責備語氣。她突然意識到他是猶太人，她問他；他看起來對這個問題既驚訝又開心，「當然。」他說：「祈禱時間我還繼續開店，之後總會有一些客人。」他們談論了身為猶太人在斯巴遭遇的困難，然後她發現自己正在向他傾訴所面臨的困境，波特孤伶伶一個人躺在軍隊營區。他靠在她頭頂的櫃檯上，她感受到他深色的雙眼閃耀同情的目光。即使是這麼模糊、無法確定的感覺，也讓她首度發現此地極度缺乏的情操是人文關懷，而她是多麼強烈地想念這件事，即使從未意識到自己想念它。所以她一直不停說著，甚至講到自己對預兆的感受。她突然停住嘴，帶著一點恐懼注視他，然後笑了；但他非常嚴肅，似乎很了解她。「是的，是的。」他說，沉思地撫著自己沒有鬍子的下巴。「關於那些，你是對的。」

邏輯上她不該覺得這樣的陳述令人感到放心，但他同意自己的事實讓她得到美妙的安慰。他繼續說：「你犯的錯是恐懼，這是個很大的錯誤。徵兆是為了我們好而出現，不是要危害我們。但你害怕時，會錯誤解讀，並且在好事該出現的地方做出壞事。」

「我是害怕。」凱特抗議，「我要怎麼改變？那是不可能的。」

他看著她搖頭。「那不是活著的方式。」他說。

「我知道。」她悲傷地說。

一個阿拉伯人進入店裡，問候她，然後買了一包菸。當他走出門時，轉身在門內的地上吐口水，然後輕蔑地甩了一下肩膀上的連帽斗篷，大步離開。凱特看著道伍德．佐瑟夫。

「他是故意吐口水的嗎？」她問他。

他笑了。「是，不是，誰知道呢？我被這樣吐口水不知道幾千次了，現在當這種事情發生，我都看不到了。你看！你該當個在斯巴的猶太人，就會學到如何不害怕！至少你會學到不怕上帝，你會發現即使在上帝最令人敬畏的時候，也絕不殘酷，但人類就會。」

突然間他說的話聽起來十分荒謬，她站起來，撫平裙子，說她得走了。

「等一下。」他說，走進一個簾子後面的房間，不一會兒帶著一個小包裹回來，在櫃檯後面，他恢復了小店商人無名無姓的樣子。他把包裹遞給她，悄聲說：「你說你想給丈夫一點牛奶，這裡有兩罐，是我們孩子的配給。」他舉起手，不讓她打斷他。「但他出生就死了，上週，太快了，明年如果我們生另一個，會有更多的。」

看到凱特痛苦的表情，他笑了。「我答應你，」他說：「只要我太太一知道，我就去申請配給券，不麻煩的。去吧！你現在有什麼好怕的？」她還站著凝視他，他拿起包裹，再次用一種決斷的樣子遞給她，她無意識地接下來。「這就是那種一個人無法用言語來描述自己感受的時刻。」她對自己說。她向他道謝，說自己的丈夫一定會非常高興，希望過幾天他們就能見面，然後走了出去。隨著夜色降臨，風稍微變大了，她一邊發抖，一邊爬上通往堡壘的山丘。

回到房裡，她做的第一件事情是點起燈，然後測量波特的體溫，她驚恐地發現溫度變高了，藥已經失效。他看著她，閃耀的眼睛裡有不尋常的表情。

「今天是我的生日。」他喃喃地說。

「不，不是的。」她尖銳地說，然後想了一下，以偽裝的興趣問：「是嗎？真的嗎？」

「是的，我一直在期待這天。」

她沒有問他是什麼意思，他繼續說：「外面漂亮嗎？」

「不。」

「我真希望你會說是的。」

「為什麼？」

「我希望外面是漂亮的。」

「我想你可以說它是漂亮的，只是在那裡行走有點不舒服。」

「啊，好吧，我們沒有出去融入其中。」他說。

這段對話的平靜安詳樣子，讓稍後他因為瞬間傾瀉而出的痛苦所引發的呻吟聲變得更令人毛骨悚然。「怎麼了？」她激動地大叫，但他聽不見。她跪在自己的墊子上看著他，無法決定該怎麼做。他慢慢安靜下來，但沒有睜開雙眼。她檢查了一會兒被單下那沒有生氣的身體，隨著急促的呼吸上下起伏。「他已經不成人形了。」她對自己說。疾病把人降到基本狀態：一個化學過程持續進行的洩殖腔，不自主、無意義的支配權。在她身邊展開的，是終極的禁忌，超越任何理性，無助而令人恐懼。她忍住一股瞬間湧上的噁心感。

有人在敲門：是齊娜，端來波特的湯，還有一盤給她的蒸粗麥粉。凱特表示希望請她餵病人，老女人似乎很高興，開始試著哄騙他坐好，除了他的呼吸稍微變快外，沒有任何反應。她既有耐性又固執，但徒勞無功。凱特要她把湯拿走，決定如果等一下他想補充營養，她要打開一罐牛奶，混著熱水餵他。

風又吹了起來，但不猛烈，並且從另一個方向來，斷斷續續地在窗戶旁的隙縫呻吟，遮蓋的被單不時被吹動。凱特盯著燈裡閃爍的白色火焰，試著克服跑出房間的強烈欲望。已經不再是她慣於感受的恐懼了——是一種不斷增加的厭惡情緒。

但她一動也不動地躺著，自責地想著：「如果我感覺不到對他的責任，至少我可以表現出好像有的樣子。」同時在她的靜止不動中有一種自我懲罰的氣味。「就算睡著了也不准移動你的腳，我希望你會感到疼痛。」時間過去，風低吼著，彷彿表達想要進房來的意願，風聲忽高忽低，但從未真正停止。波特發出一個突如其來的深深嘆息，並且在床墊上挪動身體，令人難以置信地，他開始說話。

「凱特。」他的聲音虛弱，但絕非扭曲。她屏住呼吸，彷彿最小的動作都可能扯斷將他繫於理性的線。

「凱特。」

「是的。」

「我一直嘗試回來，這裡。」他的眼睛仍然閉著。

「是的——」

「現在我回來了。」

「是的！」

「我想跟你說話，這裡沒有別人嗎？」

「沒有，沒有！」

「門鎖起來了嗎？」

「我不知道。」她說，跳起來鎖上門，回到她的小床上，全都在一瞬間做好。「好了，鎖上了。」

「我想跟你說話。」

她不知道該說什麼。她說：「我很高興。」

「我想說的好多，我不知道有哪些，已經全都忘記了。」

她輕拍他的手。「總是這樣的。」

他安靜地躺了一會兒。

「你想來點熱牛奶嗎？」她開心地說。

他看起來幾乎要發狂了。「我不覺得還有時間，我不知道。」

「我幫你弄。」她宣布，站起身來，很高興就要自由了。

「請留下來。」

她重新躺下，喃喃地說：「「我很高興你好多了，你不知道聽你說話讓我感覺多麼不同。我都要發瘋了，連一個人都沒有——」她停了下來，感到歇斯底里的氣勢又在背後增強，但波特似乎沒聽見她說的。

「請留在這裡。」他重複，手不確定地沿著床單移動，她知道是在找她的手，但無法讓自己伸出手來讓他握住她，同時她意識到自己的拒絕，淚水蒙上雙眼——同情波特的淚水，但她還是沒動。

他又嘆了一口氣。「我病得很重，感覺很糟。沒有該感到害怕的理由，但我很怕。有時候我不在這裡，我不喜歡那樣，因為那時候我既遙遠又孤單，沒人能到那裡去，太遠了，我只有自己一個人。」

她想制止他，但在這些傾瀉而出的安靜話語背後，她聽出延緩一些時間的乞求。「請留在這裡。」她沒有力氣制止他，除非站起來走動；但他說的話讓她痛苦，就像聽他回憶那些夢境——甚至更糟。

「如此孤獨，我甚至無法想起不孤獨是什麼。」他說著，他的體溫一定升高了。「我甚至無法想起，如果世界上還有其他人存在會是什麼樣子。當我在那裡時，就想不起在這裡的事；只是非常害怕，但在這裡，我卻還記得那種感覺，真希望我可以不要記得，同時變成兩種東西真是太糟了，你懂的，對吧？」他的手拚命搜尋她的。「你懂嗎？你懂那有多糟嗎？你必須懂。」她讓他握住自己的手，放在他的嘴上。他以一種驚嚇她的可怕熱情，用粗糙的唇親吻她的手，她感到背後汗毛直豎，全身僵硬。她看著他的唇在自己的關節上張開又閉上，感覺手指上灼熱的呼吸。

「凱特，凱特，我很害怕，但不只那樣，凱特！這些年來我都是為了你而活，我以前不明白，現在知道了。我真的知道了！但現在你要走了。」他想翻過身來躺在她懷裡，更加用力地握緊她的手。

「我沒有！」她大叫。

他的腿在痙攣。

「我就在這裡！」她吼道，甚至比他更大聲。她試著想像對他來說，自己的聲音聽起來像是在他通往混沌的黑暗廳堂中盤旋下降。當他安靜片刻、劇烈呼吸的時候，她開始想：「他說不只是害怕，但不是這樣，他從來不曾為我而活，從來沒有，從來沒有。」她抓住這個想法，但又同時強烈希望將之逐出腦海，所以不一會兒她發現自己全身肌肉緊繃、腦袋空白地躺著，傾聽風聲無意義的獨白。如此狀況持續了一會兒，她沒有放鬆，然後試著慢慢地把手從波特絕望的緊握中抽出來。這時身邊突然出現一個劇烈動作，她轉身看到他半坐了起來。

「波特！」她大叫，勉強自己起身，把手放在他的肩膀上。「你得躺下來！」她使盡全力；他絲毫不動，眼睛張開看著她。「波特！」她又用不同的聲音大叫一次，他舉起一隻手抓住她的手臂。

「但是，凱特。」他輕輕地說，他們看著彼此。她的頭微微地動了一下，俯在他的胸口。他低頭看著她，她第一次哭了起來，第一次為其他人敞開心房。他再次閉上眼睛，有那麼一會兒，他有了全世界都在自己手臂中的幻覺——一個只有熱帶、遭受暴風雨侵襲的溫暖世界。「不，不，不，不，不，不。」他說，那是他唯一有力氣說出來的話。但即使他能多說些什麼，仍然只是：「不，不，不，不。」

她在他懷裡所哀悼的，並非只是此生的損失，但這占很大一部分。重要的是，還有一部分是她清楚了解的他個人的極限，而她的認知增強了苦澀。目前在她心中，比起為了浪費的年歲而哭泣還更深刻的是，一股如同鬼魅般的恐懼完全成形、擴大。她抬起頭來，溫柔而驚恐地看著他，他的頭掉到一邊，眼睛閉了起來。她把手臂環在他的脖子上，親吻額頭好幾次，然後半拖半哄地，把他弄回床上蓋上被子。她讓他吃了藥，安靜地脫下衣服，面對著他躺下來，讓燈繼續點著，這樣即使睡著了還是看得到他。窗邊的風吹著，彷彿在慶祝她因為孤獨而達到新高的憂鬱感受。

23

「再添點木頭！」中尉大吼，看著火焰正在熄滅的壁爐。但阿曼拒絕浪費木材，抱來一小堆細瘦、多節的樹枝。他還記得母親和姊姊必須在遠遠早於破曉時分起床的那些寒冷早晨，早起是為了穿越高大的沙丘前往哈西．摩克塔；他還記得她們回來時太陽已經快要下山，當她們背著壓彎了腰的重物進入庭院時，臉上的皺紋帶著疲倦。中尉常常把他姊姊要花上一天才能撿拾到的木材量丟進火裡，但他不會這樣做：他總是苛刻著用。中尉相當清楚這只是阿曼的反抗，他將之視為愚蠢但無可改變的怪癖。

「他是個古怪的孩子。」達馬尼亞克中尉一邊說，一邊啜飲苦艾黑醋栗調酒。「但既誠實又忠心，這是你希望僕人擁有的首要特質，只要他有這些特質，即使愚笨頑固也是可接受的。無論如何這都不是說阿曼笨，有時候他的直覺比我還強。以你朋友的例子來說，上次他到我家來拜訪，我邀請他和他妻子來吃晚餐，我說會派阿曼去通知他日期，那時我病了，我想我的廚師想毒死我，我在說的你都懂嗎，先生？」

「是的，是的。」唐納說，他的法語聽力比說的好，理解中尉談話沒什麼困難。

「你朋友離開後，阿曼告訴我：『他絕對不會來。』我說：『胡說，他一定會，而且跟他妻子一起。』『不。』阿曼說：『我看他臉色就知道，他根本不想來。』你看他是對的。就在當晚，他們兩個一起往艾爾加去了，第二天我才聽說，非常令人驚訝，不是嗎？」

「是的。」唐納又說了一次，他傾身向前坐在椅子上，手放在膝頭，看起來很嚴肅。

「啊，是的。」東道主伸了個懶腰，站起來把更多木頭丟進火裡。「令人驚訝的民族，阿拉伯人，當然這裡大量混合了蘇丹人，從奴隸時期開始——」

唐納打斷他。「但你說現在他們不在艾爾加？」

「你的朋友？不在。如同我跟你說的，他們到斯巴去了。那邊的部隊指揮官是布洛薩上尉，就是他打電報通知我關於傷寒這件事。你會發現他話不多，但是個好人，只是撒哈拉不適合他，某些人適合，某些人則不。例如我，我在這裡就如魚得水。」

唐納又打斷他。「你覺得我多久之後可以到達斯巴？」

中尉放肆地大笑。「你很急！但有人得了傷寒，一點都不用急，還要過幾個禮拜，你朋友才會有力氣在意能否見到你，現在他也不會需要護照！所以你可以慢慢來。」他對這個美國人感到親切，比起第一個更討他喜歡。第一個看起來鬼鬼祟祟的，讓他有點不自在（但也許這個印象是他自己當時的心靈狀態）。無論如何，儘管唐納顯然急於離開布努拿城，但他認為他是個會有共鳴的朋友，希望能說服他多留一會兒。

「你會留下來吃晚餐嗎？」中尉說。

「噢。」唐納心煩意亂地說：「非常感謝。」

首先是這個房間。什麼都無法改變這個堅硬小殼的存在，它白色的灰泥牆，微微拱起的天花板，混凝土地板和釘了一塊被單在上面的窗戶，被單摺了好幾層以擋住陽光。什麼都無法改變它，因為這些都已經在這個房間裡了，這個房間和他躺著的床墊。有時一陣清晰的思緒傾瀉而下，他張開雙眼，察看哪些東西真的存在，理解自己真正身處何處。他牢牢記住牆壁、天花板和地板，這樣下次可以找到回來的路。這世界上還有許多其他地方、時光之河中還有許多片刻等待他的探訪，他完全無法確定回來的路是不是真的存在。計數是不可能的，他已經躺在這個炙熱的床墊上幾小時？他已經看到多少次凱特躺在身邊的地板上，他發出一個聲音，她轉過身來，站起來，走到他身邊給他水喝——那些他無法言說的事，即使他想親口詢問，腦袋也被相差甚遠的問題盤據。有時候他大聲說話，但這並不令人滿足，似乎更遏制了思緒的自然發展。它們從嘴裡逸出，而他始終無法確定是不是用了正確的話語表達。現在話語變得更加鮮活而難以掌握；狀況嚴重到凱特似乎聽不懂他說的話。它們像風吹進這個房間一般鑽入他的腦袋，吹熄了在黑暗中成形、脆弱的意念之火，他逐漸不在思考中使用話語，過程變得更加多變了；他跟著思考的路徑，因為被綑縛在後，那道路經常是令人暈眩的，但他無法放手。景色完全沒有重複；一直出現新的領域，危機不斷增加。緩慢而殘酷地，沒有那麼多不同的面向，能夠移動的方向變少，這不是個清楚的歷程，而且沒有什麼絕對的事，讓他可以說：「現在事情已經結束了。」他已經目睹兩種不同方向刻意、惡意結合的時刻，彷彿在對他說：「試著分辨哪個是哪個啊！」他的反應總是相同的：存在於生命外部的一種感覺趕往內部以自我保護，當一個人緩慢地轉動萬花筒、圖形的碎片急速往中心掉落時，有時會看到相同的活動。但是中心！有時候它是巨大、痛苦、粗鄙而虛妄的，從圖形的一端延伸到另一端，分不出來在哪裡；無所不在。有時它會消失，另一個中心，真實的那一個，燃燒著的小黑點，會恰如其分地在其位置上，動也不動，尖銳、堅硬、遙遠地令人難以置信。兩個中心他都稱為「那個」，他能分辨其中的區別，還有哪個是真的，因為當他真正回到房間的短短幾分鐘，他看到房間、看到凱特，並且對自己說：「我在斯巴。」他可以記得有兩個中心以及當中的區別，即使兩者都讓他痛恨——他知道只有在「那裡」的那個是真的，另一個則是假的、假的、假的。

那是被放逐於世界之外的一種存在，他從未見過人類的臉孔或形體，甚至連動物都沒有；沿途沒有熟悉的事物，腳下沒有土地，頭頂沒有天空，然而空間中充滿了事物。有時候他看得見它們，同時又知道事實上只是能聽見的聲音。有時它們完全靜止不動，像是一張印刷品，他感覺得到背面那些無形的可怕動作，因為孤身一人，對他而言這是個凶兆。有時他用手指可以觸摸得到，但同時它們又從他的嘴裡湧入，這些都十分熟悉而恐怖——不可改變的存在，不可質疑，必須承受，他從沒想過要喊出聲。

第二天早上，燈還亮著，風已經停了，她無法叫醒他吃藥。她就著他半張的嘴量了體溫，升高很多。她衝出去找布洛薩上尉，把他帶到床邊，他不做任何表示，試著消除她的疑慮，但沒給她任何保持希望的理由。她整天都以一種絕望的態度坐在自己的床沿，不時看著波特，聽他吃力的呼吸聲，看著他因為體內的劇痛而扭曲；齊娜也無法用食物打動她。

到了晚上，齊娜對布洛薩上尉報告說那位美國女士仍然不肯吃東西，他採取了一個簡單的行動方案。他到那房間去，敲一敲門，過了一會兒他聽到凱特說：「是誰？」然後把門打開，她沒有把燈點起來，身後的房間一片漆黑。

「是你嗎，夫人？」他試著讓自己的聲音聽起來和藹可親。

「是的。」

「你能跟我過來一下嗎？我得跟你談一談。」

她跟著他穿過好幾個院子，進入一個明亮的房間，一個熾烈的壁爐在一角熊熊燃燒，許多當地生產的毛毯鋪滿了牆壁、長沙發椅和地板。房間比較遠的那端有個小吧檯，一個戴著潔白纏頭巾、穿著夾克的高個蘇丹黑人守在那裡，上尉冷淡地對她比了個手勢。

「要喝些什麼嗎？」

「噢，不了，謝謝你。」

「一些開胃酒。」

凱特仍因燈光眨著眼。「我沒辦法。」她說。
「你要跟我喝杯沁札諾苦艾酒。」他對酒保打了個手勢。「兩杯沁札諾。過來，過來，坐下，求求你，我不會耽擱你太久的。」
凱特照做了，拿起托盤上的杯子。酒的味道讓她愉快，但她不想感到愉快，不想脫離自己的無動於衷。此外，她仍然意識到，當上尉看著自己時眼裡閃爍著懷疑的奇怪光芒。他坐著，一邊審視她的臉一邊喝酒：即將判斷她不完全是第一次碰面時他以為的身分，也許她終究真的是那病人的妻子。
「做為部隊指揮官。」他說：「我或多或少得清查經過斯巴的人的身份，當然來的人非常稀少。當然，很抱歉必須在這時候麻煩你，只是要看一下你們的身分證件。阿里！」酒保靜靜走向他們的座位，重新把酒斟滿，凱特停了一會兒沒有回答，開胃酒讓她餓壞了。
「我有護照。」
「太好了，明天我會派人把兩本都拿來，一小時之內就會還給你。」
「我丈夫的遺失了，只能給你我的。」
「看吧！」上尉大叫，這樣的話正如他所預料。他很憤怒，但同時又因為自己的第一印象是正確的而感到某種滿足，禁止屬下接近她是多麼正確啊。他預料的就是這類的事，只除了一般而言，在這種例子中通常難以取得的是女人的證件，而非男人的。

「夫人。」他說，身體從椅子上往前傾。「請了解我對刺探純粹私人事務完全沒興趣，只是一個手續，但必須完成。兩本護照我都要看，上面的名字對我來說完全無關緊要，但兩個人，兩本護照，沒有嗎？除非你們兩本合在一起。」

凱特以為他沒聽懂她說的。「我丈夫的護照在愛恩克拉法被偷了。」

他遲疑了。「我得呈報這件事，當然，對地區司令呈報。」他站起身來，「你們自己在事情發生時就該立刻報案了。」他已經要僕人幫凱特在餐桌上準備一個位置，但現在他不想跟她一起吃飯了。

「噢，我們有的，布努拿城的達馬尼亞克中尉知道一切。」凱特說，把杯裡的酒喝完。「請問我能抽根菸嗎？」他給她一根切斯特菲爾德，幫她點起來，看著她吞雲吐霧。「我的香菸都抽完了。」她微笑，眼睛盯著他手上的那包菸。她感到好多了，但體內飢餓的魔爪每分鐘都更形深入。上尉什麼都沒說。她繼續：「達馬尼亞克中尉盡其所能幫忙我丈夫，並且從邁薩德把它拿回來。」

上尉對她所說的，一個字都不相信，他認為那是一場極佳的謊言，他堅信她不光是投機的女人，還是個真正可疑的角色。「我明白了。」他說，看著腳下的地毯。「非常好，夫人，我不耽擱你了。」

她站起來。

「明天給我你的護照，我會準備我的報告，然後看看結果如何。」他陪同她回房，回來自己一個人用餐，對於她堅持嘗試欺騙他感到非常憤怒。凱特在黑暗的房裡站了一會兒，輕輕地把門重新打開，看著他手電筒投射在沙地上的光芒消失，然後去找齊娜，她在廚房裡餵飽她。

吃完飯後，她回到房間點起燈，波特的身體扭動，臉上掛著對突然亮光的抗議。她把燈放在行李箱後方的角落，在房間中央站了一會兒，腦袋一片空白，幾分鐘後，她拿起大衣走到庭院裡。

堡壘的屋頂是個平坦、形狀不規則的泥砌大露台，不同高度反應了腳下的崎嶇地面，在黑暗中，很難看清楚不同棟之間的坡道和階梯，雖然在外側有一道矮牆，但數不清的庭院都只是必須小心繞過的開放水井。星星的光亮足以使她不致遭受災難，她深呼吸，覺得自己更像在船上。看不到下面的城鎮——連一絲光線都沒有——但白色沙海在北方閃耀，那廣漠沙海有著凝結的漩渦狀山頂，還有一動也不動的沉默。她慢慢轉向，掃視地平線，空氣在風離去後加倍凝重，像什麼麻痺的東西一樣。不管她往哪個方向看，夜晚的景色只讓她聯想到一件事：行動不存在，連續性中斷。但當她站在那裡，突然間空虛感襲來，一股懷疑逐漸進入她的腦海：當她正看著這片景色的時候，它的某個部分正在移動。這種感覺一開始微弱，然後清楚，她抬頭看，表情痛苦，整個令人毛骨悚然的星空就在眼前斜一邊轉動。看起來如死神般死氣沉沉，卻還在移動。每秒鐘都有一顆看不見的星星在那邊的地平線上升起，另一顆則在對面殞落。她不自然地咳嗽，又開始走動，試著想起自己多麼不喜歡布洛薩上尉。即使自己如此明顯示意，他甚至沒給她一包菸。「噢，老天。」她大聲說，心想如果沒在布努拿城把最後一包球員牌香菸抽完就好了。

他睜開雙眼，房間是邪惡的，空蕩蕩的。「現在，至少，我必須對抗這個房間。」過了一會兒，他有了片刻令人暈眩的清楚思緒。他在某個地方的邊緣，在那裡，每個思緒、影像的存在都是隨意的，每樣事物彼此間的連結都被切斷了。當他努力抓住那種意識的本質時，就開始陷入其管轄，完全沒有懷疑自己已經不是完全處於外面的開放空間、再也無法保持距離進行思考。對他而言，這裡有一種未曾嘗試過的思維，不需與生命建立關聯。「思想自身。」他說——一種沒有理由的事實，像是一幅只有構圖的畫。它們又來了，開始一閃而過。他試著抓住其中一個，相信自己已經做到。「但是關於什麼的思想？是什麼？」就算到了這時候，它仍被後方簇擁而上的其他思想擠出路徑之外。他試著阻止這樣的突襲，卻感到自己的抗拒是躊躇的。他被壓垮了，掙扎著，睜開雙眼求救。「房間！房間！還在這裡！」他現在找到敵人的位置了，就在這房間的寂靜中；這房間動也不動地從四面八方監視他，讓他無法信任它。在他自己之外，就只有這房間了。他看著牆壁與地板的交界線，努力地牢記在腦海中，這樣當他必須閉上眼睛時，可以有個什麼東西讓他緊緊握住。他移動的速度和那條線沉默的靜止間有著懸殊差異，但他堅持著，好讓自己不致離開、留下來、充滿、扎根在會停留此處的東西上。一隻蜈蚣可以被碎屍萬段，但每部分都可以自行移動，每條腿甚至都彎曲著，獨立躺在地板上。

兩隻耳朵裡都有一個尖叫聲，兩個音高如此接近，共鳴的聲音就像用指甲刮過新的一角硬幣邊緣。成群的圓點在他眼前出現，那種報紙照片因為多次放大所產生的小黑點，到處是顏色較淺的凝結、顏色比較深的團塊，還有空白的小區塊。黑點慢慢變得立體，他試著遠離擴散的球形物，他大叫了嗎？他能動嗎？

耳朵裡兩個尖叫聲本來就微小的差異又繼續縮減，幾乎成為同一個聲音；現在那差距成了剃刀刀鋒，懸在每根指頭的頂端，手指就要被直直剖開。

一個僕人循著大叫聲來到美國人躺著的房間，布洛薩上尉被請了過來，他快步走到門口，猛力敲門，除了裡面持續的叫聲外，什麼回應都沒有。於是他進門，在僕人的幫忙下，成功地固定波特，為他注射一劑嗎啡。他完成這項工作之後，盛怒地環視整個房間。「那女人！」他大吼，「以老天之名，她在哪裡？」

「我不知道，上尉。」僕人說，以為這個問題是在問他。

「留在這裡，站到門旁邊去。」上尉咆哮，他決定找到凱特，然後告訴她自己對她真正的想法，如果必要，他會在門外安排一位守衛，強迫她留在房裡照料病人。他先到大門去，晚上通常都會上鎖，這樣就不需要守衛。門是敞開的。「啊，這個，就是一個好例子！」他極度憤怒地大吼，走到外面去，除了夜色之外空無一物。走進來以後，他砰地一聲把高高的大門甩上，狠狠地把門栓門起來。然後他回到病人房間裡，要僕人去拿張毯子來，命令他在那裡待到早上。然後他回到自己的住處，喝下一杯干邑白蘭地，試著在睡前平抑怒氣。

當她在屋頂來回踱步時，兩件事情同時發生。在一邊，大大的月亮迅速升到高原邊際上方；另一邊，遠處，一個幾乎聽不見的嗡嗡聲逐漸清晰，消失，然後再度出現。她傾聽著：現在聲音消失了，現在更大聲些了。如此持續了非常久，消失，之後再度出現，距離總會更接近些。現在，雖然仍很遙遠，已經完全可以分辨出那是一輛車，她可以聽見爬坡和回到平地時速度的改變。二十公里以外，他們告訴過她，你可以聽到卡車開過來的聲音。她等待著，終於，當車子似乎已經抵達鎮上，卡車朝著綠洲盤旋下坡時，她看到大燈照亮岩漠石塊的一小小部分，過了一會兒她看到兩個光點，之後消失在岩石後方一段時間，但引擎的聲音更大了。月亮每分鐘都灑下更多月光，卡車載著人到鎮上去，即使這些人只是穿著白袍的無名形體，世界卻也回到合理的範圍了。突然她希望當卡車抵達下面的市場時，自己也能出現在那邊。她匆匆走下屋頂，躡手躡腳地穿過庭院，想辦法打開厚重的門，開始跑下通往城鎮那一側的山丘。卡車在綠洲的高牆間穿梭時發出巨大聲響，當她到達清真寺對面，卡車也慢慢地進入通往城鎮的最後一個上坡。幾個衣衫襤褸的男人站在市場入口，當這輛大車轟隆隆地停了下來，只出現了一秒鐘的寧靜，接著馬上響起興奮的聲音。

她退後，看著當地人吃力地下車、不慌不忙地把行李卸下：駱駝鞍具在月光下閃耀、以條紋毯包裹的大捆不規則物件、保險箱和粗麻袋，還有兩個胖得舉步維艱的壯碩女人，她們的胸口、手臂和腿掛滿沉重的銀飾。所有這些行李，還有它們的主人，沒過多久就消失在拱廊後方的黑暗中，連聲音都聽不到了。她繞過去好看到卡車前方，在那裡，司機、技工和其他一些男人站在車燈的光線下聊天，她聽到有人在說法語，講得很糟，還有阿拉伯語。司機伸手進車子裡關掉大燈，男人們開始朝市場慢慢移動，似乎沒有人注意到她，她站在那裡一會兒，傾聽。

她大叫：「唐納！」

其中一個穿著連帽斗篷的形體停住腳步，往後跑了回來，邊跑邊呼喚：「凱特！」她跑了幾步，看到另一個男人轉過身來看；當唐納擁抱她時，她幾乎要在他的斗篷中窒息了。她以為他永遠都不會放手，但他放手了，說：「所以你們真的在這裡！」兩個人走了過來。「你在找的是這位女士嗎？」其中一個人說。「是的，是的！」唐納大叫，於是他們道了晚安。

他們獨自站在市場裡。「這真是太好了，凱特！」他說。她想說話，但她覺得如果開口，話語會變成哭泣，所以她點點頭，無意識地把他拉到清真寺旁小小的公共花園裡，她感覺十分虛弱，想要坐下。

「我的東西今天晚上鎖在卡車裡，我不知道要在哪裡過夜。老天，這一路從布努拿城過來真的是！路上爆胎三次，這些猴子似乎永遠要花上一、兩個小時才能換好一個輪胎。」他開始描述細節。他們到達花園的入口，月亮像白色太陽般閃閃發光，棕櫚樹枝像矛一般的黑色影子映在沙上，沿著花園小徑形成一種沒有變化的鮮明圖樣。

「讓我看看你！」他大叫，把她轉過來，月光照在她的臉上。「啊，可憐的凱特！那裡一定就跟地獄一樣！」他喃喃地說，當她抬頭斜視亮光，臉龐因為瞬間迸發的眼淚而扭曲。

他們坐在一個混凝土長椅上，她哭了很久，臉埋在他的膝上，摩擦斗篷粗糙的羊毛。他不時說著撫慰的話，當他發現她在發抖時，就用長袍較寬大的一邊裹住她。她憎恨鹹鹹淚水帶來的刺痛，更痛恨那當下向唐納索求安慰的恥辱感。但她無法，無法停止；她哭得愈久，就愈清楚理解這是超過她所能控制的狀況。她無法坐起身來、擦乾眼淚、嘗試將自己拉出綑縛自己的網絡。她不想繼續糾纏了，罪惡感仍強烈地存在記憶中，然而現在她所看見的，前方只有唐納等待她的信號以取得控制的願望，而她會給出信號的。即使認知到這件事，她仍然感覺到一股瀰漫的輕鬆感，無法想像自己會抗拒這件事的發生。多麼愉快啊，不必負責了——不必再決定接下來該怎麼做了！即使毫無希望，知道一個人不管是否採取任何行動，都絲毫無法改變結果——無論如何都不可能有責任，因此也不可能感到後悔，或者，最重要的，感到罪惡。她了解，仍然希望能永遠達到此種狀態是多麼荒謬，但這樣的希望從沒離開過她。

街道通往炙熱陽光閃耀的陡峭山坡，人行道上擠滿了看著商店櫥窗的行人。他覺得小街上會有買賣，但那邊的幽暗處一片黑暗。人群中有一種期待的態度滋長，他們在等著什麼，是什麼呢？他不知道。整個下午都是緊繃、猶豫、行將墜落的。上方街頭突然出現一輛大車，在太陽下閃閃發光，它搖晃著穿過山頂、爬下山丘，從一條人行道猛然轉向另一條。一陣巨大的吼叫聲從群眾中傳來，他轉身，瘋狂尋找出口。街角有個麵包店，櫥窗裡滿是蛋糕和蛋白酥餅，他沿著牆跌跌撞撞地走過去，只要能碰到門……他轉身，愣住不動。陽光從玻璃反射出耀眼光芒，當它碎裂時，他看到自己被金屬釘到石頭上。他聽到自己滑稽的叫聲，感覺被穿腸破肚。他試著倒下去、失去意識，發現自己的臉距離一排麵包只有數吋之遙，它們仍然完好無缺地放在紙張覆蓋的貨架上。

它們是一排沙漠中的泥井，但有多靠近？他分不出來。破瓦殘礫已經把他釘在地上了，在那個時刻痛楚是唯一的存在，他能竭盡的所有力量都無法讓他掙脫自己被釘著的地方，鮮血淋漓的肚腸對著天空敞開。他想像一個敵人來了，踩在他敞開的肚腹，想像自己站起來，跑過牆壁間曲折的小巷，就在小巷中往四面八方跑了幾小時，沒有門，也沒有最後的出口。天會變黑，他們會更靠近，他會無法呼吸。當他決意了，門就會出現，但當他氣喘吁吁地衝過去，會發現自己可怕的錯誤。

太遲了！只有無盡的黑牆在他前方升起，他被迫走上搖晃的鐵樓梯，知道上面，在最頂端的地方，他們等在那裡，好整以暇地拿著大石頭，等他靠得夠近就用力丟出來。當他接近頂端，就會丟下來砸中他，以全世界的重量攻擊他。被石頭打中時，他再度大叫出聲，用手覆蓋肚子以保護裂口。他停止想像，在瓦礫堆下躺著不動，不會再痛了。他睜開眼睛，閉上眼睛，只看到薄薄的天空伸展開來保護他。慢慢地，裂縫出現，天空後退，在千萬狂風的速度下，他會看到自己一直深信不疑、躲在背後的東西推進到他眼前。他的叫聲是在沙漠中伴隨他的獨立物，它持續不斷、不曾停止。

他們抵達堡壘時，月亮已經升到天空中央，他們發現大門被鎖上了。凱特握著唐納的手，抬頭望著他。「怎麼辦？」

他遲疑了一下，指了指堡壘上方的沙丘。他們慢慢地沿著沙丘往上爬，鞋裡充滿了冰冷的沙子，他們把鞋脫下來，繼續走。這裡非常明亮，每一顆沙都反射出一道來自天上的碎裂極光，他們無法肩並肩走路——最高的沙丘山脊太陡了。唐納用他的連帽斗篷蓋住凱特的肩膀，然後走在前頭，山頂比他們想像的高多了，也遠多了，最後當他們終於爬上山頂，四周都是沙海上不動的波浪。他們沒有停下腳步觀看：絕對的寧靜太過強大了，一個人一旦相信自己而僅僅投身片刻，也會陷入它難以撼動的符咒。

「下面這裡！」唐納說。

他們滑進一個月光照耀的巨大杯狀坑洞，凱特滾了下去，連帽斗篷從身上鬆脫，他得把它從沙裡挖出來，然後再爬回來。他試著把斗篷摺起來，嬉鬧地朝她丟過去，但它掉在半路上。她讓自己滾到最下面去，躺在那邊等著，當他抵達下方，就把寬大的白色衣服鋪在沙上，他們並肩躺在上面，捲起邊緣包覆身體。在山下花園裡進行的對話最後聚焦在波特身上，現在唐納看著月亮，握住她的手。

「記得我們在火車上那一晚嗎？」他說。因為她沒有回答，他害怕自己犯了策略上的錯誤，因此迅速繼續說：「我想從那晚之後連一滴雨都沒下過，整個該死的非洲。」

凱特仍然沒有回答。他提及前往波塞夫的夜車喚起犯罪的記憶，她看到昏暗的燈搖動、聞到煤炭的氣味、聽到打在窗上的雨聲。她想起誤闖滿載當地人貨車廂的混亂恐怖，然而她的思緒拒絕回想更多。

「凱特，怎麼了？」

「沒事，你知道我的，真的，沒事。」她握住他的手。

他的聲音變得有點像個父親。「他會好的，凱特，只是有一部分要仰賴你，你知道的，你得保持良好的狀態才能照顧他，你不懂嗎？如果你病了，怎麼能照顧他？」

「我知道，我知道。」她說。

「這樣的話我就要照顧兩個病人了。」

她坐起來。「我們真是偽君子，兩個都是！」她大叫，「你知道我已經離開他好幾個小時了，我們怎麼知道他是不是已經死了？他可能會孤單地死掉！我們根本就不知道，誰能阻止他呢？」

他抓住她的手臂，緊緊地握著。「現在，等一下，好嗎？我必須明確指出，問你：就算我們兩個都在他身邊，誰又能阻止他呢？誰？」他停頓一下。「如果你打算用最糟的可能性看待每件事，至少可以有一點邏輯，女孩。但他不會死，你甚至不該這樣想，那太瘋狂了。」他慢慢搖晃她的手臂，像是要搖醒一個沉睡的人一樣。「請理解早上之前你都無法回到他身邊，所以放鬆吧，試著休息一下，好嗎？」

就在他好言勸誘之際，她突然再度哭了起來，絕望地用雙臂環著他。「噢，唐納！我好愛他！」她哭泣著，抱得更緊了。「我愛他！我愛他！」

他在月光下微笑。

他的叫喊直入最後的影像：土地上鮮紅的血滴，糞便上的血。最重要的時刻，在沙漠之上的高空，當這兩個元素，血和糞便，長久以來都保持分離，終於合而為一。一顆黑色的星星出現，一個在清澈夜空中的黑點，黑點，以及通往長眠之路。伸出手，穿透遮蔽天空的纖細紋理，長眠。

24

她打開門。波特以一種奇怪的姿勢躺著，腿被床單緊緊綁住。房間的那一角落像是在影片連續畫面當中，突然定格在一張固定的照片上。她輕輕把門關好，鎖上，再度轉向那個角落，慢慢走到床墊旁。她屏住呼吸，屈身向前，看著那雙空虛的眼睛，但在她顫抖著把手伸到赤裸的胸膛上之前，在之後的瞬間她猛烈地推動那沒有生氣的軀體之前，她就已經知道了。她的手摀著臉，大叫：「不！」只有這一次，接著就沒有了。她一動也不動地站著，過了好久、好久，抬著頭，面對牆壁，身體裡的一切也靜止了；她對內在或外界都失去感覺，就算齊娜來到門口，她會否聽見敲門聲恐怕也值得懷疑，但沒有人來。下面的鎮上，一隊前往阿塔的商旅車隊開始動身離開市場，搖搖晃晃地穿過綠洲，駱駝發出哼聲，大鬍子的男性黑人安靜無聲地向前走著，腦袋裡想著在看到阿塔的城牆從岩石上升起之前，橫在前方的二十個晝夜。數百呎外，布洛薩上尉在他的臥房裡讀完雜誌上一篇散文，那是早上進來的包裹，昨夜的卡車送來的。然而，在這個房間裡，什麼都沒有。

那天早上過了很久以後，也許只是出於純粹的疲倦，她開始在房間中央繞著小圈踱步，往一邊走幾步，再往另一邊走幾步，一記很大的敲門聲打斷了此事，她站著不動，望著門。又再敲了一次，是唐納的聲音，謹慎地壓低了，說：「凱特？」她的手又摀住了臉，並且在他待在門外的那段時間都繼續這樣站著不動。現在，敲門聲變成輕柔的拍擊，接著敲得更快更緊張，然後變成激烈拍打了。當外面終於安靜無聲，她在自己的小床上坐了一會兒，不久後直直地躺下來，頭放在枕頭上，彷彿要睡了一樣。但她的眼睛仍圓睜著，定定不動地盯著上方，就跟身邊的那雙眼睛一樣。現在是一種新存在的初始時刻，一個非常奇怪的存在，她已經隱約感覺就要包圍自己的永恆元素。就像一個人瘋狂倒數讀秒一路追趕火車，喘著氣到達時火車正好離站，而他知道下一班車要好幾個小時之後才會出發，於是出現了某種時間過剩感，以及被一種變得太富有、太充裕而無處花用的瞬間感受所淹沒，因此變得虛無且漫無目標。隨著時間一點一滴流逝，她完全不想動。沒有任何思緒。現在她想不起來許多兩人之間環繞死亡概念而成的對話，也許是因為所有關於死亡的概念，跟死亡的真正來臨，兩者完全沒有共通處。她想不起來兩人如何同意一個人可以變成任何狀態，除了死亡以外，「變成」和「死亡」放在一起產生了一種矛盾。她也想不起有一度她認為波特如果比她先死，她會無法真的相信他已經死了，而是更像他以某種方式又陷入且停留在自己的內在世界，因此再也無法意識到她的存在；因此在現實中，她會是那個停止存在的人，至少就很大程度而言。她會是那個部分進入死亡境地的人，而他會繼續人生，她的內心痛苦，門關上了，一個機會無可挽回地失去。她已經完全忘記一年多前的八月午後，他們坐在槭樹下的草地，看著狂掃河谷撲向他們的暴風雨，然後死亡成為主題。波特說：「死亡總在逼近中，但你不知道它何時到達，這似乎讓它與生命的有限無關，我們所痛恨的就是如此可怕的準確性。但因為我們不知道，所以會把生命當成一座永不乾涸的井。然而所有事物都只出現一定的次數，並且很少，真的。你會想起多少次童年中某個特定的下午，某個深深成為你生命一部分的下午，如果沒有它，你甚至無法想像自己的人生？也許四或五次吧，甚至可能沒這麼多。你會看到滿月升起幾次呢？也許二十次。然而這些都看似無窮。」那時她沒有在聽，因為這個想法讓她憂傷；現在若她想起來，又彷彿離題了。她現在無法思考關於死亡的問題，因為死亡就在身邊，她的腦袋一片空白。

現在，比她空蕩蕩意識更深的地方，在心靈最深最幽暗的部分，一個意念必然已經開始醞釀了。因為傍晚時，唐納又來了，猛烈地敲著門，她起身，把手放在門把上，說：「是你嗎，唐納？」

「老天啊，你早上人在哪裡？」他大叫。

「今天晚上八點我跟你在花園碰面。」她說，盡可能壓低聲音。

「他還好嗎？」

「是的，他還是一樣。」

「很好，八點見。」他走了。

她瞥了一眼手表：五點十五分。她走到過夜旅行箱旁，開始把所有配件拿出來，一個接著一個，刷子、瓶瓶罐罐和美甲工具都被放在地上。她帶著某種極度全神貫注的氣息把其他手提箱都清空，仔細揀選服裝和物品，小心翼翼地放進小箱子裡。偶爾她會停下動作傾聽：唯一能聽到的，是她自己規律的呼吸聲，每次傾聽似乎都讓她放下心來，直接恢復不慌不忙的行動。她把護照、美國運通旅行支票和錢放進箱子兩側的側袋。不久後她走向波特的行李，在衣服堆裡搜尋了一會兒，拿著更多大把千元法郎鈔票回到自己的小箱子旁，把它們塞進任何可以容納得下的地方。

收拾行李花了將近一小時，終於完成時，她把行李闔上，旋轉號碼鎖，走到門邊，在轉動鑰匙前遲疑了一秒。門打開了，她把鑰匙拿在手上，拿著旅行箱走到院子裡，鎖上身後的門。她到廚房去，找到一個坐在角落抽菸、照管燈火的男孩。

「你能幫我跑個腿嗎？」她說。

他微笑著跳起來，她把旅行箱交給他，要他拿到道伍德·佐瑟夫的店裡，說是那位美國小姐拿來的。

回到房裡，她再度把房門鎖上，走到那扇小窗戶旁，刷地一下扯掉遮住它的床單。外面的牆隨著太陽在空中下沉轉為粉紅色；粉紅染遍整個房間。在她不停走動收拾行李的那段時間，她連一眼都沒看那個角落。現在她跪下來，深深凝視波特的臉，彷彿從沒見過一樣。她的手幾乎沒有碰到他的皮膚，帶著無限的溫柔輕輕地沿著額頭移動，她把腰彎得更低，將嘴唇放在平靜的眉毛上，保持這樣的姿勢一段時間。房間轉為紅色，她把臉頰側躺在枕頭上，輕輕梳理他的髮。沒有淚水；這是一場安靜的告別。前方一陣異常激烈的嗡嗡聲讓她睜開雙眼，她著迷地看著兩隻蒼蠅在他的下唇短暫而熱烈地交媾。

然後她站起來，穿上大衣，拿起唐納留給她的連帽斗篷，頭也不回地走出門外。她鎖上門，把鑰匙放進手提袋裡。在大門口，守衛彷彿想阻止她，她對他說「晚安」，用力從旁邊擠過去，之後她立刻聽到他呼叫另一個在附近房間裡的人，她深呼吸繼續往前走，往下方的鎮上去。太陽已經下山，地球像是一塊壁爐裡餘火未盡的煤炭，迅速冷卻轉為黑色。綠洲中有一只鼓拍打著，再晚一點花園裡可能會有舞蹈，節慶的季節已經展開，她迅速走下山丘，直奔道伍德·佐瑟夫的店，完全沒有四處張望。

她走進去，道伍德·佐瑟夫站在櫃檯後方黯淡的燈光下，他的身體越過櫃檯，握住她的手。

「晚安，夫人。」

「晚安。」

「你的行李在這裡，要我叫個男孩幫你搬嗎？」

「不，不。」她說：「至少，不是現在，我是來跟你談一談的。」她回頭瞥了一眼門口；他沒有注意。

「我很樂意。」他說：「等一下，我該給你搬張椅子，夫人。」他從櫃檯後面拿出一張小摺椅，放在她的旁邊。

「謝謝。」她說，但還是站著。「我想問有沒有從斯巴出發的卡車。」

「啊，到艾爾加，我們沒有固定班次。有一班昨晚到達，今天中午又走了，永遠都不知道下一班幾時來，但布洛薩上尉總會在至少一天前收到通知，他比任何人都有能力告訴你這件事。」

「布洛薩上尉，啊，我懂了。」

「還有你的丈夫，他好些了嗎？他喜歡那些牛奶嗎？」

「牛奶，是的，他喜歡。」她慢慢地說，對於這些字句能夠聽起來如此自然感到有些奇怪。

「希望他很快就能康復。」

「他已經好了。」

「啊，感謝阿拉！」

「是的。」她重新開始地說：「道伍德·佐瑟夫先生，我想請你幫個忙。」

「你的忙我幫定了，夫人。」他殷勤地說。她覺得他在黑暗中鞠了個躬。

「一個很大的忙。」她警告。

道伍德·佐瑟夫以為她可能想要借點錢，開始喀喀地挪動櫃檯上的東西，說：「但我們在黑暗中說話，等一下，我來點盞燈。」
「不要！拜託！」凱特大叫。
「但我們看不到對方！」他抗議。
她把手放在他的手臂上。「我知道，但別點燈，拜託，我想立刻請你幫這個忙，我可以跟你和你太太過夜嗎？」
道伍德．佐瑟夫非常吃驚——驚訝但也安心了。「今晚？」他說。
「是的。」
出現了片刻靜默。
「你明白，夫人，有你蒞臨寒舍是我們無上的光榮，但你不會舒服的，你知道，窮人的房子並不像旅館或軍隊營區……」
「但既然我會問你，」她責備地說：「意思就是我不在乎，你以為我介意嗎？到斯巴之後我一直都睡在地上。」
「啊，在我家你不必如此。」道伍德．佐瑟夫充滿活力地說。
「但我很樂意睡在地板上，任何地方都沒有關係。」
「啊，不！不會的，夫人！無論如何都不會睡在地上！」他抗議，當他燃起一根火柴好把燈火點亮，她又碰了碰他的手臂。

「聽著，先生。」她說，聲音變得像是商討密謀的低語。「我的先生在找我，但我不想被找到。我們有誤會，我今晚不想見他，非常簡單，我想你太太會了解的。」

道伍德．佐瑟夫笑了。「當然！當然！」他繼續笑著，關上面對街道的門，鬥起來，點燃一根火柴，高高地舉在空中。他整路都燃著火柴，帶領她穿過一個陰暗的內室和小庭院，滿天繁星，他在一扇門前停了下來。「你可以睡在這裡。」他打開門走進去，再度點燃一根火柴：她看見一個凌亂的小房間，下陷的鐵床上鋪了一個噴出細刨花的床墊。

「我希望這不是你的房間？」她冒昧地說，火柴熄滅了。

「啊，不是！我們房裡有另一張床，我太太和我。」他回答，聲音裡帶著驕傲的語氣。「這是我兄弟從高倫貝夏來時睡的地方，他每年會來我這裡一個月，有時候更久一點。等一下，我會拿盞燈來。」他離開了，她聽到他在另一個房間講話的聲音，不久後帶著一盞油燈和裝在一個小錫桶裡的水回來。

隨著燈光出現，這個房間呈現了更慘澹的面向。她有一種地板從泥瓦匠完成牆上堆疊泥土的工作那天起就不曾被打掃過了的感覺，無所不在的泥土夜以繼日地風乾、碎裂、崩解為細粉……她抬頭看著他微笑。

「我太太想知道你喜不喜歡吃麵。」道伍德．佐瑟夫說。

「是的，當然。」她回答，想照照看盥洗台上方那面剝落的鏡子，什麼都看不到。

「好，你知道，我太太不會說法文。」

「是嗎，你得當我的翻譯了。」

敲門聲砰砰響起，在店的那邊，道伍德・佐瑟夫告退穿過庭院，她關上門，發現沒有鑰匙，就站在那裡等。任何一個堡壘裡的守衛要跟蹤她都非常容易，但她懷疑他們是否會及時想到這件事，她坐在那張不像話的床上，盯著對面的牆，燈火飄出一陣辛辣的煙。

在道伍德・佐瑟夫家吃的晚餐糟到令人難以置信。她勉強吞下在熱油裡炸過卻冰冷上桌的不規則形狀麵團、帶軟骨的肉塊、受潮的麵包，喃喃地說著含糊的讚美卻被熱情接收，讓主人把更多食物放到她的面前。在用餐時她看了好幾次表，唐納現在一定在公共花園裡等著了，當他離開那裡，一定會到上面的堡壘去。到那時候麻煩就要開始了；明天道伍德・佐瑟夫必然會從顧客那裡聽到這些。

道伍德・佐瑟夫夫人活潑地打著手勢請凱特繼續吃。她閃亮的雙眼緊盯客人的盤子，凱特也望著她微笑。

「請替我告訴夫人，因為我現在有點難過，所以不是非常餓。」她對道伍德・佐瑟夫說：「但我想要帶些東西回房，晚一點可以吃，一些麵包就很完美了。」

「一定，當然，當然。」他說。

她回到房間後，道伍德・佐瑟夫夫人端了一盤疊得高高的麵包給她，她向她道謝，然後說晚安，但女主人沒打算離開，明白表示她很有興趣看看旅行箱裡的東西。凱特決意不在她面前打開；那些千元法郎鈔票會迅速成為斯巴的傳奇。她假裝不懂，拍拍箱子，點頭微笑，然後又轉向麵包盤，再度表達謝意，但道伍德．佐瑟夫夫人的眼睛沒有離開旅行箱。庭院裡傳來嘎嘎尖叫和翅膀拍動的聲音，道伍德．佐瑟夫帶著一隻肥母雞出現，把母雞放在地板中央。

「除害蟲。」他指著母雞解釋。

「害蟲？」凱特跟著說。

「如果蠍子把頭在地上隨便哪裡露出來——嗒！她吃了牠！」

「啊！」她假裝打了個哈欠。

「我知道夫人很緊張，有我們的朋友在這裡，她會感到好多了。」

「今天晚上。」她說：「我太想睡了，沒什麼能讓我緊張的。」

他們嚴肅地握手，道伍德．佐瑟夫把他太太推出房間關上門，母雞在塵土裡刮搔了幾分鐘，然後爬上盥洗台的橫撐，停在那裡不動。凱特坐在床上，看著油燈閃爍的火焰，它的煙充滿房間裡。她一點都不焦慮——只有一股巨大的不耐，想忘掉這一切荒謬的房間裝飾，把它們逐出意識之外。她起身，耳朵貼在門上站著，她聽見說話聲，三不五時還有一聲遙遠的巨響。她把大衣穿上，口袋裡裝滿麵包，重新坐下來等待。

她不時深深嘆息，一度起身把油燈的燈芯捻熄，當手表的指針走到十點，便再度走到門口傾聽。她把門打開，庭院因為反射的月光閃爍著。她退回房間，拿起唐納的連帽斗篷扔到床下，捲起的灰塵讓她幾乎打起噴嚏。她拿出手提袋和行李箱走出去，小心關上身後的門，穿過商店內室時她絆到東西，差點失去平衡，她把速度放得更慢，繼續往店裡走，在櫃檯尾端那邊，用左手手指輕輕沿著上方摸索前進。門只有一個簡易門閂，她費了很大力氣才打開，最後還發出巨大的金屬聲響，她迅速推開門走出去。

月光非常明亮——走在沐浴月光中的白色街道彷若走在日光下。「每個人都可以看到我。」但空無一人。她直接走到城鎮邊緣，那裡的綠洲綿延，直入房子的庭院。下面，在棕櫚樹梢形成的廣大黑色區域中，鼓聲仍然持續，聲音來自城堡的方向，綠洲中央的黑人村落。

她轉進一條又長又直，與高牆毗鄰的小巷，在牆的另一邊，棕櫚樹沙沙作響，活水汩汩流著。偶爾會出現一堆乾枯的白色棕櫚樹枝堆在牆邊，每次她都以為是個坐在月光下的男人。巷子往鼓聲的方向蜿蜒，她到達一個廣場，滿是流向四面八方的複雜通道和溝渠，看起來像是非常複雜的玩具鐵軌。從這裡有幾條通往綠洲的小路，她選了最窄的一條，認為路徑應該會繞過城堡邊緣，而非直接通往村落，然後她在兩道牆間繼續前進，道路七彎八拐的。

鼓聲更大了；現在她可以聽出聲音是一首有節奏的副歌，不斷重複，始終相同。那是男人的聲音，聽起來人數相當多。有時她走到陰影深處，會停下腳步傾聽，嘴唇帶著一抹令人費解的微笑。

小行李箱變得很重，她愈來愈常在兩手間替換，但她不想停下來休息。她隨時都準備好回頭尋找另一條小巷，以免自己突然從兩道牆間走了出來，直接進入城堡的中心。有時候音樂似乎距離很近，但在纏繞的城牆和樹木間卻難以分辨。有時候聽起來幾乎就在附近，彷彿只有一堵牆和幾百步遠的花園隔在中間，然後又退回遠方，幾乎淹沒在從棕櫚樹葉間穿過的單調風聲。

四周小溪的流水聲也在不知不覺中產生影響，她突然覺得乾渴，清涼的月光和輕柔搖動的影子大幅消除了這種感覺。但對她而言，似乎必須被水包圍才能得到完全的滿足。出乎預料地，她從一處牆上很大的破洞看到一座花園，優雅的棕櫚樹在一個大水池旁高聳入雲，她站在那裡，盯著平靜黑暗的水面，立刻發現自己已經無法判斷是在看到池子之前或者之後想洗個澡。不管是哪個，池子在那裡。她穿過坍塌城牆的隙縫，在爬上擋在中央的土堆前，先把行李箱放下。一進到花園裡，她就發現自己正在脫衣服，對於自己的行動居然如此先於意識，她感到微微訝異，每個動作似乎都是無憂和優雅的完美表現。「留意！」某一部分的她說。「小心地去吧！」這是跟她喝太多酒時對自己發出警告同一部分的她，但在這個時候是沒有意義的。「習慣，」她想，「每次我準備好要享樂了，就會克制而非放縱。」她把涼鞋踢掉，赤裸站在陰影裡，感到體內生出一種奇怪的強烈情感。當她四下看著花園，感到自童年以來，首度能把東西看得一清二楚。生命突然就在那裡，她在其中，而非從窗邊觀看。尊嚴來自參與生命的力量及偉大，這是一種熟悉的感覺，但她有這種感覺已經是多年前的事了。她走進月光下，慢慢朝池子中央走去，池底的黏土濕滑，池中央水深及腰，她把自己完全浸入水中，一個想法浮現：「我永遠都不會再歇斯底里了。」那種張力，那種關注自己的程度，她感到此生難再。

她洗了很久；肌膚上清涼的水喚醒一股歌唱的衝動，每次她彎身用合起來的手掌舀水，都會迸出一段沒有詞的歌曲，突然她停下來傾聽，聽不到鼓聲了——只有水滴從她身上流到池子的聲音。她安靜地結束沐浴，好心情沒了，但生命並沒有遠離她。「這是容身之處。」她走上岸時大聲咕噥，然後把大衣當作毛巾，一邊擦乾身體，一邊跳上跳下驅寒。當她穿上衣服時，低聲吹著口哨。每隔一段時間她就停下來傾聽一秒，看看能不能再聽到說話聲或鼓聲再度響起。風吹過來，拂過她的頭頂，吹進樹梢，附近某個地方有微弱的潺潺流水聲，除此之外什麼都沒有。突然她被某種懷疑的念頭攫住，有什麼事情在她背後發生，時間對她惡作劇：她在池子裡待了幾小時，不是幾分鐘，而她完全沒有意識到這件事。城堡的歡宴已經結束，人群解散，她甚至沒注意到鼓聲停止；這種荒謬的事有時候的確會發生。她彎下腰來想從石頭上撿起手表，原本放在那裡，現在已經不在了，她無法確定時間。她找了一會兒，相信永遠都找不到了。它的消失也是這個惡作劇的一環。她躡手躡腳地走到牆邊拿起行李箱，把大衣披在手臂上，大聲地對花園說：「你以為我在乎嗎？」在重新爬過破碎城牆之際，她放聲大笑。

她快步向前走，將思緒集中在重拾的實質愉悅上。她始終知道那一直都在，就在事物背後，但很久以前她已經接受不把它視為生命的自然狀態。因為重新發現生之喜悅，她告訴自己，不論要花多少力氣，都要緊緊抓牢。她從口袋裡拿出一塊麵包貪婪地吃下去。

巷子變寬了，城牆消失，植被線取而代之。她已經到了乾河谷，這是一片空曠的山谷，小沙丘散布其上，沙地上到處都有樹枝低垂、彷彿大片灰煙一般的檉柳。她毫不遲疑地選擇了最近的一棵樹，把行李箱放在下面。羽狀的樹枝拂去樹幹上所有的沙——這棵樹就像個帳篷。她把大衣穿上，爬進去，把行李箱也拉進來，沒一會兒立刻睡著。

25

達馬尼亞克中尉站在花園裡，監督阿曼和幾個當地泥瓦匠進行以碎玻璃砌滿圍牆頂部的工作。他的太太已經建議了上百次，為他們的房子添加這項防禦工程，他就像個優良的被殖民者一樣，承諾但不履行。現在既然她要從法國回來，他很樂意為她完成這項工作，好給她另一個愉快的驚喜。一切都順利進行：嬰兒很健康，達馬尼亞克中尉夫人很快樂，月底他會到阿爾及爾迎接他們，同時在舒適的小旅館享受幾天快樂的生活，有點像是二度蜜月——在回到布努拿城之前。

說真的，只有在他自己的小宇宙裡才一切順利。他同情斯巴的布洛薩上尉，想起這件事時內心都會不寒而慄，感謝上帝的恩典，這些麻煩有可能全落到他身上，他甚至曾經力勸遊客留在布努拿城，至少就這點而言他是無可指責的。他不知道那美國人生病了，因此那個人離開此處，在布洛薩上尉的領土裡死去不是他的錯。當然死於傷寒是一件事，一個白人女子消失在沙漠中又是另一件事了，也就是後面這件事引起所有的麻煩。斯巴附近的地形不利於吉普車搜索隊；除此之外，當地只有兩輛吉普車，而且搜索工作沒有立刻進行，因為美國人死在堡壘裡是更急迫的事，而大家以為可以在鎮上某個地方找到她。他很遺憾沒有跟那位太太見面，她聽起來很有趣——典型、活潑的美國女孩。只有美國人做得出這種前所未聞的事，把生病的丈夫鎖在房裡跑到沙漠去，留下他一個人孤伶伶死去。當然，這是不可原諒的，但他並不真的覺得這個想法恐怖，而布洛薩似乎正好相反。布洛薩是個清教徒，很容易就會受到冒犯，而他自己的行為令人不悅地毫無瑕疵。他可能痛恨那女孩，因為她很有魅力，打亂了他的鎮定，那對布洛薩來說是難以原諒的。

他再次希望能在那女孩成功從地表消失之前見到她，同時他對第三個美國人最近回到布努拿城來一事，也有複雜的感受。就個人來說他喜歡那個人，但他希望避免被捲入事件中，完全不想參與，最重要的是他祈禱那太太不要在他的轄區中出現，因為現在她已是個鬧得滿城風雨的人物。也有這樣的可能性——她也生病了。他想見她的好奇心，則被工作中複雜的可怕前景期待和報告所打敗。「在他們那裡發現她吧！」他全心地想。

有人敲了一下門，阿曼把門打開，美國人站在那裡；他每天都來，希望能得到新消息，然後每天都因為聽到沒有任何線索而看起來更加沮喪。「我知道另一個跟他太太有糾紛，而這就是糾紛。」當中尉抬頭看見唐納鬱悶的臉時，他對自己這樣說。

「早安，先生。」他快活地說，向前迎接他的客人。「跟以前一樣，但不會永遠如此。」

唐納謝過他，對聽到已經預期會聽到的話理解地點點頭，中尉留了一段適合這種場合的沉默，然後建議兩人一起到沙龍去喝例行的干邑白蘭地。在這段等在布努拿城的短暫期間，唐納已經必須依賴早上到中尉家拜訪，以獲得提振自己士氣的動力。中尉天性樂觀，談話輕鬆，用字遣詞容易理解，坐在明亮的沙龍裡是愜意的，干邑白蘭地將這些元素融合成一種愉快的經驗，這樣的例行公事讓他的情緒不致直落絕望的谷底。

他的東道主呼喚阿曼，然後帶著他進入屋裡，他們面對面坐下。

「再過兩個禮拜我就會恢復已婚男人身分了。」中尉對他微笑說道，想著也許他該讓美國人看看舞孃們。

「太好了，太好了。」唐納心煩意亂，老天保佑可憐的達馬尼亞克夫人，他陰鬱地想，如果她必須在此度過餘生。自從波特去世、凱特消失後，他痛恨起這片沙漠，他覺得它以一種幽微的方式奪走他的朋友。那是一個過於強大的整體，讓人無法不將之擬人化。沙漠——它那極度沉默就像一種賦予棲息其中的半清醒存有的隱微入場許可。（布洛薩上尉在某個非常想聊天的晚上告訴過他，即使是成群進入沙漠的法國人也會看到巨靈[11]，雖然出於驕傲，他們拒絕相信）這是什麼意思？這些東西是用想像力來詮釋那種存有的簡單方式嗎？

阿曼帶著酒瓶和玻璃杯進來，他們沉默地喝了一會兒。然後中尉為了打破沉默，或其他理由也一樣，就開始評論：「啊，是的，生命是神奇的，事情總不會照一個人想像的方式發生。人們在這裡可以最清楚地了解這點；你所有的哲學系統都崩解了，每個轉折都會發現非預期的事。你的朋友到這裡來、遺失了護照、指控可憐的阿布杜卡狄爾那個時候，誰會料到在這麼短的時間內他會發生這種事？」然後，想到自己邏輯的順序可能會遭到誤解，他補充：「阿布杜卡提爾聽到他的死訊很難過，他對他沒有怨恨，你懂的。」

唐納似乎沒有在聽，中尉的思緒飄往另一個方向。「告訴我。」他說，聲音帶著好奇，「你有設法說服布洛薩中尉不要懷疑那位失蹤的女士嗎？或者他還是認為他們沒有結婚？在他給我的信中，提到一些對她很不友善的話。你有給他看莫斯比先生的護照嗎？」

---

11 在伊斯蘭信仰中，阿拉以四種型態創造宇宙中的存有：人類（human）、天使（angel）、惡魔（Iblis）和巨靈（djnoun）。巨靈有自由意志，可善可惡，只有人類是可見的，但其他三者都與人類並存在宇宙中。巨靈的需求與活動基本上與人類相似，只是僅活躍於破曉前，穆斯林的早禱開始時就會結束。

「什麼？」唐納說，知道自己的法語無法好好解釋。「噢，有的，我給了他，讓他可以連同報告一起送交阿爾及爾的領事。但他從不曾相信他們結婚了，因為莫斯比太太答應交出她的護照，但沒有那樣做，還逃走了，所以他不知道她的真實身分。」

「但他們是夫妻。」中尉靜靜地追問。

「當然，當然。」唐納不耐煩地說，覺得光是進行這樣的對話，都讓自己感到不忠。

「就算他們沒有結婚，有差嗎？」中尉為兩人又各倒了杯酒，看出他的客人不想繼續那個對話，於是轉到另一個也許比較不會引起痛苦的話題。然而，唐納對這個話題幾乎一樣不感興趣。他在內心深處一直重溫斯巴舉行葬禮那天的狀況。波特的死是他人生中唯一一件真正令人無法接受的事，即使現在他都沒辦法相信。他知道自己失去很多，波特真的是他最親近的朋友。（為什麼之前自己沒有意識到呢？）但他認為只有在以後，當他完全接受他離世的事實，才能夠開始仔細思考自己的損失。

唐納是多愁善感的，因為這個特質，他為了沒有更強力反對布洛薩上尉堅持在葬禮中進行若干宗教儀式而感到良心不安，他覺得自己很怯懦；他確定波特必然鄙視在那樣的場合放進如此荒謬的東西，並且一定會依賴他的朋友要求不要這樣辦。當然，他已經事先抗議波特不是天主教徒——甚至，嚴格來說，不是基督徒，所以有權不讓這些在他自己的葬禮上發生，但布洛薩上尉怒氣沖沖地回答：「我只聽到你的一面之詞，先生，而他臨終時你甚至沒在他身邊，不知道他最後的想法，也不知道他最後的願望可能是什麼。即使你願意承擔如此巨大的責任，假裝了解這件事，我也無法讓你這麼做。我是天主教徒，先生，況且我也是這裡發號施令的人。」唐納就此放棄。因此波特非但沒能隱姓埋名地悄悄葬在他必然希望長眠的岩漠或沙海，相反地，在拉丁禱文的誦念中，他被正式安置在堡壘後方小小的基督墓園裡。在唐納多愁善感的想法中，這看起來非常不公平，但他找不到任何阻止的方法，現在他覺得自己表現軟弱，並且有點不忠實。晚上當他清醒躺著想到這件事的時候，他甚至想也許應該回到斯巴，等待正確的時機，闖進墓園裡，毀掉他們放在他墳上那個荒謬的小十字架。這是那種會讓他開心一點的態度，但他知道自己永遠辦不到。

相反地，他告訴自己，要實際一點，現在重要的事情是找到凱特，帶她回紐約。一開始他覺得某個方面而言，她失蹤這整件事是個噩夢般的現實玩笑，一個禮拜左右之後她必然會再度出現，就像她在開往波塞夫的火車上那樣，所以他決定等到她出現為止。現在時間流逝，仍然沒有她的蹤影，他知道自己會等得更久——無限期等下去，如果必要的話。

他把杯子放在旁邊的咖啡桌上，把自己的想法說出來：「我會在這裡待到找到莫斯比太太為止。」他自問為何對此這麼頑固，為何凱特的歸來與否完全纏繞著他。毫無疑問地，他並沒有愛上這可憐的女孩，他對她的主動姿態是出於同情（因為她是個女人）以及虛榮（因為他是個男人）。兩種情緒合在一起，喚醒了戰利品收藏家貪得無饜的欲望，除此之外再也沒有其他。事實上，此時此刻，他了解除非自己小心思考，否則他會傾向跳過兩人之間親密的插曲，完全只就他們第一次見面時所認識的凱特考量，那時她和波特深深吸引他，是世界上他最想認識的兩個人。這樣想讓他的良心比較沒那麼難受；他不只一次地問自己，在斯巴，她拒絕打開病房門、令人發狂的那一天，究竟發生了什麼事？她是否曾向波特吐露自己的不忠？他迫切地希望沒有，他不願意想這件事。

「是的。」達馬尼亞克中尉說，「你回紐約去也不會太好過，你的朋友都會問：『你跟莫斯比太太怎麼了？』那一定非常尷尬。」

唐納的內心深處感到退縮，他絕對辦不到，那些認識兩個家庭的人也許已經彼此詢問過了（因為希望凱特會出現，他在三天內分別以兩封電報通知波特的母親這兩樁不幸的消息），但他們在那裡而他在這裡，當他們說「所以波特和凱特都走了！」的時候，他不用面對這些人。這是那種沒有發生、不能發生的事，並且如果在布努拿城待得夠久，他知道會找到她的。

「非常尷尬。」他同意，不自在地笑了。光是波特的死就已經夠難交代了，一定會有人說：「看在老天的分上，難道你不能把他弄上飛機，到某個地方找間醫院，至少到阿爾及爾去？傷寒沒那麼快，你知道的。」然後他就必須承認自己拋下兩個人單獨行動，但結果無法「征服」沙漠。他還可以不必太過痛苦地想像諸如此類的理由；波特在動身前疏忽了，沒有注射任何疾病的疫苗。但在凱特仍然蹤跡不明的狀況下回去，從任何角度看來都是不可思議的。

「當然，」中尉魯莽地說，再度想起可能的複雜狀況：如果這位美國小姐以不怎麼完美的狀態出現，將會因為唐納在這裡而被送到布努拿城來。「你是否留下來，跟能不能找到她無關。」這些話衝口而出的那一瞬間，他就感到羞愧了，但太遲了，話已出口。

「我知道，我知道。」唐納激烈地說：「但我要留下來。」關於這個話題已經沒有什麼可講的了，達馬尼亞克中尉不會再提。

他們又繼續聊了一會兒，中尉提起約個晚上一起到紅燈區看看的可能性。「近期內吧。」唐納不感興趣地說。

「你需要放鬆一點，太憂鬱很不好。我知道有一個女孩——」他住口，從經驗中想起，如此赤裸裸的建議通常會破壞本來應該誘發的那種興趣，沒有獵人希望獵物已經揀選好了並且幫他趕進地洞，即使那是殺戮的唯一保證。

「很好，很好。」唐納漫不經心地說。

沒過多久他站起身來告辭，他明天會來、後天會來、之後每天都會再來，直到有一天，達馬尼亞克中尉在門口迎接他，眼裡閃爍新的光芒，告訴他：「終於，我的朋友！終於有好消息了！」

在花園裡，他低頭看著烤得炙熱的光禿土地，巨大的紅蟻沿著地面快速爬行，舉起前腳和下顎挑釁地揮動。阿曼關上他背後的門，他陰鬱地走回小旅館。

他會在廚房隔壁炎熱的小餐廳吃午餐，喝下一整瓶粉紅酒，好讓餐點比較容易消化。因為酒和熱氣令人昏沉，他會回到樓上的房間，脫光衣服，把自己拋在床上，睡到陽光的角度較為傾斜、鄉間石頭不再發散出正午那般毒辣光線的時候。往鎮上繞行散步的路程是愉快的，山丘上是明亮的伊格姆，下方的河谷是較大的社區貝尼伊斯關，還有粉紅與藍色房屋排列成階梯狀的塔季穆特（Tadjmout）。到處都有廣闊的棕櫚園，鎮民在那裡搭建以紅土和淺色棕櫚葉築頂、如同玩具般的鄉間豪宅，水井發出持續的吱嘎聲，狹窄溝渠中水流汩汩的聲音掩飾了泥土與空氣的乾枯。有時候他只是走到布努拿城的大市場，坐在拱廊邊上，觀察某個冗長交易的過程，買賣雙方都用上除了真實眼淚之外的所有戲劇化手段，拚命設法降低或提高價格。有些日子，他鄙視這些荒謬的人，他們是虛假的，不必將他們認真視為地球人類的一份子。同樣是這些日子，他對小孩柔軟的手感到憤怒，他們無意識地抓住他的衣服，在人潮洶湧的街道推著他，一開始他以為他們是扒手，然後他明白他們只是利用自己，好讓他們在人群中更快速前進，彷彿他是一棵樹或一堵牆似的。他會變得更加生氣，粗暴地把他們推開。每個小孩都得了淋巴結核，大部分完全禿了頭，深色的腦殼覆蓋了一層結痂的瘡，上面還有成群蒼蠅。

也有些日子他沒那麼緊張，坐在那邊看著平靜的老人慢慢走過市場，並且告訴自己，如果到那個年紀還能看起來如此有尊嚴，他會認為自己的一生值得了，因為他們的風采自然地伴隨著內在安樂與滿足而生。他沒想太多，就下了他們的人生必然精采的結論。

晚上他會坐在沙龍裡和阿布杜卡狄爾下棋，一個慢吞吞但絕不可輕視的敵手，兩人已經因為這夜間活動成為堅定的朋友。僕役們熄滅所有宅子裡的燈火和提燈，只留一盞放在他們的棋盤角落後。只有他們兩個還醒著，有時他們會一起喝杯保樂利口酒，之後阿布杜卡狄爾會笑得像個陰謀家一樣，親自起身清洗杯子並且把它們放好；絕不能讓別人知道他喝了酒精飲料。唐納會把燈熄掉，上床，沉沉睡去，在日出時醒來，想著：「也許今天——」八點時，他會穿著短褲到屋頂上享受日光浴；每天他都把早餐帶上去吃，一邊喝咖啡，一邊練習法語動詞。然後對於消息的渴望會變得過於強烈，必須動身，進行清早訪查。

無可避免的事發生了。停留邁薩德進行了無數次短程旅行的萊爾母子來到布努拿城，同一天稍早時，一群法國人搭乘一輛舊指揮車抵達並且住進小旅館。唐納吃午餐時，聽到熟悉的賓士車聲，他扮了個鬼臉，這兩人待在這裡會是件討厭的事，他沒有心情逼迫自己要有禮貌。對於萊爾母子，他從未建立超過表面交情的關係，部分是因為他們把他載到邁薩德後，過兩天就離開了，另一部分則是因為他完全不想有任何更進一步的關係。萊爾太太是個刻薄、肥胖、饒舌的女性，艾瑞克則是被她寵壞、娘娘腔而幼稚的成年兒子。這些是他的感覺，他不認為與事實會有多少差距。他沒把護照事件跟艾瑞克連在一起；他推測是某個可以與邁薩德兵團暗黑需求建立關係的愛恩克拉法當地人，把這些護照一起從愛恩克拉法的旅館裡偷走了。

現在他聽到大廳裡，艾瑞克以一種壓低了的聲音說：「噢，我說，母親，下一個是什麼？

唐納那傢伙還在這裡鬼混。」顯然他正看著桌上的客房登記表，而她則以一種舞台演員對觀眾高聲耳語的方式告誡他：「艾瑞克！你這傻瓜！閉嘴！」他喝掉咖啡，從側門出去，走進窒悶的陽光中，希望避開他們，在兩人吃午餐的時候上樓回到房間。他做到了。當他午睡時，響起一記敲門聲，他花了一點時間才清醒，當他把門打開，阿布杜卡狄爾站在外面，帶著一抹抱歉的微笑。

「請你換房間會對你造成很大的困擾嗎？」他問。

唐納想知道為什麼。

「現在僅剩的兩間空房在你左右兩邊，有一位英國女士帶著她的兒子來，她希望把他的房間安排在她的隔壁，她害怕自己一個人。」

阿布杜卡狄爾所描繪的這個萊爾太太，跟他自己概念中的並不相同。「好吧。」他嘟囔著，「每個房間都一樣，請派僕人來幫我搬。」阿布杜卡狄爾以一種親熱的姿態拍拍他的肩膀。僕人們來了，把連接他房間和隔壁的門打開，開始搬東西。在搬遷的過程中，艾瑞克踏進逐漸被搬空的房間，一看到唐納猛地停下腳步。

「啊哈！」他大叫，「真高興遇見你，老傢伙！我以為你現在會在廷巴克圖。」

唐納說：「哈囉，萊爾。」即使跟艾瑞克面對面，他也很難逼自己看著對方或碰觸他的手。他從沒想過自己如此厭惡這男孩。

「原諒家母這個愚蠢的心血來潮，旅途讓她累壞了。從邁薩德到這裡的路非常恐怖，她現在處於一種可怕的激動狀態。」

「那真是太糟了。」

「你了解為何我們把你趕出去。」

「是的，是的。」唐納說，對聽到對方這種措辭方式感到生氣。「你們離開我就會搬回來。」

「噢，確實如此。你最近有跟莫斯比夫婦聯絡嗎？」

當艾瑞克全神看著說話對象的臉龐時，有種死盯著不放的習慣，彷彿說出的字句不重要，相反地，卻想試著讀出對話的言外之意，以發掘對方真正的意思。對唐納而言，他現在正以超乎尋常程度的注意力觀察自己。

「有。」唐納有力地說：「他們很好，抱歉，我想要回去繼續午睡了。」他穿過連接門進入另一個房間。僕人們把所有東西搬過來後，他把門鎖好躺在床上，但他睡不著。

「天啊，真是個笨蛋！」他大聲地說，然後，對自己屈服感到生氣。「他們到底以為自己是誰？」他希望萊爾母子不要逼問他關於凱特和波特的消息；他會被迫告訴他們，而他並不希望如此。就他們而言，他希望守住這個悲劇祕密，他們那種不真心的同情令人難以忍受。

下午稍晚時分，他經過沙龍，萊爾母子坐在昏暗的燈光下，手裡的杯子叮噹作響。萊爾太太把一些舊照片沿著長沙發上的硬皮靠枕擺放，正在跟阿布杜卡狄爾先生說，要給他一張掛在裝飾牆壁的舊槍旁。她瞥見唐納遲疑地立在門口，在昏暗中站起身來歡迎他。

「唐納先生！真是令人高興啊！見到你真是驚喜！你離開邁薩德真是太幸運，或者說，太睿智——不知道是哪個。我們結束所有旅程回到那邊去時，天氣真是惡劣透了！噢，糟糕極了！當然我得了瘧疾，必須臥床休養，我以為我們永遠都無法離開了，而艾瑞克仍然會用愚蠢的行為讓事情變得更加艱困。」

「很高興再見到你。」唐納說，他以為自己在邁薩德已經做了最後的道別，現在發現自己沒剩多少禮貌了。

「我們明天要開車去看某個非常古老的加拉曼特遺址，請務必跟我們過去，一定非常令人感動。」

「你人真好，萊爾太太。」

「進來喝杯茶！」她大喊，抓住他的衣袖。

但他道歉離開，走到外面的棕櫚園，在樹下的圍牆間走了幾哩路，覺得自己永遠都無法離開布努拿城。毫無理由地，凱特再度出現的可能性似乎比從前更小，因為萊爾母子就在這裡。日落時他開始往回走，當他回到小旅館時，天色已經暗了，一張電報被塞進他的門內；信件以淡紫色墨水寫成，字跡近乎潦草，來自達卡（Dakar）的美國領事，回覆他多封探詢的電報：

「無凱瑟琳莫斯比消息若有將告知。」他把信扔進垃圾桶，坐在一落凱特的行李箱上，有些袋子是波特的，現在則屬於凱特，但它們現在都在他的房間裡，等待著。

「這一切還會持續多久？」他問自己。他在這裡格格不入，懶散對他的神經有害，做對的事、等待凱特在撒哈拉的某處出現是很好的，但假設她再也不會出現了呢？假設——必須面對這種可能性——她已經死了呢？等待一定要有個限度，過了最後期限，他就不會在那裡了。然後他看到自己走進修伯特．大衛在東五十五街的公寓，他第一次遇見波特和凱特的地方。他們所有的朋友都在：有些會鬧哄哄地表示同情；有些會很憤怒；有些則是有點精明高傲，什麼都不說，但想了很多；有些會把整件事當作一樁輝煌的羅曼史，悲劇只是順帶發生。但他一個人都不想見，留在這裡愈久，這件事就變得愈遙遠，可能加諸他身上的責難也就不那麼準確——至少這些是確定的。

那天晚上，他無法像以往那樣享受棋賽，阿布杜卡狄爾看出他的心思被其他事情占據，突然建議他們別下了。他很高興得到早點睡覺的機會，發現自己祈求不要發現新房間的床有什麼問題。他跟阿布杜卡狄爾說明早見，慢慢爬上樓梯，很確定自己整個冬天都會待在布努拿城。生活費很便宜，他的錢是夠用的。

踏進房裡，他注意到的第一件事是敞開的連接門。兩間房的燈都是亮著的，他的床邊有一束較小較亮的光在移動。艾瑞克．萊爾站在床較遠的那端，拿著把手電筒，有那麼一瞬間兩人都沒動，然後艾瑞克以一種力圖鎮靜的聲音說：「有事嗎？是誰？」

唐納把門關上朝著床走去；艾瑞克退後背靠著牆，把手電筒照在唐納的臉上。

「誰——別跟我說我走錯房間了！」艾瑞克虛弱地笑著，然而這聲音似乎給了他勇氣。「從你臉上的表情我猜就是這樣！真糟糕！我剛從外面回來，覺得一切看起來都有點怪。」唐納什麼都沒說。「我想必是不自覺地走進這個房間，因為我的東西今天下午是在這裡的。老天！我太累了！已經神智不清了。」

相信別人告訴他的話，是唐納的天性，他懷疑的能力沒有得到良好發展，即使這樣的懷疑在前一秒曾經出現，他也讓自己被這可憐的獨白說服，他正要說「沒關係」時，看了床底一眼。一個波特的旅行提包敞開著，裡面一半的東西被拿出來堆在旁邊的毯子上。

唐納慢慢抬頭，他的脖子以一種讓對方不寒而慄之氣往前逼近，艾瑞克害怕地發出一聲：「噢！」唐納繞過床角走了四大步，到達艾瑞克驚恐呆立的角落。

「你這天殺的龜兒子！」他用左手抓住艾瑞克襯衫的前襟，猛力來回搖晃他。然後他繼續抓著，往旁邊走了一步，拿捏了個舒適的距離揍他一拳，沒太用力。艾瑞克倒在牆上，一直倚在那裡，彷彿完全癱瘓了，明亮的雙眼緊盯唐納的臉龐。顯然這個年輕人不打算以任何方式反應，唐納走過去把他拉起來，也許要繼續揍他，端視他下一秒感覺如何。當他抓住他的衣服，艾瑞克沉重的呼吸下傳來一聲哭泣，始終沒有轉開銳利的眼神，低聲，但清楚地說：「打我。」

這句話激怒了唐納。「樂意之至。」他回答，並且照做了，比之前更用力，似乎萬分用力，因為艾瑞克跌到地上一動也不動。他厭惡地低頭看著那張蒼白的圓臉，然後把東西收回行李箱，關上，直挺挺地站著，設法整理思緒。過了一會兒艾瑞克動了，呻吟。他把他拉起來，拽到門邊，惡狠狠地把他推進隔壁房裡，甩上門，鎖起來，感到有點想吐。任何人的暴力都讓他難受——尤其是他自己的。

第二天早上萊爾母子離開了。那張照片，一幅以傑內（Djenné）著名的紅色清真寺為背景、拍攝頭頂水缸的伯爾族人的棕色調練習作品，整個冬天都掛在沙龍長沙發上方的牆上。

第三部

天空

從某個特定之處開始，就再也無法回頭了。這就是必須抵達的地方。

——卡夫卡（Franz Kafka）

26

她一睜開雙眼立刻明白自己身處何處，月亮低低地掛在半空中，她把大衣拉裹到腿上，微微發抖，腦袋一片空白，心裡有一部分很痛，需要休息。只躺在那裡是很好的，只需存在，不問任何問題。她很確定如果自己願意，可以回想起所有發生過的事，只需要一點小小的力氣，但在低垂的幽暗簾幕裡，她感到舒適自在。她不想成為揭開簾幕的那個人，探入昨日的深淵，再度因為悲傷與悔恨而痛苦。此時，先前消逝的事物已經模糊難辨，她堅決地將思緒移開，拒絕檢視過去，用盡所有力量在自己和那之間置入一個確切的屏障，像一隻昆蟲把繭編織得更厚更結實。她的心靈會繼續增強這薄弱的切割，在生命的危險處。

她安靜躺著，把腳縮起來。沙很柔軟，但寒冷穿透她的衣服。她覺得再也無法忍耐繼續發抖，就從躲著的樹下爬出來，在前方來回踏步地走，希望能讓自己暖和起來。空氣完全不流動，連一點微風都沒有，每分鐘都變得更冷。她開始走得更遠些，邊走邊用力咀嚼麵包，每次回到檉柳樹下，她都很想溜回它的枝幹下繼續睡覺，然而，第一道曙光出現的時候，她已經既清醒又溫暖。

沙漠的景色在微明的清晨或黃昏時總是最美的。距離感消失了，鄰近的山脊可以像是遙遠的山脈，在鄉間一成不變的主題中，每個小細節都有如同大變奏般的重要性。白日的逼近應許了改變；只是當它完全降臨，觀者還是懷疑是否又是相同的一日——長久以來，同樣的日復一日，在歲月中仍然炫目、明亮而閃耀。凱特深深呼吸，環視小沙丘的柔和線條，還有從岩漠礦石邊緣後方升起的大片澄澈光芒，她身後的棕櫚林仍然隱沒在夜色中，她知道那不是同一天。即使天已經全亮，即使巨大的太陽熾烈照射，沙、樹與天空都慢慢恢復白天時人們熟悉的樣貌，她也毫不懷疑，不管怎樣，這都是嶄新而全然獨立的一天。

一個由二十幾隻或更多駱駝組成的沙漠商隊，載著飽滿的羊毛袋出現了，從乾河谷朝她的方向前進。幾個男人走在駱駝旁邊，行進隊伍的最後面，兩位騎士騎在高大的單峰駱駝上，駱駝的鼻環和轡繩，讓牠們比起前方的普通駱駝要多出一些輕蔑的表情。當她看著這兩個男人，就知道自己會跟隨他們，這樣的明確給了她一種非預期的權力感：不再只是感受預兆，而是創造預兆、成為預兆，但她對發現這種更進一步的可能性只感到微微驚訝。她走到行進隊伍迎面而來的路徑上，揮舞雙臂，大聲叫喊，在駱駝停下腳步前，匆匆回到樹旁把行李箱拖出來，兩位騎士驚訝地看著她，同時面面相覷，他們停下各自的單峰駱駝，傾身向前，以著迷的好奇低頭看著她。

因為她的每個姿態都帶著權威，一種具有絕對說服力的外在表現，絲毫沒有顯露半分遲疑，因此當她把行李箱交給其中一個步行的人，以手勢要求他綁到最近的那匹駱駝扛著的布袋上方時，商隊主人並沒有介入。那人向後瞥了他的兩位主人一眼，看不出他們臉上有什麼反對的表情，於是命令呻吟的動物跪下來，接受更多的負擔。其他騎駱駝的人靜靜地看著她，她走向騎士們的身邊，向兩人當中較年輕的那個伸出雙臂，用英文問他：「有我的位置嗎？」

騎士笑了。他的單峰駱駝激烈地嘟囔著，被引導著跪了下來；她在男人前方幾吋的地方側坐坐下。當這頭動物站起來時，他不得不用一隻手臂環住她的腰好穩住她，否則她就要跌下來了。兩名騎士笑了一會兒，在沿著乾河谷繼續旅程時，交換了一些簡短的評論。

過了一段相當長的時間，他們離開山谷，轉向通過一個布滿岩石、沒有植物的廣闊區域，黃色沙丘就在前方。他們在酷熱的太陽下，一再緩緩爬上山坡又慢慢下到山谷——還有他的手臂施加在她腰際強烈、持續的壓力。她沒有抗議，反而很樂於放鬆，觀看一路上沒有變化的和煦景色。確切來說，好幾次她以為他們根本沒有真正前進，現在他們正走在沙丘鋒利的山脊，其實跟他們很早之前走過的是同一個；根本沒有走向何處的問題，因為他們根本不知身在何處。當這些感覺出現時，大肆攪擾了她的思緒。「我死了嗎？」她對自己說，但一點都不感到痛苦，因為她知道沒有。只要還能問自己這個問題：「有什麼東西嗎？」然後回答：「有。」她就不可能已經死了；還有天空、太陽、沙、駱駝緩慢單調的腳步。最後她想到，即使當她終於無法回答的時刻到來，仍要面對這個沒有回答的問題，因此她會知道自己曾經活過；這個想法安慰了她。然後她感到振奮，往後靠在男人身上，意識到自己極度不舒服，她的雙腿一定沒動很久了，現在愈來愈強的疼痛讓她開始持續不斷地變換姿勢，推拉著、扭動著。騎士把她抱得更緊，對他的朋友說了幾句話，兩人都咯咯發笑。

在陽光最為炙熱的時刻，他們到達可以看見綠洲的地方。沙丘逐漸平緩，地勢幾乎是平的，在一個因為太亮而呈現灰色的地方，數百棵棕櫚樹一開始只像地平線上一道深灰色的線，一條眼睛注視時深淺會有不同變化的線；像一條緩慢流動的水，一條寬闊的繩子、一面灰色的長峭壁、什麼都沒有，然後再度成為地球和天空間用鉛筆畫下的細細邊界。她冷眼觀察這個現象，從披在駱駝醜陋駝峰上的大衣口袋裡拿出一片麵包，麵包已經完全乾掉了。

「Stenna, stenna. Chouia, chouia.」男人說。

一個獨立的物體很快地從難辨的大片地平線區域中脫離，像個巨靈般突然竄入天空。過了一會兒，那東西趨於平靜、變短，原來只是一棵遙遠的棕櫚樹，一動也不動地站在綠洲邊緣。他們沉默地又走了一個鐘頭左右，現在進入樹林間，一道矮牆圍住一口水井，沒有人，杳無人蹤。棕櫚樹林長得很稀疏；樹枝與其說是綠色，不如說是灰的，閃耀著金屬般的光芒，幾乎沒有樹蔭。駱駝群樂於卸下背上的重負，一動也不動地躺著休息。僕人從包裹裡拿出大張條紋地毯、鎳製茶具、用紙包起來的麵包、椰棗和肉。一個有木頭旋塞的黑色羊皮水壺被拿了出來，三人就著它喝水；駱駝和趕駱駝的人看來只要喝井水就心滿意足了。她坐在地毯邊緣，靠著一棵棕櫚樹幹，看著大家從容不迫地準備餐點。餐點備妥後，她盡情享用，發現每道餐點都十分美味。但她吃的還是不足以取悅兩位東道主，在她什麼都吃不下之後很久，兩人還一直塞食物給她。

「Smitsek? Kuli!」他們這樣對她說，拿著小口食物到她面前；年輕的試圖把棗子塞進她的牙齒間，但她笑著搖頭，讓它們掉到毯子上，另一個人會迅速抓起來吃下去。木材從綑包裡拿了出來，點起火好用來煮茶。當一切結束——喝了茶、重泡一次、再次喝下——已經是正中午了，太陽仍在空中燃燒。

另一條毯子鋪在兩匹懶洋洋的駱駝旁邊，男人們比著手勢，要她跟他們一起到那裡，躺在動物的陰影下。她照做，在他們指的地方、兩人的中間躺下來。年輕的那個迅速攫住並且熱烈擁抱她，她大叫出聲，試著坐起來，但他不放手。另一個男人尖銳地對他說話，指著趕駱駝的人，他們靠坐在水井周圍的牆邊，試圖隱藏他們的笑意。

「Luh，貝爾喀辛！Essbar！」他輕聲說，不贊同地搖頭，柔情地撫著他黑色的鬍鬚。貝爾喀辛不太高興，但因為還沒長出鬍子來，所以被迫接受那人睿智的建議。凱特坐起來，整平衣服，看著年長的那個說：「謝謝你。」然後她試著爬過他，讓他隔在自己和貝爾喀辛之間；他粗魯地把她推回毯子上，搖搖頭。「Nassi.」他說，比著手勢要她睡覺。她閉上雙眼，熱茶讓她昏昏欲睡，而貝爾喀辛沒有表現出進一步打擾她的企圖，她完全放鬆，沉沉睡去。

她感到很冷，天黑了，腿部和背部肌肉都在痛。她坐起來，環顧四周，發現自己單獨躺在毯子上。月亮還沒升起，趕駱駝的人在附近生火，把整條棕櫚樹枝丟進已經熊熊燃燒的火焰中。她重新躺下，面朝天空，看著每次添加樹枝到火焰裡面的時候，高大棕櫚樹隨之閃耀的紅色光芒。

過了一會兒，年長的男人站在毯子旁邊，比著手勢要她起來。她聽從，跟著他走了一小段路穿越沙地，到達一片低矮棕櫚樹林後方的小窪地。貝爾喀辛坐在那裡，像一個在白毯子中央的黑色形體，面朝著顯然月亮即將升起的方向。他伸出手來抓住她的裙子，迅速把她壓倒，在她能夠嘗試重新站起來之前，已經被他緊緊擁住。「不，不，不！」她把頭往後仰大喊著，星星劃過上方的黑色太空。但他緊緊環住她，比之前更加有力；在他的意志下，她無法敏捷動作。一開始她是僵硬的，憤怒地喘著氣，堅決地試圖反抗他，儘管整場戰爭只在她身體裡進行。然後她意識到自己的無助，而接受了整件事，使她只能感受到他的唇，以及唇間吐出的氣息，像童年時的春天清晨般甜美清新。他堅定擭住她的方式有種動物般的特質，深情的、感官的、完全非理性的——溫柔，但帶著只有死亡才能反駁的決意。她孤身處在一個廣闊而不可識的世界，但這樣的孤獨只存在片刻，然後，她了解這個親密的肉欲身體與自己同在。她逐漸發現自己帶著感情端詳他：他所做的一切，所有無法抵抗的小殷勤，都是為了她，他的行為有一種溫柔與暴力的完美平衡，給了她特別的愉悅。月亮出來了，但她沒看見。

「Yah，貝爾喀辛！」一個聲音不耐煩地吼著。她張開雙眼，另一個男人站在上方俯視他們，月光直射他如老鷹般的臉龐。一個不悅的直覺對她悄聲說著即將發生的事，她拚命抱住貝爾喀辛，親吻如雨點落在他的臉上；但頃刻之後，換成另一隻不同的野獸與她同在，陌生而怒氣沖沖的，對她的哭泣視而不見。她睜大眼睛，看著貝爾喀辛懶洋洋地靠在附近的一棵樹上，高聳的顴骨在月光的雕塑下閃閃發光。她一次又一次地追隨他臉上的線條，從額頭直到美好的頸部，搜尋他的雙眼，探究隱藏在黑暗中深沉的陰影。一度她大喊出聲，然後輕輕地啜泣，因為他是如此接近，卻又無法碰觸。

這個男人的愛撫是粗暴的，他的動作粗野，讓人無法接受，最後他終於站起來。「Yah latif! Yah latif!」他喃喃自語地慢慢走開。貝爾喀辛咯咯地笑著，走過來躺在她身邊。她設法讓自己表現出責備的樣子，但她很快就知道那是沒用的，即使他們有共同的語言，他也永遠無法了解她。她用雙手抱著他的頭。「你為什麼讓他這樣做？」她無法克制地說。

「Habibi.」他喃喃地說，溫柔撫摸她的臉。

她又重拾快樂，在時光的表面漂流。當她發現自己正在表演示愛的戲碼時，才意識到這些愛的姿態，因為在一切的開端，每個動作都在等待誕生，並且最後得到實現。過了一會兒，當滿月往上爬，在天空中變得小了些，她聽到營火旁的長笛聲。就在此時，較年長的商人再度出現，沒好氣地呼喚貝爾喀辛，貝爾喀辛以相同的不悅口氣回應他。

「Baraka!」另一個人說，再度離開。過了一會兒貝爾喀辛遺憾地嘆氣，然後坐直身體，她沒有試著抱住他，也站起身來走到營火旁，火勢已經逐漸熄滅，上頭烤著一些肉串。他們安靜地吃著，沒有說話，過沒多久，包裹重新打包，堆到駱駝身上。他們出發時已經接近午夜，回頭走向通往高處沙丘的道路，繼續往前一日他們旅行的方向前進，這一次她穿著貝爾喀辛在即將出發時拋給她的連帽斗篷，夜色既寒且冷，卻又奇蹟般地清明。

他們走到大約上午時分，在一個草木不生的高地沙丘停留，然後又睡過整個下午。當夜色降臨，同樣地，在離紮營地稍遠處，又可看到這個愛的雙重儀式。

日子一天天過去，隨著他們穿越沙漠向南移動，每一天都不知不覺地變得比前一天更熱。早晨——在令人難以忍受的陽光下的痛苦旅程；下午——在駱駝影子下昏沉的睡眠；傍晚——在貝爾喀辛身旁的溫柔時光（與另一個人的短暫插曲已經不再困擾她，因為貝爾喀辛總會站在旁邊）；以及夜晚——在漸虧月光下向前行，走向其他沙丘及平原，每個都比前一個更遙遠，最終彼此之間已難以區別。

即使環境似乎總是相同，存在於三人之間的狀況出現了必然的變化。他們簡單關係裡的自在和鬆弛，因為較年長的那人明顯渴求好的感覺而開始有了麻煩。在那些炎熱的午後，趕駱駝的人都已入睡，他和貝爾喀辛卻有無止盡的爭論，她也想用這些時間好好睡覺，但他們逼她醒著，雖然她完全聽不懂兩人的話，但年長那個似乎警告貝爾喀辛不要去做一件他已經頑固下定決心要做的事。在令人興奮的縱酒狂歡中，他會來場冗長的模仿，過程中，整群人會持續表現出驚愕、氣憤的反對與怒意。貝爾喀辛會放肆地笑著，有耐性但反對地搖頭。在這件事上，他的態度中某種不妥協與自信激怒另一個人，每次當繼續告誡似乎已經無用，他會站起來，離開幾步遠，下一刻又轉過頭來重新開始攻擊。但很清楚地，貝爾喀辛已經下定決心，他同伴的任何威脅或預言，都不能改變他的決定。同時，貝爾喀辛也逐漸對凱特採取獨占的態度；現在他表明，當另一個人享受短暫的夜間歡愉時，他感到很痛苦，一切只因為他異常慷慨。每個傍晚，她都期待他終能拒絕讓渡她，在另一個人接近時，不再站起身來走到鄰近的樹旁靠著。的確，當那時刻來臨時，他已經開始喃喃地表示反對，但他還是讓他的朋友占有她，而她猜想那是紳士間在旅程中的協定。

正午時分，已經不光只是太陽高懸凌虐萬物，整個天空就像一個因受熱而轉白的金屬圓頂，無情的陽光從四面八方射下；太陽就是整個天空。他們只在夜晚旅行，黃昏過後沒多久就啟程，出現太陽升起的第一道曙光就停下腳步。已經遠離了沙漠和廣大死寂的岩原，現在到處是整片灰色、昆蟲般的植物，有著堅硬外殼和濃密的刺，像仇恨的瘤覆蓋地面。他們穿越的灰色地形像地板一樣平。日復一日，植物愈來愈高，長出來的刺更加堅硬無情，現在有些已經長成像樹一般的高度，樹冠是平的，巨大而寬闊，總是看起來目中無人，但那一抹煙就足以抵擋陽光的攻擊。晚上沒有月亮，並且溫暖多了，有時當他們越過黑暗的鄉間，會有野獸從路徑上逃竄的受驚聲音，她好奇如果在白天會看到什麼，但她不感到真正危險。此刻，除了想時時刻刻接近貝爾喀辛的痛苦願望，她很難知道自己真正的感覺是什麼。已經很長一段時間，她都沒能大聲說出自己的想法，她已經習於在沒有意識到自己正在行動的狀況下行動，往往在做某事的當下，才發現自己正做著這件事。

某天晚上，當她要整個商隊停下來，走進樹林裡解決人生必要之事，在昏暗中看到靠近自己的地方有一隻大型動物的輪廓，她大叫出聲，貝爾喀辛立刻跑過來，安慰了她，然後野蠻地把她壓倒在地，讓整隊人馬等著，突如其來地跟她做愛。她有一種感覺，儘管令人痛楚的尖刺還留在身體各處，但這是經常發生的事，因此接下來的一整夜，她都冷靜地忍受那痛苦。第二天尖刺還在，傷口開始化膿，貝爾喀辛脫掉她的衣服看到這些紅色傷口時，變得非常憤怒，因為它們糟蹋了她的白皙身體，大幅降低他的愉悅強度。在他願意跟她發生關係之前，她被迫必須經歷拔出每根尖刺的蝕人痛苦，然後他把奶油塗滿她的背部和腿。

現在他們在白天做愛，每天早上完事後，他會離開她還躺著的毯子，帶著一盆水到幾呎遠的地方去，站在晨曦下仔細地沐浴。之後她也會拿個盆子到盡可能遠的地方，但通常她會發現自己在整團人馬的目光下梳洗，因為找不到可以藏身的地方。但在這種時候，趕駱駝的人跟那些駱駝一樣，完全沒注意到她，雖然她在他們之間是個引發熱烈興趣和持續討論的話題，但她仍是他們主人的財產，跟吊掛著扛在他們肩上、裝滿銀器的柔軟皮囊一樣，屬於私人而不可侵犯。

最後有一晚，商隊轉進一條足跡雜沓的道路，前方遠處有火光閃爍著，當他們到達時，看到一群人和駱駝在睡覺。黎明前他們停在一個村莊外面用餐，到了早上，貝爾喀辛走進村莊，過了不久帶著一堆衣服回來。凱特還在睡，但他把她喚醒，在棘刺樹朦朧的陰影下將這些衣服攤在毯子上，示意她脫下身上的衣服換上。她很樂於拋棄自己的衣服，因為此時它們已經凌亂得面目全非，她高興地穿上極其輕軟的長褲、寬鬆的背心和飄逸的袍子。當她著裝完畢四處走動，貝爾喀辛緊緊盯著她，然後招手要她過去，拿起一條白色的長頭巾纏繞她的頭，將髮絲完全遮住；然後他往後坐，端詳著她；他皺起眉頭，再度召喚她，拿起一條羊毛腰帶，將她的上半身緊緊束縛，緊貼著腋下裸露的肌膚，再牢牢地固定在背後。她感到呼吸相當困難，希望他把它拿掉，但他搖頭。突然間她明白這些是男人的衣服，她要被裝扮成男人的模樣。她開始大笑，貝爾喀辛跟她一起笑，要她在他面前來回走好幾次。每次經過他面前，都滿意地拍拍她的屁股。他們把她的衣服留在樹叢裡，一個小時左右之後，貝爾喀辛發現一個趕駱駝的人把它們拿走了，應該是想在等會兒經過村莊的時候賣掉。他非常生氣，從那人身上搶走，在他的監視下要那人挖一個很深的洞把這些衣服埋起來。

她走到駱駝旁邊，首度打開自己的旅行袋，端詳盒蓋裡面的鏡子，發現幾個禮拜的長時間曝曬後，她看起來出奇地像個阿拉伯男孩。這個想法讓她非常高興，當她還在設法從這個小鏡子裡觀看整套服裝的效果時，貝爾喀辛走過來抓住她，把她拖到毯子裡，親吻和愛撫如雨點般灑落她身上許久，他呼喚她「阿里」，當中還不時伴隨開心的響亮笑聲。

這個村莊都是以茅草築頂的圓形泥屋，看起來很詭異地荒廢了。把趕駱駝的人和牲畜留在村子口，他們三人步行進入小市場，年長的那個買了幾包香料。天氣熱到令人難以置信，貼在她皮膚上的粗糙羊毛，還有腰帶緊緊束縛胸口的窒悶，讓她感到每一刻都可能昏倒在塵土中。蹲在市場裡的人全都非常黝黑，大部分人都有張衰老而毫無生氣的臉。當一個男人招呼凱特，拿出一雙穿過的涼鞋（她赤腳），貝爾喀辛上前替她回答，以陪伴的姿態表示跟他在一起的年輕人心智有問題，不可以跟他說話或打擾他。這個解釋在他們走過村莊的時候進行了好幾次；每個人都不加評論地接受了。一度有個老女人伸手抓住凱特的衣服乞討，她的手和臉被痲瘋病吞噬了一部分，凱特低頭看、尖叫，抓住貝爾喀辛求救，他殘酷地將她推開，她跌到那乞丐身上；接著他對她飆出一連串輕蔑的怒罵，終於停止時還憤怒地朝地上吐了口口水。圍觀的人看起來都被逗樂了，但年長那人搖著頭。他們回到村外的駱駝身邊後，他開始痛斥貝爾喀辛，憤怒地指著凱特的偽裝物，貝爾喀辛仍然微笑以對，並且以單音節字回答。但這一次，另一個人的怒氣已經按捺不住，她有一種感覺，覺得他發出最後的警告，但他也知道那是無用的，此後他將不再關心此事，並且非常確定的是，從那天開始，他跟她完全無關。

他們在黃昏時出發，晚上他們遇見好幾次趕牛的隊伍，經過兩個街上生著火的小村落。第二天，在他們歇息睡覺時，路上一直有通過的腳步聲。那天傍晚，他們在太陽下山前出發，當月亮高掛空中時，他們已經到達一個小高地的頂端，從那裡可以看到一個平坦大城裡延展的火焰與燈光，就在下方不遠處。她聆聽男人的對話，希望找出城市的名字，但一無所得。

大約一個鐘頭之後，他們通過城門，月光下的城市十分寧靜，寬廣的街道空無一人。她意識到，從遠方看到的火焰其實是在城鎮外面，旅行者沿著城牆紮營的地方；在城牆裡面，一切都是靜止的，每個人沉睡在大房子堡壘般的高牆之後。然而當他們轉進一條小巷，從齊聲發出低吼的駱駝上下來時，她也聽到不遠處有鼓聲。

一扇門打開了，貝爾喀辛消失在黑暗中，屋裡迅速出現人聲。僕人們來了，每個都帶了一盞瓦斯燈，放在從駱駝身上卸下的包裹間。很快整條小巷呈現與在沙漠時營隊相似的景象，她靠在屋子的大門旁觀看整個活動，突然她看到自己的旅行箱，就在麻袋和毯子間，她走過去拿起來，一個男人懷疑地看著她，對她說了些什麼，她拿著旅行箱回到門邊。貝爾喀辛過了很久都沒有出現，他一出來，就直接走到她面前，抓住她的手臂，帶著她進屋去。

後來，當她獨自處在黑暗中，回想經過的那一團混亂，有通道、階梯和轉角；有身旁被貝爾喀辛拿著的燈照亮瞬間的黑暗地方；有山羊在月光下漫遊的寬闊屋頂；有小庭院；有她必須彎腰才能通過的地方，即使如此，她還是能夠感受到從棕櫚橫梁上鬆垂下來的布料穗邊掃過頭巾。他們上上下下，忽左忽右，並且，她認為，穿過無數的房子。一度她看到兩個穿著白衣的女人蹲坐在一個房間角落的小火邊，一個孩子全身赤裸地站著，用風箱搧火。貝爾喀辛的手一直緊捏著她的臂膀，對她來說，似乎既匆忙又帶點緊張，領著她穿過這片迷宮，漸漸深入這個巨大的屋宅。她拿著旅行箱，它在她的腿和牆壁間碰撞。最後他們終於穿過一段沒有屋頂的短路，爬了幾階凹凸不平的土梯，在他插進鑰匙打開一扇門後，他們彎腰進入一個小房間。他在地上放了盞燈，一個字都沒說，就轉身出去，鎖上了門。她聽到六步遠離的腳步聲，劃開一根火柴的聲音，就再也沒有其他的了。她彎腰站著許久（因為天花板太低了，她無法挺直身體），聆聽包圍自己的沉默之聲，不明所以地深深感到憂慮，有點害怕，但找不出原因。彷彿更像她在傾聽自己，等待著什麼事情發生在她不知為何遺忘的地方，卻又模糊地感受到那地方與自己同在。但什麼都沒有，她甚至聽不到自己的心跳，只有熟悉、微弱的嘶嘶聲在耳邊響著。當她的脖子因為不舒服的姿勢而感到疲勞，就在床墊上跪坐下來，把毯子的小綹羊毛拉出來；泥水匠用手掌撫平的泥牆有一種吸引她目光的柔和，她端坐凝視，直到燈火變得微弱、開始飄動。當小小的火焰吐出最後一絲氣息，她拉起毯子躺下來，感到有些不對勁。不久，在黑暗中，遠近的公雞開始啼叫，那聲音讓她顫抖。

27

每天早上她從躺著的地方向窗外望，清澈、熾熱的天空日復一日沒有變化，屬於一個不需與她有任何關係即可運作的機器，是一種已經離去、把她遠遠拋在後面的力量。只要一個陰天，她覺得，就可以讓自己重拾時間感。但她看著外面時，永遠都是那片寬闊而完美無瑕的澄澈，不變而毫無憐憫之意地高掛城市上方。

在她的床墊旁邊，是一個小小的正方形窗戶，鐵窗擋住開口；附近一堵棕色的乾泥牆幾乎擋住全部視線，只留下一道窄縫，可以看見城市相當遙遠的一區。亂糟糟的平頂正方形建築似乎永無止盡，在塵土和氤氳的熱氣下，很難看出天空是從哪裡開始的。即使景物發出來的光芒是灰色的——耀眼炫目，但呈現灰色。清晨會有一小段時間，在她靠著枕頭坐在床上，凝視那一長條形沒有希望的亮光時，金色太陽遙遠地在空中閃耀，像蛇的眼睛般盯住她不放。然後她會低頭看自己的手，掛滿貝爾喀辛送給她的巨大戒指與手鐲，因為黑暗的緣故，她幾乎很難看到它們，眼睛也必須花上一點時間適應愈來愈暗的室內光線。有時候她可以分辨在遙遠屋頂上，有一個很小的人形像黑色剪影般背襯著天空活動，她會全神貫注想像，當他們從城市無盡的露台望出去時，會看到怎樣的景色。然後一個接近的聲音會讓她振奮，她會迅速把銀手鐲摘下來丟進行李箱中，等待爬上階梯的腳步聲，還有鑰匙插進門孔裡轉動的聲音。一個皮膚皺得像大象一樣的黑人老女奴每天為她送四次食物；每一餐，在她帶著大銅盤出現前，凱特會聽到她的大腳拍擊土屋頂和銀腳環在腳踝上叮噹作響的聲音。當她進屋時，只會說「早安」或「午安」，關上門，把托盤端給凱特，當凱特進食時，她蹲在角落盯著地板看。凱特從沒跟她說過話，因為這個老女人，還有屋裡除了貝爾喀辛之外的所有人，都以為客人是位年輕男子，貝爾喀辛已經以活靈活現的手勢，向她描繪如果屋裡的女性成員發現實情並非如此時，會有怎樣的反應。

她還沒學會他的語言；事實上，她一點都不想花這個力氣。但她已經習慣他話語中的抑揚頓挫，以及某些特定字眼的發音，因此只要有耐性，他能讓她搞懂不是太複雜的想法。例如，她知道，這棟房子屬於貝爾喀辛的父親；這個家族來自北方的麥齊里亞（Mecheria），他們在那邊有另一棟房子，貝爾喀辛和他的兄弟輪流帶領駱駝商隊，在阿爾及利亞和蘇丹不同的地點間來回移動。她也知道，雖然貝爾喀辛還很年輕，但他在麥齊里亞有一個太太，這棟房子裡則有三個，加上他父親和兄弟的老婆，這房子裡共住了二十二個女人，這還不包括僕人。她們全都對凱特毫不起疑，以為她是貝爾喀辛救回來的不幸年輕旅人，差點因為缺水渴死，並且尚未完全從所受苦難的後遺症中恢復。

貝爾喀辛每天下午來找她，一直待到黃昏。傍晚當他離開，她獨自一人躺在床上時，會想起他熱情的強度和持久度。那三個太太必然正苦於明顯地受到忽視，對這個陌生年輕男子這麼長時間以來都可以享受這家的款待和他們丈夫的友誼，一定已經開始感到既懷疑又嫉妒。現在她只為每天在貝爾喀辛身邊那激情的幾小時活著，因此無法忍受思考是否該警告他不要如此高調表現對她的愛意，以減輕她們的懷疑。她沒猜到的是，那三個太太一點都沒受到冷落，但即使如此，她們因為相信她是個男孩，也絕對不會有所嫉妒；她們派出奧斯曼是出於純粹的好奇心，奧斯曼是個小黑奴，經常一絲不掛地在屋裡跑來跑去，她們派他偵察這個年輕的陌生人，向她們報告他的長相。

於是青蛙臉奧斯曼把自己塞進從屋頂通往頂樓房間的小階梯下方的角落。第一天，他看到老女奴拿著餐盤上上下下，看到貝爾喀辛下午去看她，很久之後，一邊整理袍子一邊離開，因此他得以告訴三位太太她們的丈夫跟陌生人共度多久的時光，以及他認為發生了什麼事。但那不是她們想知道的；她們有興趣的是陌生人本身——他高嗎？膚色是淡的嗎？因為有個年輕陌生男子住在房子裡、尤其如果她們的丈夫睡了他，她們對此所感受到的興奮遠超過所能承受的。她們也毫不懷疑他必然既帥又性感，否則貝爾喀辛不會把他藏在那裡。

第二天早上，老女奴把早餐的托盤拿下去後，奧斯曼就從角落裡爬出來，輕輕地拍著門，然後轉動鑰匙，站在敞開的門口，小小的黑色臉龐帶著一種小心故意裝出來的孤傲表情。凱特笑了；這個赤裸、肚子突出、頭大到不成比例的小傢伙讓她覺得可笑。她說話的聲音對小奧斯曼產生了效果，他露齒而笑，假裝突然一陣羞怯。她思忖貝爾喀辛是否介意讓這樣的孩子進房裡來；同時也發現自己在對他招手。他慢慢走上前，低著頭，咬著手指，突出的大眼睛滴溜溜地往上，緊盯她的雙眼。她穿過房間，關上他身後的門，他立刻開始咯咯地笑，翻筋斗，唱著愚蠢、比手劃腳的歌，用傻裡傻氣的行為取悅她。她小心翼翼地避免說話，但不時無法克制地笑了出來。這讓她有些困擾，因為直覺告訴她，這孩子的歡樂有些做作，在他禮貌中逐漸滋長的親密帶著某種模糊的謹慎，他的滑稽動作取悅了她，但眼神卻讓她警鈴大作。現在他正在倒立走路，當他重新站直身體時，像個體操選手般彎曲雙臂。在無預警的狀況下，他突然跳到她坐著的床墊旁，捏住她袍子下的二頭肌，然後無辜地說：「Deba, enta.」意思是這位年輕客人應該也有相同的高超技藝。她突然徹底起疑，把他糾纏的手推開，同時感覺到他瘦瘦的手臂刻意掃過自己的胸部。她既憤怒又害怕，凝視著他，想要讀出他的想法。他仍然笑著，催促她站起來表演，但她內在的恐懼已經像一輛瘋狂的車般啟動了，愈來愈害怕地看著那張像爬蟲類一樣的作怪鬼臉。這種情緒對她而言是一種熟悉的內在感受；與這種感覺緊密連結的恐怖回憶切斷了她所有的現實感，她坐在那裡，體內完全凝結，立刻明白自己什麼都不知道——不知道自己是何人、身在何方；在她能夠重新聚焦前，一定要朝某邊邁出微小、痛苦的一步。

也許她坐在那邊盯著牆看了太久，無法讓奧斯曼感到有趣，又或者他已經有了重大發現，感到沒必要再提供更多娛樂，在幾個斷斷續續的舞步後，他開始退到門口，雙眼毫不畏懼緊盯著她的，彷彿對她的不信任大到認為她會做出所有背信忘義的事。到達門口以後，他把手伸到背後摸索門閂，敏捷地踏出去，把門甩上，鎖起來。

奴僕端來午餐，但她還是一動也不動，雙眼迷茫。老女奴把幾口食物拿到她面前，想要塞進她的嘴裡。然後她出去找貝爾喀辛，想告訴他這個年輕人不肯吃東西，不是病了就是被下蠱了。但貝爾喀辛那天到城市另一頭一個皮革商的家中吃午餐，所以她找不到他。她決定自己親手解決這件事，回到自己在庭院外畜欄附近的住處，準備了一小碗羊奶油和粉狀駱駝糞，仔細地用杵混合，完成後，她用其中一半揉了個球，沒有咀嚼直接吞下去；把其他剩下的塗滿她放在床邊長皮鞭的兩條帶子上，然後帶著皮鞭回到凱特的房間，凱特仍然動也不動地坐在床墊上。她關上身後的門，站著一會兒集中力量，接著突然唱起一首沒有抑揚頓挫如同哀鳴般的歌，一邊吟唱著，一邊慢慢地在空中揮舞像蛇一般的鞭子，密切觀察凱特麻痺的表情是否出現意識的徵兆。幾分鐘後，眼看著什麼都沒有發生，她更靠近床墊一些，在她頭上揮舞皮鞭；同時開始以一種緩慢、拖曳的步伐移動雙腳，腳踝上沉重的銀環隨著她的歌曲發出有節奏的叮鈴聲。很快地汗水沿著她黑色臉龐的皺紋流下，滴在她的衣服和乾燥的泥土地板上，每滴都慢慢擴散成一灘大圓點。凱特坐著，意識到老女奴的存在和霉臭味，意識到房裡的熱氣和歌曲，但一切都與她無關——所有都像一個遙遠、飛逝的記憶，遠在外頭的他方。突然老女奴以一種迅速、輕快的姿態將皮鞭甩過她的臉，柔軟、油膩的皮革在她頭上纏繞了一秒，刺痛她臉頰的肌膚。她坐著不動，幾秒鐘後，慢慢把手舉到臉上，同時發出一聲微弱的尖叫，不大聲，但無疑是女人的聲音。老奴隸恐懼地看著她，困惑著：顯然這個年輕人被下了非常強的咒語。她站在那邊，看著凱特倒回床墊，任憑自己陷入一陣長長的哭泣中。

就在此時，老女奴聽見樓梯的腳步聲。她害怕貝爾喀辛回來了，並且會處罰自己多管閒事，就把皮鞭丟下來，轉身走向門口。門打開了，貝爾喀辛的三個老婆一個接著一個走進房間，稍稍向前低頭以免擦到天花板。她們完全沒注意老女奴，像同一個人般衝到床墊旁，撲到凱特伏著的身體上，徒手扯掉她的頭巾、拉開她的衣服，瞬間她的上半身完全赤裸。這攻擊來得如此出乎意料且暴力，就在幾秒之內完成；凱特不知道發生了什麼事。然後她感到皮鞭打在胸口上，她邊尖叫邊伸出雙手，攫住一顆在她前方跳動的頭，牢牢抓緊的手指感覺到頭髮和柔軟的五官。她用盡全力往下拉，試圖把那東西扯成碎片，但撕不爛，變濕而已。皮鞭在她的肩膀和背上甩出火焰般的條紋。現在另一個人也開始大叫，吶喊著尖銳的聲音。一個身體的重量壓在她臉上，她咬住柔軟的肉。「感謝上帝我有一口好牙。」她想著，看到這句話的文字在她面前出現，一邊咬緊牙關感受自己的牙齒嵌進肉塊裡，感覺到的是美味。她品嘗舌尖鹹鹹的溫暖血液，挨打的痛楚減輕了。好多人在房裡；空氣中混雜了哭泣與尖叫，在這些吵鬧聲中，她聽見貝爾喀辛的聲音憤怒地大吼。她知道他出現了，就把下巴鬆開。一拳迎面重重地打在她臉上。聲音迅速退去，有那麼一會兒，她在黑暗中孤單一人，以為自己哼著一首貝爾喀辛常常唱給她聽的小調。

或者那是他的聲音？是她的頭枕在他的膝上，手臂舉起，將他的臉拉向她？在她盤著腿坐在許多蠟燭照耀的大房間裡、穿著金色的衣裳、被這些悶悶不樂的女人所包圍之前，是否有寧靜的一夜，或好幾夜？她與她們同坐時，他們會為她把茶斟滿多久？但貝爾喀辛在，他的目光嚴謹。她看著他，他以一種如夢幻角色般的沉靜姿態，拿走三個妻子頸上的珠寶，一個接一個輕輕地把它們放在她的膝上，金色織錦被沉重的金屬往下壓。她盯著閃耀的首飾，然後目光轉向三名妻子，但她們目光直視地面，堅決不肯抬頭。下面院子的陽台外，男人的聲音愈來愈大。音樂響起，環繞她的女人全都一起尖叫，為她慶祝。即使貝爾咯辛坐在她面前，將首飾戴上她的頸項和胸口，她仍知道所有女人都恨她，而他無法保護自己免於這些仇恨。今天他娶另一個女人來懲罰自己的妻子，並在她面前羞辱她們，但她身邊其他臉色陰沉的女人，甚至從陽台窺視的奴隸們，從這一刻起，都在等著品嘗她的衰敗。

當貝爾咯辛餵她吃蛋糕時，她抽噎著嗆到了，把碎屑都噴到他臉上。「G igherdh ish'ed our ilii.」下面的樂手一遍又一遍地唱著，隨著手鼓的節奏改變，慢慢逼近，形成一個她無法逃脫的循環。貝爾咯辛帶著混合關心與厭惡的表情看著她，她邊哭邊咳了很久，眼影在臉上形成一條條紋路，淚水沾濕了結婚禮服。在下面院子裡大笑的男人不會救她，貝爾咯辛不會救她，甚至現在他也對她生氣了。她把臉埋進手裡，感覺到他抓住自己的手腕，低聲對她說話，難以理解的字句變成一種嘶嘶聲。他很粗暴地把她的手移開，她的頭往前垂。他要離開她一小時，那三個女人會等著她。她們已經想法一致了，她們坐在她的對面，拒絕抬起頭來，她可以看出她們腦中的復仇念頭。她哭出聲來，掙扎著要站起來，但貝爾咯辛憤怒地把她推回去。一個龐大的黑女人蹣跚走過房間靠著她坐下，用粗壯的手臂纏住她，把她固定在另一邊的枕頭堆上。她看到貝爾咯辛離開房間，立刻把所有碰得到的項鍊和胸針都扯掉；黑女人沒注意到她手的動作。她把幾件落在膝頭的首飾丟給坐在前面的三個女人，房裡其他女人發出一聲叫喊，一個奴僕跑出去找貝爾喀辛。他很快就回來了，臉部因為盛怒而顯得陰沉。沒有人去碰那些珠寶，都還散落在那三個妻子面前的毯子上（「G igherdh ish'ed our illi.」，歌聲悲傷地持續著），她看到他彎腰拾起，然後感受到它們重擊自己的臉，滾落到衣服前方。

她的嘴唇受傷了，手指上的鮮血讓她著迷，她安靜地坐了很久，只聽到音樂的聲音。安靜坐著似乎是避免更多痛苦的最佳方式。若在任何情況下都必須有痛苦存在，活下去唯一的方法就是找到盡可能遠離它的手段，現在她坐好了，就不會有人傷害她。女人肥胖的黑色手指將項鍊和飾品重新妝點到她身上，某個人遞給她一杯很燙的茶，另一個人把一盤蛋糕端到她面前。音樂繼續演奏著，旋律不斷被女人們高高低低的叫喊聲打斷，蠟燭變得微弱，許多都熄滅了。房間慢慢變暗，她倚著那黑女人打起瞌睡來。

過了很久後，她在黑暗中爬了四級階梯，進入一張密閉的大床中，一邊聞著帷簾上的丁香氣息，一邊聽著身後貝爾喀辛沉重的氣息，他正抓住她的手臂，引導她到敏感之處。現在他已經完全擁有她，有一種新的野蠻，一種憤怒充斥在他的舉止中。床是一片狂野之洋，她躺在上面，任其暴力與混亂擺布，沉重的浪潮從上方向她襲來。為什麼在暴風雨的頂端，有一雙溺水的手將她的喉頭愈壓愈緊？愈來愈緊，甚至連海洋巨大陰鬱的音樂都被一個更大、更黑暗的噪音掩蓋——那是靈魂所聽見虛無的怒吼，它朝深淵逼近，並俯身向前。

之後，她在夜晚甜美的沉靜中清醒地躺著，在他入睡之際輕輕呼吸。第二天，她把簾幕拉下，享受與床褥的親密，就像躺在一個巨大的盒子裡。早上貝爾喀辛穿上衣服出去了，昨晚那個胖女人在他離開後把門栓上，坐在地板上，背靠著門。每次僕人端來食物、飲料或盥洗用的水，女人都以不可思議的緩慢速度起身，一邊喘氣一邊呻吟，把巨大的門推開。

食物讓她作嘔，都是脂肪、油膩膩、軟趴趴的——跟她在屋頂房間所吃到的完全不同。有幾道菜似乎以半熟的羊脂肪為主。她吃得很少，發現僕人來把托盤端走時，以一種不贊同的神色看著她。她知道自己當下是安全的，感到平靜下來。她叫人把小旅行箱拿來，在密閉的床鋪裡放在膝頭打開，檢查裡面的東西。她無意識地塗上粉、抹了口紅、噴上香水，折起來的千元法郎鈔票掉到床上。她盯著其他東西看了很久：白色小手帕、閃閃發亮的指甲剪、一套黃褐色的絲質睡衣、裝著面霜的小瓶子。然後她漫不經心地把玩它們；它們就像一個消逝文明所遺留下迷人且神祕的物品，她覺得每樣東西都是某個遺忘之物的象徵，但當她意識到自己甚至不記得那些東西的意義時，也不覺得難過。她把千元法郎鈔票束成一捆，放在袋子底部，把其他東西放在上面，啪地一聲把皮箱扣上。

那天晚上，貝爾喀辛和她共進晚餐，以非常有說服力的手勢表達她瘦到令人失去欲望，強迫她吞下那些油膩膩的食物。她反抗，那些東西讓她作嘔。但一如往常，不可能不遵從他的命令。她吃了下去，然後，接下來那天、接下來那幾天她都吃了下去，她逐漸習慣，並且不再質疑。黑夜和白天在她腦海中變得混亂，因為有時候貝爾喀辛會在下午時上床，然後在黃昏時離開她，又在午夜時分回來，後面還跟了一個拿著食物托盤的僕人。她一直待在沒有窗戶的房間裡，通常都在床上，躺在凌亂的白色枕頭堆之間，除了對貝爾喀辛出現的記憶及期待外，已經遺忘了一切。當他爬上床的階梯，把簾幔打開，進來躺在她的身邊，開始進行將她衣物卸去的緩慢儀式，無所事事的那些時光全都有了意義。當他離去，虛脫與滿足的甜美狀態會持續很長時間；她半夢半醒地躺著，沉醉在一種機械式滿足的氛圍中，她迅速將這樣的狀態視為理所當然，然後，就像毒品一樣，變得不可或缺。

某個晚上，他沒出現。她嘆息著在床上不停翻來覆去，因此那黑女人出去端給她一杯發酸的奇怪熱飲。她睡著了，但到了早上，她的頭既沉重又嗡嗡作響地疼痛，整個白天她都吃得很少，這次僕人帶著同情的神色看著她。

到了傍晚，他出現了。當他走進門裡，示意黑女人出去時，凱特跳了起來，歇斯底里地奔過房間投進他懷裡。他笑著把她抱回床上，有條不紊地卸去她的衣裳和珠寶。當她露出白皙肌膚和朦朧雙眼躺在他面前，他彎下腰，從齒間餵她糖果。偶爾她會在吃下甜蜜的同時試著捕捉他的唇，但他總是快得讓她跟不上，並且把頭轉開。他這樣戲弄了她好久，直到最後她發出一聲幽長的低喊，動也不動地躺著。他的雙眼閃爍著，把糖果丟到一邊去，以親吻覆蓋她僵硬的身體。當她來到高潮，房間一片黑暗，他在她身邊，沉睡著。在這之後，他有時會連續離開兩天，當他回來，她會極度興奮，然後他會無止盡地戲弄她，直到她尖叫著用拳頭搥打他。但在他不在的時間，偶爾她會以一種把其他感官都逐出意識的痛苦激情，等待這些令人難以忍受的插曲。

終於有一晚，沒有什麼特別理由，那女人端給她那種酸臭的飲料，在她喝下的時候，站著往下嚴厲地看著她，她心情沉重地把杯子還給她——貝爾喀辛不在；第二天他也沒來，之後連續五夜晚，那女人都端來這個飲料，那酸臭味似乎益發強烈。白天她都在一種發熱的麻痺中度過，只在食物端來的時候坐起來吃。

有時候，她彷彿聽到門外有女人尖銳的說話聲，聲音提醒了她恐懼是存在的，有那麼幾分鐘，不快樂的感覺縈繞著她，但當刺激物消失，她覺得自己沒再聽到說話聲，就忘了一切。第六夜，她突然明白貝爾喀辛再也不會回來了，她躺著沒哭，盯著上方的頂篷，在那女人所在門邊的一盞瓦斯燈光線讓布簾縐褶的線條朦朧隱約。她躺在那裡編織幻想——讓他進門，往床這邊走來，把簾子拉開，吃驚地發現爬上四階到她這裡來的那個人根本不是貝爾喀辛，而是一個面貌綜合各種形象、沒有特色的年輕男子。直到那時，她才意識到即使只跟貝爾喀辛有些相似的生物，都能夠像貝爾喀辛本人出現一般讓她愉快，她第一次意識到在房間的牆壁後方，某個很近的地方，如果不是在這棟房屋，也就在街上，有許多這樣的生物。這些男人當中，一定會有一些人像貝爾喀辛一樣美好，一樣能夠並且渴望帶給她歡樂。他的任何一個兄弟可能就躺在床頭牆壁後近在咫尺的地方，這個想法帶給她充滿激動的煩悶，但直覺輕聲告訴她躺好別動，她安靜地轉過身去，假裝睡著了。

沒多久一個僕人來敲門，她知道那杯夜間催眠劑已經端來了，過了一會兒，那個黑女人打開床的簾幕，看到女主人已經睡了，就把杯子放在最上面那一階，回到她門邊的位子。凱特沒動，但心臟跳得異常迅速。「那是毒藥。」她告訴自己，他們慢慢對她下毒，這就是他們沒來懲罰她的原因，過了很久，當她用一隻手肘撐起身子，從簾幕間向外窺探，看到那個杯子就近在眼前，因而打了個冷顫；那女人在打鼾。

「我得出去。」她想，感到無與倫比地清醒。但當她從床上爬下來時，明白自己很虛弱，並且第一次注意到房間裡乾燥的土味。她從附近的牛皮櫃中拿出貝爾咯辛給她的珠寶，還有從那三個妻子那裡拿到的，全部散在床上。然後她把旅行箱從櫃子裡拿出來，悄悄走到門邊，那女人還是沉睡著。「毒藥！」凱特轉動鑰匙時，憤怒地低語著。她萬分小心地關上身後的門，但現在她陷入完全的黑暗中，因為虛弱而顫抖，一隻手提著箱子，另一隻手的手指輕輕地摸索身旁的牆壁。

「我得打封電報，」她想。「這是最快聯絡上他們的方法，這裡一定有電報局。」但首先必須到街上去，也許很遠，在她和街道之間，在前方的一片黑暗中，也許會遇到貝爾咯辛，現在她完全不想再見到他了。「他是你的丈夫，」她輕聲對自己說，瞬間因為恐懼而呆站著，然後她幾乎咯咯地笑了，這只是她一直在玩的荒謬遊戲中的一部分，但直到她送出電報之前，都還得繼續玩下去，她的牙齒開始打顫。「你可能在我們到達街上前控制住自己嗎？」

左手邊的牆忽然到達盡頭，她小心向前走了兩步，感覺拖鞋前端下方地面軟軟的邊界。

「又是一道沒有扶手的該死樓梯！」她說，小心翼翼地把旅行箱放下，轉身，走回牆邊，沿著牆走回去，直到感覺手碰到了門。她無聲地把門打開，拿走那盞小錫燈，那黑女人沒動，她毫無差錯地關上門。在燈光下，她驚訝地發現旅行箱有多近，就在高低落差的邊緣，接近樓梯頂端，就算跌倒也不會跌得太深。她慢慢走下去，小心不要在鬆軟、歪斜的階梯上扭到腳踝。下方是個狹窄的通道，兩邊都是關上的門。到了盡頭路往右，通往一個開放的廣場，地面都是散落的稻草。頭頂的月牙灑落白色光芒，她看到前方巨大的門，還有旁邊沿著牆熟睡的形體，她熄了燈，放在地上，當她來到門的前方，發現自己無法移動栓住門的巨大門閂。

「你得搬開它。」她想著，但當她用手指抵著門鎖的冰冷金屬時，感到既想吐又虛弱。她舉起旅行箱朝邊緣打了一下，覺得有點移動了，就在同時，一個附近的形體動了動。

「Echkoon？」一個男人的聲音說。

她立刻蹲下來，爬到一堆裝滿東西的麻袋後面。

「Echkoon？」那個聲音很不高興地又說了一次。男人等了一下，看看有沒有回答，然後又重新進入夢鄉。她想要再試一次，但抖得太厲害，心跳得太快了。她倚著麻袋堆閉上雙眼，突然間屋裡的某個人開始打鼓。

她跳了起來。「徵兆。」她決定這樣想，「一定是的，我來的時候也打鼓。」現在毫無疑問出得去了。她休息了一會兒，站起來，穿過庭院往聲音的方向走去。現在有兩隻鼓一起合奏，她跨過一道門進入黑暗中，在一條長廊的盡頭，有另一個月光照亮的庭院，隨著愈來愈接近，她看到門的下方閃耀著黃色光芒，她在庭院中站了一會兒，傾聽從房裡流洩而出的急迫節奏。鼓聲喚醒附近的公雞，牠們開始啼叫。她輕輕拍門；鼓聲持續著，女人微弱的高音開始演唱一首重複如抱怨般的副歌。過了很久，她才鼓起勇氣再度敲門，這次她大聲拍打，帶著十足決心。鼓聲停了下來，門猛然打開，她眨著眼睛踏進房裡，貝爾喀辛的三個太太坐在散落地板的坐墊上，吃驚地睜大眼睛看著她。她萬分僵硬地站著，彷彿面對一條致命的毒蛇。年輕女僕把門關起來，背靠在門站著。然後三個人把鼓丟下，開始講話、比手劃腳、朝上方指指點點。其中一個跳起來接近她，摸索她飄逸白袍的縐褶處，顯然在尋找珠寶，又把長袖拉起來，摸索著尋找手鐲，另外兩個激動地指著旅行箱，凱特仍然一動也不動地站著，等待夢魘結束。她們用力戳她、推她，逼她彎下腰來把密碼鎖打開，在任何其他狀況下，光操作這件事本身就足以讓她們感到新奇，但現在她們既猜疑又不耐煩。當箱子打開，她們整個人都栽了進去，把所有東西拿出來放在地板上。凱特盯著她們，簡直不敢相信自己的好運：她們對皮箱的興趣遠大於對她的。在她們仔細檢視物品的時候，她重新鎮定下來，過了一會兒，鼓起勇氣，拍了拍其中一人的肩膀，示意珠寶在樓上。她們全都難以置信地抬頭，其中一個派了個年輕女僕上樓確認，但當女孩轉身走出房間，凱特被恐懼攫住，試著阻止她：她會把胖女人吵醒。另一個憤怒地跳起來，形成了一場短暫的肉搏戰，當大家都慢慢停止時，五個人都站著喘氣。凱特拚命擠眉弄眼，把手指放在唇上，誇張而小心地踮著腳尖走了幾步，一直不停地指著女僕，然後她鼓起雙頰設法模仿成胖女人，她們全都立刻明白，嚴肅地點頭，必須共謀的概念已經傳達給她們了。她僕人離開房間後，她們試著詢問凱特：「Wen timshi?」她們說，聲音洩漏了好奇大於憤怒。她無法回答，無助地搖頭。沒過多久女孩就回來了，看起來宣布所有的珠寶都在床上——不光是她們的，還有很多其他的。她們的表情看起來困惑但愉悅，當凱特跪下來，把自己的東西收進箱子裡時，其中一個蹲到她旁邊，用一種絕對再無敵意的聲調跟她說話。她一點都不知道那女孩在說什麼，心思放在閂著的門上。「我得出去，我得出去。」她一再告訴自己。整疊鈔票和她的睡衣放在一起，沒人注意它們。

所有東西都被放回去後，她拿起一支口紅和一面小手鏡，轉身面對一盞燈，誇張地化著妝。羨慕的叫聲此起彼落，她把東西交到其中一人手上，邀請她依樣畫葫蘆，當三個人全都塗成明亮的紅唇，驚嘆地看著自己和彼此，她對她們表示會把口紅留下來當禮物，但她們必須放她到街上去以為回報。她們的臉龐顯現急切與惶恐：她們亟欲將她趕出屋子，但懼怕貝爾喀辛。在隨後的討論過程，凱特都坐在箱子旁，她看著她們，無法感覺她們的對話與她有任何關聯。決定早在她們之前就定案了，與她們站在這裡吱吱喳喳的不真實小房間無關。她不再注視她們，不耐煩地盯著前方，堅信因為那些鼓聲之故她出得去的，現在她只是在等待時機，過了很久之後，她們派那年輕女僕出去，她伴著一個矮小的黑人回來。他老態龍鍾，身體佝僂，拖著腳前進，顫抖的手中握著一把大鑰匙，喃喃表達異議，但顯然已經被說服了。凱特跳起來拿起旅行箱，當她站起來，每個妻子都走過來，在她額頭中央印上一個莊嚴的吻，她朝老人站著的門邊走去，和他一起穿過庭院。沿途他對她說了幾個字，但她無法回答。他領著她到屋子的另一邊去，打開一扇小門。她孤伶伶地站在無聲的街道上。

28

炫目的海洋就在下方，在銀白的晨光中閃爍。她躺在狹窄的岩棚中，臉朝下，頭懸著，觀看緩慢的波浪從遠方朝內推進，弧形地平線在那裡向著天空蹺起。她的指甲摩擦在岩石上，確定自己除非用盡每條肌肉的力量，否則就要掉下去了。但她能夠像這樣待在那裡多久呢？懸在天空和海洋之間？岩棚變得愈來愈窄，已經抵住她的胸口，讓她呼吸困難。或者是她在慢慢地側身前進，不時用手肘微微把自己抬起來，把身體朝邊際推近一吋之距？她探身出去，可以看到下面陡峭的懸崖裂成高聳的稜柱，上面冒出肥碩的灰色仙人掌。在她的正下方，波浪在岩壁上無聲碎裂。夜晚曾在潮濕的空氣中停駐，但已經撤退到水面下方。此時她保持完美平衡，像個木板般僵硬地平躺在邊緣。她將目光固定在遠方一道前進的波浪，當它拍上岩石的時候，她的頭就會開始傾斜、就要失去平衡了，但那波浪沒有移動。

「醒來！醒來！」她尖叫。

她放手了。

她的眼睛已經張開，破曉了。倚靠著的岩石讓她的背很痛，她嘆口氣，稍微改變姿勢。城鎮外的岩石間，在白天的此時仍然非常安靜。她望著天空，看著宇宙變得前所未有的澄淨。最初穿破空間的微小聲音，似乎只是其所根源的無聲的變異。附近的岩石形體和較遠的城牆，慢慢從無形之域升起，但仍只是下方陰影的發散。澄淨的天空、身邊的樹枝、腳下的卵石，都依序從深井般的全然黑夜中升起。同樣地，她意識中心的奇異倦怠感、那些不斷出現彷彿獨立於她意志之外的虛幻意念，也都只是她自身存在的暫時碎片，隱約迫近一場尚未失去知覺的睡眠之虛無——一場強大到足以回頭將她再度攫入臂彎中的睡眠。但她保持清醒，第一道光芒刺入雙眼，只是仍未喚醒她內心相應的活力，對於自己在哪裡？到底是誰？她都毫無知覺。

當她餓了，就站起來，提起箱子，走在一條石頭小徑，這條路可能是被羊踩出來的，沿城牆而行。太陽已經升起，她的頸背開始感受到熱氣。她拉起罩袍的兜帽，遠方是城鎮的聲音：

大聲的叫喊聲和狗吠。不一會兒，她通過一扇城門，再度回到城市，沒人注意她，市場擠滿了穿著白袍的黑女人，她朝其中一個女人走去，從她手上拿走一瓶酪漿，一飲而盡，那女人站著等她付錢。凱特皺起眉頭，彎腰把箱子打開，一些其他女人，有一些背後背著小嬰兒，停下腳步看著。她從整疊中拉出一張千元法郎鈔票付錢，但那女人盯著那張紙瞧，比了一個拒絕的動作，凱特還是把它往前推，這女人一明白不會有其他不同的錢幣，就大聲喊叫開始呼喚警察。大笑的女人熱切地聚集過來，其中一些拿起鈔票好奇檢視，最後又還給凱特。他們的語言輕柔而陌生。一匹白馬經過，上面跨坐著一個身穿卡其制服的高個兒黑人，他的臉上滿是深色瘢痕，像個雕刻的木製面具。凱特擺脫那些女人朝他舉起雙臂，期望他會抱她上馬，但他斜睨著她，策馬離開。幾個男人加入圍觀者的行列，但站在與那些女人有些距離的地方，咧嘴笑著。其中一個男人認出她手上的鈔票，帶著高度興趣上前檢視她和她的箱子。就像其他人一樣，他既高又瘦，非常黝黑，肩上披著一件破爛的斗篷，但他穿著一件骯髒的歐式白長褲，而非當地的長內衣。他接近她，拍拍她的手臂，用阿拉伯語對她說了一些話，她聽不懂。然後他說：「法文可以嗎？」她一動也不動，不知道該做些什麼。「是的。」許久之後，她回答。

「你不是阿拉伯人。」他說，仔細打量她，然後洋洋得意地轉向群眾，宣布這位女士是個法國人。他們全都退後幾步，把他和凱特留在中央。然後那女人再要了一次錢，凱特仍然一動也不動地站著，手上握著那張千元法郎鈔票。

男人從口袋裡掏出幾枚硬幣，丟給那個抗議的女人，她一邊數著一邊慢慢走開，其他人似乎不想離開；看見一個法國女人穿著阿拉伯服飾讓他們很開心。但他不高興了，憤怒地要他們走開去做自己的事，他握住凱特的手臂輕輕拉著。

「這裡不好，」他說：「來吧！」他拿起皮箱。她讓他拉著自己穿過市場，穿越成堆的蔬菜和鹽巴，經過嘈雜的顧客和攤販。

他們來到一座井，那裡有一些女人正在把水瓶裝滿，她試著掙脫他。下一分鐘生命就要變得痛苦了。話語回來了，而包裹在話語裡的，會是思想。炙熱的太陽會讓它們枯萎，必須把它們留在黑暗中。

「不！」她大喊，猛然抽走手臂。

「女士，」男人責備地說：「過來坐下吧！」

她再度讓他領著自己穿過人群。在市場盡頭，他們來到一處拱廊，陰影下方是一扇門，走廊裡是涼爽的。一個穿著連身裙的胖女人站在盡頭，雙手叉腰。他們還沒走到她面前，她就尖叫：「阿瑪！你帶來哪個垃圾傢伙？你很清楚我不准本地女人進我旅館，你喝醉了嗎？出去！給我滾出去！」她皺著眉頭朝他們走來。

男人瞬間退縮，把手放開。凱特不加思索地轉身朝門走去，但他轉過身來，再次抓住她的手臂，她試著甩開他。

「她聽得懂法語！」女人吃驚地大叫。「那好多了。」然後她看到皮箱。「那是什麼？」她說。

「那是她的，她是個法國小姐。」阿瑪解釋，聲音中帶著憤怒。

「不可能！」女人喃喃地說，靠得更近端詳她，最後終於說：「啊，抱歉，夫人，但那些衣服——」她突然住口，聲音再度帶著懷疑。「你明白，這是一個正經的旅館。」她猶豫不決，但最後聳聳肩，勉強地補充：「好吧，如果你想進來。」然後她站到一旁要讓凱特通過。

但凱特正在用盡全力擺脫男人的控制。

「不要，不要，不要！我不想！」她歇斯底里地尖叫，抓著他的手，然後另一隻手臂環住他的頸項，把頭倚在對方肩上哭泣。

女人瞪著她看，然後轉向阿瑪，她的臉變得嚴峻。「把這個動物帶走！」她生氣地說。「帶回你發現她的妓院去！不要帶骯髒的妓女來激怒我！滾！混蛋！」

外面的太陽似乎更耀眼了。土牆和發亮的黑色臉龐在面前經過，世界的極度乏善可陳似乎沒有盡頭。

「我累了！」她對阿瑪說。

他們在一個黑暗的房間裡，並肩坐在一塊長坐墊上，一個戴著土耳其氈帽的黑人站在他們面前，分別遞給兩人一杯咖啡。

「我想讓一切都停止。」她非常嚴肅地對兩人說。
「好的，夫人。」阿瑪說，拍拍她的肩。

她喝掉咖啡，往後倚在牆上，用半閉著的雙眼觀察他們。他們在交談，講個沒完，她對於內容是什麼毫無興趣。當阿瑪起身和另一個人走到外面去，她等了一會兒，直到再也聽不到他們的聲音，然後也跳起來，穿過房間另一邊的門。有一座小階梯通上屋頂，屋頂如此炎熱，讓她喘不過氣來。市場模糊的嘈雜人聲幾乎被環繞在身邊嗡嗡作響的蒼蠅聲所掩蓋，她坐下來，不用多久她就要開始融化了。她閉上雙眼，蒼蠅迅速爬上她的臉，降落、起飛、重新降落，以一種瘋狂的頻率。她睜開雙眼，看見城市在自己的四周，跳動的光線如瀑布般灑落露台屋頂。

她的眼睛慢慢適應了這種可怕的光亮，焦點投注在身邊泥土地上的東西：破碎的抹布、一隻怪異灰色蜥蜴乾掉的屍體、破掉的褪色火柴盒、污血黏住的成堆白色雞毛。她必須到某個地方去，某個人在等她。她要怎麼讓人知道自己要遲到了？這毫無疑問，她會比預定時間晚了許久才能抵達。然後她想起自己還沒把電報發出去，就在那時阿瑪穿過小小的門口走向她，她掙扎著站起來。「在這裡等著。」她說，推開他走進屋裡，因為太陽讓她覺得不舒服。男人看著那張紙，然後看著她。「你想發到哪裡去？」他重複地說，她呆滯地搖頭。他把紙還給她，她看著，上面是自己的字跡，寫著：「回不去。」男人盯著她。「不對！」她用法語大叫。「我還想加些東西。」男人繼續盯著她，並非生氣，而是懷抱期待。他有一撮小鬍子和藍色雙眼。

「收件人，請告訴我。」他又說了一次。她用力把紙推給他，因為她想不出需要加哪些話，並且希望能馬上寄出。但她立刻看穿他無意幫她發這封電報，她伸出手來碰觸他的臉，微微撫摸他的下巴。「求求你，先生。」她懇求地說。兩人之間隔了一張櫃檯；他退後，她就無法碰到他了。然後她跑到街上，但阿瑪這黑人還站在原地。「快點！」她喊著，沒有停下腳步。他追在後面呼喚她，不管她跑到哪裡，他都追在旁邊，設法讓她停下來。「夫人！」他一直喊著。他不明白那危險，而她無法停下來解釋，沒時間了。既然她已經背叛自己，要跟另一邊建立聯繫，那就分秒必爭。他們會不遺餘力找到她，會打探開啟她建造的那堵牆，逼迫她凝視埋葬在那裡的東西。從藍眼男人的表情來看，她知道自己已經啟動那個會毀滅自己的機制，現在要制止已經太遲。「快！快！」她喘著氣對身旁流汗抗議的阿瑪說。他們在通往河邊大路旁的空地上，一些近乎赤裸的乞丐四處蹲坐，在他們匆匆經過時，全都對他們喃喃念誦自己的簡短禱詞，視線所及沒有其他人。

他終於追上她，抓住她的肩膀，但她使出更大的力量掙扎，然而沒過多久，她慢了下來，然後他緊緊抓住她，讓她停下腳步。她筋疲力盡地跪下，用手背擦著汗濕的臉龐，眼神仍流露出強烈的恐懼。他蹲在她身旁的塵土中，笨拙地拍著她的手臂試圖安慰她。

「你這是要跑到哪裡去？」過了一會兒他問。「怎麼了？」

她沒有回答。焚風吹過，遠方通往河邊的平坦道路上，有一個男人和兩頭牛緩緩通過。阿瑪說：「那是喬弗洛伊先生，他是個好人，不用怕他，他在郵電局已經工作五年了。」郵電局的發音像針一般刺穿她的身體，她跳了起來。「不，我不要！不，不，不！」她哭叫著。

「而且你知道，」阿瑪繼續說：「你要給他的錢在這裡不能用，那是阿爾及利亞錢幣，就算在泰薩利特（Tessalit）你也得用西非法郎，阿爾及利亞錢幣是非法的。」

「非法的。」她覆述。這個詞毫無意義。

「被禁止了！」他大笑著說，企圖讓她站起來。太陽讓人不適，他也在流汗。她現在不想動——累壞了。他等了一會兒，讓她用罩袍把頭包起來，然後裹著他的斗篷靠著休息。風變大了，沙塵在平坦的黑色地表上像白色的水一般四處流動。

她突然說：「帶我去你家，在那裡他們找不到我。」

但他拒絕了，說沒有房間，說他的家族很大，他會帶她去稍早兩個人喝咖啡的那個地方。

「那是個咖啡店。」她抗議。

「但阿塔拉有很多房間，你可以付他錢，甚至阿爾及利亞錢幣也行，他有辦法兌換。你還有嗎？」

「有，有，在我箱子裡。」她四下張望，「在哪裡？」她茫然地說。

「你留在阿塔拉的店裡了，他會還給你。」他露齒而笑，吐了一口痰。「現在，我們可以走點路嗎？」

阿塔拉在店裡，一些來自北方、纏著頭巾的商人在角落聊天，阿瑪和阿塔拉站在門口說了一會兒話，然後領著她到咖啡店後方的住房區。房間裡非常陰暗涼爽，尤其最後一間，阿塔拉幫她把皮箱放在那裡，指著角落地板的一張毯子示意她躺在哪裡。當他走出去，拉下門簾，她就轉向阿瑪，把他的臉朝自己拉過來。

「你必須拯救我。」她在親吻之間說。

「好。」他嚴肅地說。

貝爾喀辛有多惱人，他就有多令人感到安慰。

直到傍晚，阿塔拉才把門簾拉開，當他藉著燈光看到兩個人都在毯子上睡著了，就把燈放在門口走出去。

過沒多久她醒來了，房裡寂靜炎熱，她坐起來，看著身旁黝黑的瘦高身軀，一動也不動，閃閃發亮，就像一座雕像。她把手放在那個胸口：心臟沉重、緩慢地跳動著。手腳動了，雙眼張開，一抹笑意掛在嘴邊。

「我有一顆很大的心臟。」他對她說，把她的手緊握在胸膛上。

「是的。」她心不在焉地說。

「我很健康時，覺得自己是世界上最棒的男人，但當我病了，我會痛恨自己。我說：你一點用處都沒有，阿瑪，你是土做的。」他大笑。

房子的另一邊突然出現一個聲響，他察覺她突然畏縮。「你為何害怕？」他說：「我知道，因為你有錢，因為你有一大箱錢，有錢人總是害怕。」

「我並不有錢，」她說，停了一下。「是我的腦袋，我頭痛。」她把手抽出來，從他的胸口移到自己的額頭。

他看著她，又笑了。「你不該思考，那很不好。腦袋就像天空一樣，裡面總是轉個不停，只是非常緩慢，當你一思考，就讓它跑得太快，然後就頭痛了。」

「我愛你。」她說，手指滑過他的唇間，但知道自己無法真正得到他。

「我也是。」他回答，輕咬她的手指。

她哭了，眼淚流到他身上。他好奇地看著她，不時搖搖頭。

「不要，不要。」他說：「哭一下就好，別太久，一下是好的，太久很糟糕。結束就別再想了。」這些話安慰了她，雖然她記不得是什麼結束了。「女人總是想著那些過去的事，卻不關心已經開始的。在這裡，我們說生活是一面懸崖，你在攀爬的時候，千萬不要回頭往後看，否則你會想吐。」溫柔的聲音繼續說著，最後她再度躺了下來。她仍堅信這就是最後了，不用再過多久，他們就會找到她。他們會讓她站在一座大鏡子前，對她說：「看！」她會被迫看著鏡裡的人影，然後一切就都完了。噩夢讓人筋疲力竭，恐懼之光永恆不變，無情的光束會打在她身上，痛苦令人無法忍受且永無止盡。她緊貼著他躺著，渾身發抖。他把身體轉向她，緊緊擁她入懷。她再度睜開雙眼時，房裡一片漆黑。

「你怎樣都無法拒絕一個人拿錢來買光。」阿瑪說，點了一根火柴舉起來。

「而且你很有錢。」阿塔拉說，一張一張地數著千元法郎鈔票。

29

「你的名字，夫人，你一定記得。」

她絲毫不予理會，這是擺脫他們的唯一方法。

「沒用的，你什麼都問不出來。」

「你確定她衣服裡沒有任何身分證件嗎？」

「沒有，長官。」

「回阿塔拉店裡再仔細搜一搜，我們知道她有錢，還有一個皮箱。」

刺耳的教堂鐘聲不時響起。修女在房裡走動時，身上的衣服發出窸窣聲。

「凱瑟琳．莫斯比，」修女慢慢地唸著名字，發音全都錯了。「就是你吧，是不是？」

「他們把所有東西都拿走了，只剩下護照，找到是我們運氣好。」

「把眼睛睜開，夫人。」

「喝下去，這是涼的，是檸檬水，它不會傷害你的。」一隻手撫著她的額頭。

「不！」她大叫。「不！」

「試著躺好別動。」

「達卡的領事建議我們把她送回奧蘭，我在等阿爾及爾那邊的回覆。」

「已經是早上了。」

「不，不，不！」她呻吟，咬著枕套，她不會讓這一切發生。

「就因為她拒絕睜開眼睛，得花這麼久時間餵她。」

她知道一直提起她緊閉的雙眼只是為了誘使她開始申辯：「但我的眼睛是張開的。」然後他們會說：「啊，你的眼睛是張開的，是嗎？那麼——看！」然後她就會在自己的可怕形象前無所遁形，痛苦就會展開。這樣，有時候在某個短暫的瞬間，就著門邊的燈光，她會看到阿瑪發光的黑色身體貼近自己；有時候，她只能看見房裡溫柔的黑暗，但那是個不動的阿瑪和靜止的房間，時間無法從外面改變他的姿態，或摧毀籠罩著的一片寂靜。

「安排好了，領事同意支付她非洲航空的旅費，德牧富明天早上和艾蒂安、傅舍一起出發。」

「但她需要一個守衛。」

出現了好一陣子的沉默。

「她會坐好，我保證。」

「幸好我懂法語，」她聽到自己用那個語言這樣說。「謝謝你如此坦白。」這種從自己嘴裡流出的說話聲讓她覺得荒謬到難以置信，所以她開始大笑，並且看不出有什麼理由要停止：感覺真好。體內有一種難以抗拒的抽搐和搔癢，讓她直不起身來，不斷發出宏亮笑聲。他們花了很久時間讓她安靜下來，因為想到他們試著阻止自己做如此自然有趣的事，這個想法似乎比她說過的話更好笑。

當事情總算結束，她感到舒適困倦，修女說：「明天你就要上路了，希望你不要讓我難辦事，逼我幫你穿衣服，我知道你可以自己穿好。」

她沒有回答，因為她不相信上路這件事，她傾向留在房裡，躺在阿瑪身邊。

修女讓她坐起身來，把一件硬梆梆的洋裝套進她的頭裡；衣服有洗衣皂的味道。每隔一段時間修女就會說：「看看這雙鞋，你覺得它們合腳嗎？」或：「你喜歡新洋裝的顏色嗎？」凱特沒有回答，一個男人抓住她的肩膀搖晃她。

「幫我個忙，睜開眼睛好嗎，夫人？」他嚴厲地說。

「你弄痛她了。」修女說。

她跟其他人一起慢慢走過一個充滿回音的走廊，虛弱的教堂鐘聲叮噹作響，附近一隻公雞啼叫著，她感到涼爽的微風吹過臉頰，然後聞到汽油味，在無邊無際的清晨空氣中，男人的聲音聽起來很微弱。當她進入車子裡，心跳開始加速，某個人緊抓住她的手臂，片刻不離。風從敞開的窗戶吹進來，讓車裡充滿木頭燃燒的刺鼻臭味。當他們顛簸前進，男人們聊個不停，但她沒在聽。車子停下來的時候，有一陣短暫的靜默，她聽到一隻狗在叫，然後她被帶了出去，車門砰地一聲關上，她被引導著走在石地上。她的腳很痛，鞋子太小了。偶爾她低聲說，彷彿在對自己說話：「不。」但那強壯的手從不放開她的手臂，這裡的汽油味很濃。「坐下。」她照做，那隻手繼續抓著她。

每分鐘都離痛苦更近；在真正到達痛苦之境前，還有很多時間，只是沒得商量。路程可長可短——但結局都一樣。有那麼一會兒，她試著掙脫束縛。

「豪勒！過來！」男人跟她一起大吼。某個人抓住她另一隻手臂，她還在掙扎，幾乎滑落到兩人之間的地面，脊椎刮過當作座位的貨箱錫邊。

「真粗壯啊，賤女人！」

她放棄了，重新被抬成坐姿，她就這樣坐著，把頭往後仰。後方飛機引擎突如其來的怒吼聲擊破牆壁，眼前是碧藍色天空——除此之外再無其他。在某個沒有盡頭的瞬間，她凝望著它。像一個令人無法忍受的巨大聲音，它摧毀她腦海中的一切，令她麻痺。某個人曾經對她說，天空把夜晚藏在後面，保護下方的人免於面對存在的恐懼。她的眼睛眨也不眨，牢牢盯著那堅實的空虛，痛苦開始在她體內蠢動。裂口隨時都會出現，邊鋒馳返，露出巨大的無底洞。

「走！上去！」

她被拉著站起來，轉身帶往那架顫抖著的老飛機。她被安置在駕駛艙的副駕座，厚實的帶子穿過胸口和手臂將她牢牢綁緊。這花了很長的時間，她冷靜地看著。

飛機速度緩慢，那個傍晚他們在泰薩利特降落，晚上在機場裡的住所過夜。她不肯吃東西。

第二天下午，他們抵達阿德拉爾（Adrar），逆風，他們降落。她變得十分順從，把所有餵給她的食物都吃下去，但男人們毫不放鬆，還是把她的手臂綁起來，旅館老闆的太太因為必須照料她而非常不高興，她把她的衣服弄髒了。

第三天，他們在黎明時分離開，日落前抵達地中海。

30

菲利小姐對這個派給她的任務並不高興。機場離鎮上很遠，搭計程車到那裡去的路程又熱又顛簸。克拉克先生說：「明天下午有個小差事給你，那個困在蘇丹的瘋子，非洲航空會帶她過來，我正在設法讓她搭上星期一的美商號。她生病了，或者崩潰還是什麼的，最好帶她去住馬傑斯提克旅館。」阿爾及爾的伊凡斯先生在那個早上終於聯絡上巴爾的摩的家人，一切都安排妥當了。計程車離開鎮上時，太陽正開始沉入山上聖塔克魯茲堡壘的後方，但還要再一小時才會日落。

「該死的老白痴！」她對自己說。這已經不是她第一次以官方人員的身分，被派去迎接生病或遭遇困境的女性同胞，大概每年一次，這項任務就會掉到她頭上，對此她深惡痛絕。「一個美國人搞到身無分文很讓人反感。」她曾這樣對克拉克先生表示。她自問，對任何文明人來說，炎熱的非洲內陸到底有什麼吸引力？她自己曾在布薩達度過一個週末，熱到幾乎昏倒。

當她逐漸接近機場，山巒在夕陽下轉為紅色，她在袋子裡摸索，尋找克拉克先生交給她的一張紙條，找到了，凱瑟琳・莫斯比太太。她把它丟回袋子裡，飛機已經降落，孤單地躺在停機坪。她走下計程車，請司機等一等，快速穿過一扇門，上面寫著：候機室。她立刻看到那女人，沮喪地坐在一張長椅上，一個非洲航空的技師抓著她的手臂，她穿了一件不成形的藍白連身裙，是那種歐洲化不完全的僕人會穿的東西；她自己的清潔婦阿吉莎，就會在猶太區買比較好看的。

「她真的在谷底了。」菲利小姐想，同時注意到這女人比她預期的年輕許多。

菲利小姐穿過小房間，意識到自己的穿著，那是上次度假時在巴黎買的。她站在兩人面前，對著女人微笑。

「莫斯比太太嗎？」她說。技師和女人一起起身；他仍抓著她的手臂。「我是美國領事館派來的。」她伸出手來，女人虛弱地微笑，握住她的手。「你一定累壞了，幾天的旅程？三天？」

「是的。」女人悶悶不樂地看著她。

「太糟了。」菲利小姐說，她轉向技師，對他伸出手，用幾乎無法聽懂的法語道謝。他把犯人的手臂放開以回應她的招呼，然後立刻重新抓住。菲利小姐不耐煩地皺起眉頭，有時候法國人笨拙得令人難以置信。她快活地握住另一隻手臂，三個人開始朝著門口走去。

「謝謝，」她又對男人說了一次，她希望表現出刻意的樣子，然後對女人說：「你的行李呢？海關檢查都過了嗎？」

「我沒有行李。」莫斯比太太看著她說。

「沒有？」她不知道還能說什麼。

「所有東西都搞丟了。」莫斯比太太低聲說。他們走到門口，技師把門打開，放開她的手臂，站到一旁讓她們通過。

「終於。」菲利小姐滿意地想，開始催促莫斯比太太走到計程車那邊去。「噢，真是太可惜了！」她大聲說：「真的好可怕，但你一定可以拿回來的。」司機把門打開，她們進入車裡，技師在路邊焦慮地注視他們。「很有趣，」菲利小姐繼續說：「沙漠很大，但那裡沒什麼東西會真的不見。」門砰地一聲關起來。「有時幾個月後東西就出現了，對現在是沒有太大的幫助，我承認。」她看著黑色棉質長筒襪和快磨破的咖啡色舊鞋。「再見，謝謝你。」她對技師大喊，車子發動了。

她們上了公路後，司機開始加速。莫斯比太太慢慢地來回搖頭，懇求地看著她。「別開那麼快！」菲利小姐對司機大吼。「你這小可憐。」她幾乎要脫口而出，但察覺一定不妥。「我絕對不會羨慕你所經歷的一切。」她說：「這趟旅行糟透了。」

「是的。」她的聲音細不可聞。

「當然，有些人似乎不介意這樣的骯髒和炎熱，他們回家以後，對這個地方讚不絕口。快要一年來，我都在嘗試請調哥本哈根。」

他們超越一輛緩慢的當地公車時，菲利小姐停止說話，往外看著那輛車，她懷疑身邊的女人有一股淡淡的、令人不悅的臭味。「她恐怕百病纏身。」她對自己說。從眼角觀察她一會兒後，她終於說：「你在那裡待了多久？」

「很久。」

「你待在那樣的天氣中很久？」對方看著她。「他們拍電報來說你生病了。」

莫斯比太太忽視回答，看著窗外逐漸變暗的鄉間景色，前方遙遠的城市燈火通明。一定就是了，她想，那就是重點所在：她生病了，可能病了很多年。「但我怎麼可能坐在這裡而一無所知？」她想。

當他們進入城市街道，建築物、人群、車輛在窗外移動，看起來全都很自然——她甚至覺得自己認得這個城鎮。但一定還有什麼事很不對，否則自己一定會知道從前是否曾經來過這裡。

「我們安排你住進馬傑斯提克旅館，你在那裡會比較舒服。當然，那邊不是非常好，但我確定必然比待在森林裡時任何掉到你脖子上的東西要舒適多了。」菲利小姐對自己保守的說法感到好笑。「她運氣天殺的好，才會有這些因她而起的瞎忙。」她想著，「這類人不見得都能住到馬傑斯提克旅館去。」

計程車停在旅館門口，門房走出來準備把車門打開，菲利小姐說：「噢，順道一提，你的一個朋友，一位唐納先生，已經用電報和信件轟炸我們好幾個月了，來自沙漠地區的瘋狂連續攻擊，他對你的事感到很難過。」她看著身邊的那張臉時，那邊的車門打開了，剎那間這張臉變得既奇怪又慘白，顯而易見地，極端情緒正在交戰，讓她覺得自己一定說錯了什麼話。「希望你別介意我如此推測。」她有點不太肯定地繼續說：「但我們答應這位紳士，只要我們一聯絡上你就立刻通知他，如果我們聯絡上你的話，而我對這點幾乎毫不懷疑。撒哈拉是個小地方，真的，你必須承認，你進到裡面，人在那裡是不會消失的，不像在這個城市，在北非的要塞區……」她覺得愈來愈不舒服。莫斯比太太似乎對站在那裡的門房，以及一切全都視若無睹。「總之。」菲利小姐不耐煩地繼續說：「我們一確定你要過來，我就打電報給這位唐納先生，所以如果現在他就在鎮上，我也不會感到太驚訝，也許就在這家旅館裡，你或許可以問問。」她伸出手。「如果你不介意的話，我要請這輛計程車送我回家了。」她說：「我們辦公室一直跟旅館保持聯絡，所以一切都安排妥當了。如果你早上可以到領事館來——」她的手仍然伸著。什麼都沒發生，莫斯比太太像一尊石像般坐著，臉龐一下子籠罩在路人的影子下，一下子完全被旅館入口招牌的燈光照亮，表情呈現極端的變化，這讓菲利小姐感到驚恐，她盯著那睜大的雙眼看了一秒鐘。「我的天，這女人是個瘋子！」她自言自語，把門打開，跳下去衝進旅館櫃檯，花了一點時間才讓人聽懂她在講什麼。

幾分鐘後，兩個男人走到外面等待的那輛計程車旁，他們往裡面看，打量著人行道；然後問了司機一些話，司機聳了聳肩。就在此時，一輛擁擠的電車經過，車上大部分是穿著藍色工作服的本地碼頭工人。裡面昏暗的燈光閃爍，站著的乘客搖晃著。電車鳴起喇叭在街角轉彎，開始上山，通過愛克慕諾舒咖啡館，遮陽篷隨著晚風搖動。再經過大都會酒吧，裡面的收音機震耳欲聾，接著又通過法國咖啡館，它的鏡子和黃銅飾品閃閃發光。電車嘈雜地推進，穿過擠滿街道的人群劈開一條通道，發出刺耳的噪音轉過另一個街角，開始爬上加里葉尼大道的緩坡。下方，港口的燈光進入視線範圍，在粼粼波光中變形扭曲。然後更破舊的建築隱約出現，街道更暗了。在阿拉伯區的盡頭，仍載滿乘客的車子迴轉停了下來，抵達終點站。

鐵門區，費茲。

保羅・鮑爾斯年表

麥田編輯部／整理

一九一〇年　十二月三十日，出生於紐約市皇后區，父親克勞德・迪亞茲・鮑爾斯（Claude Dietz Bowles）是名牙醫，母親蕾娜・鮑爾斯（Rena Bowles）經常為鮑爾斯閱讀霍桑、愛倫坡的作品。鮑爾斯早年展現優異的音樂與寫作天分，三歲就能閱讀，並接著學會提筆寫作詩歌、創作樂曲。

一九二七年　在前衛文學雜誌《變革》（*Transition*）發表詩作〈螺旋之歌〉（Spire Song）。

一九二八年　進入維吉尼亞大學就讀。

一九二九年　在未告知雙親的情形下，擅自休學，前往巴黎，起初並不打算返鄉。但數個月後又回到紐約，繼續未完的學業。一個學期後，鮑爾斯隨其音樂老師艾倫・科普蘭（Aaron Copland）重回巴黎。

一九三〇年　開始投入譜曲工作。

一九三一年　與葛楚德（Gertrude Stein）相識，在葛楚德建議之下與科普蘭初次造訪摩洛哥丹吉爾（Tangier），接著再前往柏林。

一九三二年　重回北非，繼續遊歷摩洛哥尚未去過之處，以及撒哈拉沙漠、阿爾及利亞、突尼西亞等地。

一九三七年　返回紐約，開始與田納西・威廉斯、奧森・威爾斯等知名劇作家合作舞台配樂。

一九三八年　與劇作家珍・奧爾（Jane Auer）結婚。

一九四〇年　開始擔任《紐約先驅論壇報》（*New York Herald Tribune*）樂評。

一九四三年　輕歌劇作品〈風繼續吹〉（The Wind Remains）上演。由摩斯・康寧漢（Merce Cunningham）編舞、伯恩斯坦（Leonard Bernstein）指揮演出。

一九四五年　再次提筆投入小說創作。

一九四七年　與雙日出版社（Doubleday）簽下小說契約。決定暫停譜曲工作，正式移居丹吉爾。珍次年也跟著遷居。

一九四九年　出版小說《遮蔽的天空》。

一九五〇年　出版短篇小說集《一顆小石頭》（*A Little Stone*）。

一九五二年　出版小說《來吧》（*Let It Come Down*）。

一九五五年　出版小說《蜘蛛之屋》（*The Spider's House*）。

一九五七年　珍輕微中風，自此身體狀況始終不佳。
一九五九年　在摩洛哥境內旅行，採錄摩洛哥各地的傳統音樂。開始著手翻譯摩洛哥作家文學作品。
一九六八年　鮑爾斯應邀至聖費南多谷學院（San Fernando Valley State College）擔任一個學期的講師，教授「進階敘事寫作與現代歐洲小說」。
一九七〇年　鮑爾斯與丹尼爾・哈本（Daniel Halpern）創立丹吉爾文學雜誌《亞特拉斯》（*Antaeus*），雜誌持續發行至一九九四年。
一九七三年　珍逝世於西班牙。
一九八〇年　於摩洛哥開設寫作工作坊。
一九八五年　開始翻譯波赫士的小說並陸續出版。
一九九〇年　義大利知名導演貝托魯奇將《遮蔽的天空》改編電影。
一九九四年　受保羅・索魯採訪，內容收錄於《赫丘力士之柱》（*The Pillars of Hercules*）中。
一九九五年　鮑爾斯難得應邀返回紐約，參加一場為他舉辦的音樂盛宴。
一九九九年　於丹吉爾逝世。骨灰埋葬於紐約。

GREAT! 26 **遮蔽的天空**（六十五週年經典新譯版）
THE SHELTERING SKY

作者	保羅・鮑爾斯（Paul Bowles）
譯者	周雅淳
封面設計	莊謹銘
特約編輯	曾淑芳
副總編輯	巫維珍
責任編輯	徐　凡
編輯總監	劉麗真
總經理	陳逸瑛
發行人	凃玉雲
出版	麥田出版 地址：10483台北市中山區民生東路二段141號5樓 電話：(02)2500-7696 傳真：(02)2500-1967
發行	英屬蓋曼群島商家庭傳媒股份有限公司城邦分公司 地址：10483台北市中山區民生東路二段141號11樓 網址：www.cite.com.tw 客服專線：(02)2500-7718｜2500-7719 24小時傳真專線：(02)-2500-1990｜2500-1991 服務時間：週一至週五09:30-12:00｜13:30-17:00 劃撥帳號：19863813 戶名：書虫股份有限公司 讀者服務信箱：service@readingclub.com.tw
香港發行所	城邦（香港）出版集團有限公司 地址：香港灣仔駱克道193號東超商業中心1樓 電話：+852-2508-6231 傳真：+852-2578-9337
馬新發行所	城邦（馬新）出版集團【Cite(M) Sdn Bhd】 地址：41-3, Jalan Radin Anum, Bandar Baru Sri Petaling, 57000 Kuala Lumpur, Malaysia. 電話：+603-9056-3833 傳真：+603-9057-6622 電郵：services@cite.com.my
麥田部落格	http://ryefield.pixnet.net
印刷	中原造像股份有限公司
初版	2014年12月
初版五刷	2023年 4 月
售價	360元
ISBN	978-986-344-175-5

國家圖書館出版品預行編目(CIP)資料

遮蔽的天空（六十五週年經典新譯版）／保羅・鮑爾斯（Paul Bowles）著；周雅淳譯. -- 初版. -- 臺北市：麥田出版：家庭傳媒城邦分公司發行, 2014.12
面；　公分. --（Great!；RC7026）
譯自：THE SHELTERING SKY by Paul Bowles
ISBN 978-986-344-175-5（平裝）
874.57　　103022309

城邦讀書花園
www.cite.com.tw

Printed in Taiwan.
本書若有缺頁、破損、
裝訂錯誤，請寄回更換。